Candi-fflos

Jacqueline Wilson

Lluniau Nick Sharratt

Addasiad Elin Meek

Gomer

Argraffiad cyntaf – 2007

ISBN 978 1 84323 775 4

℗ y testun: Jacqueline Wilson ©
℗ y clawr a'r lluniau: Nick Sharratt, 2006 ©

Cyhoeddwyd drwy drefniant gyda
Random House Children's Books,
adran o'r Random House Group Ltd.

℗ y testun Cymraeg: Elin Meek ©

Dymuna'r cyhoeddwyr gydnabod cymorth
Adrannau Cyngor Llyfrau Cymru.

Argraffwyd gan Wasg Gomer,
Llandysul, Ceredigion SA44 4JL

Cefais ddau ben-blwydd mewn wythnos. Cefais fy mhen-blwydd cyntaf ar ddydd Gwener. Deffrais wrth glywed Mam a Steve yn canu 'Pen-blwydd Hapus i ti'. Roedden nhw wedi rhoi canhwyllau mewn *croissant* tew ac roedd ymbarél bach papur a cheirios ar ffon goctel yn fy sudd oren.

Daeth Teigr, fy hanner brawd bach, i'r ystafell ar ei bedwar hefyd. Mae e'n rhy fach i ganu ond gwnaeth sŵn mawr *he-he-he*, gan godi i eistedd ar ei gewyn a churo'i ddwylo. Twm yw ei enw go iawn, ond mae Teigr yn enw llawer gwell iddo.

Chwythais y canhwyllau i gyd. Criodd Teigr pan ddiffoddodd y fflamau. Felly, roedd yn rhaid i ni eu cynnau i gyd eto er mwyn iddo gael cyfle i'w chwythu.

Cefais fy mrecwast pen-blwydd yn y gwely. Eisteddodd Mam a Steve ar waelod y gwely yn yfed coffi. Aeth Teigr i grwydro o dan y gwely a dod allan yn fflwff i gyd. Roedd yn dal hosan roeddwn i wedi hen anghofio amdani. Daliodd hi dros ei drwyn fel blanced gwtsio, a dwedodd Mam a Steve mor annwyl roedd e'n edrych.

Wedyn cefais i agor fy anrhegion. Roedden nhw wedi'u lapio mewn papur arian sgleiniog â rhuban mawr pinc ar bob un. Roedden nhw'n edrych mor hyfryd, doeddwn i ddim eisiau eu hagor nhw ar unwaith. Rhedais fy mysedd dros y papur arian a chydio yn y rubanau er mwyn ceisio dyfalu beth oedd ynddyn nhw. Ond dechreuodd Teigr eu hagor nhw ei hunan, gan rwygo'r papur a throi'r ruban yn glymau i gyd.

'Teigr, paid! Fy anrhegion *i* ydyn nhw, nid dy rai di,' meddwn i, gan geisio mynd â nhw o'i ffordd e.

'Eisiau dy helpu di i'w hagor nhw mae e, Fflos,' meddai Steve.

'Gwell i ti ddechrau symud, cariad, neu fe fyddi di'n hwyr i'r ysgol,' meddai Mam.

Dywedodd Teigr *He-he-he*. Neu *efallai* mai *Ha-ha-ha* oedd e, sef *Bw-hŵ-o-nadw*.

Felly collais fy nghyfle i fwynhau agor yr anrhegion arian llachar. Agorais nhw yn y fan a'r lle. Dyma restr ohonyn nhw. (Dwi'n *hoffi* gwneud rhestrau!)

1. Pâr o jîns glas a llawer o bocedi bychain wedi'u cau â botymau pinc siâp calon. Roedd crys-T i fynd gyda'r jîns â chalonnau pinc drosto. Roedd llun arth coala ar y blaen.

2. Bocs esgidiau pinc yn cynnwys pâr o esgidiau ymarfer, rhai glas â lasys pinc.

3. Waled fach yn cynnwys ysgrifbinnau jel tenau, papur i ysgrifennu llythyrau, amlenni a sticeri.

4. Cês dillad pinc ar olwynion i'w dynnu ar fy ôl.

Rhif 5 oedd yr olaf i mi ei agor oherwydd ei fod e'n fawr ac yn feddal. Roeddwn i'n *gobeithio* mai tegan meddal fyddai e (unrhyw beth heblaw teigr). Roedd fy mrawd bach wedi torri hanner y papur yn barod ac roedd dwy glust fawr frown a thrwyn hir pigfain wedi dod i'r golwg. Rhoddais fy llaw i mewn a theimlo dwy glust *bitw* frown a thrwyn pitw, pigfain. Mam cangarŵ, a changarŵ bach yn ei phoced.

Estynnodd Teigr ei ddwylo i geisio tynnu'r babi o'r boced.

'Na, Teigr, mae e eisiau aros yn saff ym mhoced ei fam,' meddais, gan eu codi o'i afael e.

Rhuodd Teigr.

'Gad iddo fe chwarae â'r cangarŵ bach am funud. Wnaiff e ddim niwed iddo fe,' meddai Steve, a mynd i'r ystafell ymolchi.

Mae Steve yn gallu siarad dwli weithiau. Cydiodd Teigr yn y cangarŵ bach a'i roi e yn ei geg, y clustiau, y trwyn a'r pen: y cyfan i gyd.

'Mam, mae Teigr yn ei *fwyta* fe!' cwynais.

'Paid â bod yn ddwl, Fflos. Aros eiliad!' Gwnaeth

Mam siâp bachyn â'i bys, ei roi yng ngheg lawn Teigr ac achub y cangarŵ bach druan.

'Mae poer Teigr drosto fe i gyd!' meddwn i.

'Sycha fe ar dy gwilt. Paid â bod yn gymaint o fabi, Ferch Fawr,' meddai Mam, a rhoi pwt bach i mi. 'Wyt ti'n hoffi dy anrhegion, Fflos?'

'Ydw, dwi'n dwlu arnyn nhw,' meddwn, a'u casglu yn fy mreichiau o afael Teigr.

Roeddwn i'n caru fy hanner brawd, mae'n debyg, ond byddai'n braf petawn i'n gallu ei gadw mewn caets fel teigr go iawn.

'Mae un anrheg arall a dweud y gwir,' meddai Mam. Roedd ei llygaid yn disgleirio mor llachar â'r canhwyllau pen-blwydd. Cododd ei llais, i weiddi ar Steve yn yr ystafell ymolchi. 'A ddweda i wrth Fflos nawr, Steve?'

'Iawn, pam lai?' meddai, gan ddod yn ôl i'r ystafell ymolchi â sebon eillio dros ei wyneb i gyd.

Rhoddodd ychydig o sebon eillio ar ên Teigr ac esgus ei eillio. Sgrechiodd Teigr yn hapus a rholio oddi wrth ei dad. Sychodd y sebon eillio dros y gorchudd ceirios arbennig ar fy nghwilt. Rhwbiais y staen seimllyd, ac ochneidio'n ddwfn.

'O'r gorau, 'te, beth yw'r anrheg arall?' gofynnais yn ofalus.

Roeddwn i'n gobeithio'n fawr nad oedd Mam yn mynd i gyhoeddi ei bod hi'n disgwyl babi arall. Roedd un Teigr yn ddigon gwael. Byddai dau'n gwbl erchyll.

'Anrheg i ni i gyd yw hi. Yr anrheg orau erioed, ac mae'r cyfan o achos Steve,' meddai Mam. Roedd hi'n edrych arno fel petai'n Seren y Byd Roc/Chwaraewr yn Nhîm Rygbi Cymru/Duw Mawr, yn lle'r dyn hollol gyffredin, eithaf diflas a dweud y gwir, sy'n pigo'i drwyn ac yn crafu'i hunan mewn mannau anaddas.

Gwenodd Steve a chodi'i freichiau i ddangos ei gyhyrau.

'Mae Steve wedi cael dyrchafiad yn y gwaith, Fflos,' meddai Mam. 'Mae e'n cael ei wneud yn rheolwr – anhygoel, on'd yw e? Mae chwaer gwmni'n dechrau yn Sydney ac maen nhw wedi gofyn i Steve sefydlu pethau yno. On'd yw hynny'n *wych*?'

'Ydy, mae'n debyg. Da iawn, Steve,' meddwn i'n gwrtais, heb ddeall y peth yn iawn. Doedd y staen ar fy nghwilt ddim yn codi.

'*Sydney!*' meddai Mam.

Syllais arni. Doeddwn i ddim yn deall beth oedd yn bwysig am hyn. Enw hen ffasiwn ar ddyn oedd Sydney.

'Does dim syniad gyda hi ble mae e,' meddai Steve, gan chwerthin. 'Ydyn nhw'n dysgu Daearyddiaeth i blant y dyddiau hyn?'

Dyna pryd y deallais i'n iawn. 'Sydney yn Awstralia?'

Curodd Steve ei ddwylo. Cydiodd yn nwylo Teigr fel ei fod e'n eu curo hefyd. Rhoddodd Mam gwtsh enfawr i mi.

'Mae'n gyffrous, on'd yw e, Fflos! Meddylia am yr haul! Dim ond camu allan o'r ddinas sydd raid a dyna lle rwyt ti, ar draeth hyfryd. Dychmyga'r peth!'

Roeddwn i *yn* dychmygu'r peth. Roeddwn i'n ein gweld ni ar draeth mawr gwyn, gyda changarŵod yn hercian ar draws y tywod, ac eirth coala yn dringo coed palmwydd, a llawer o fenywod tenau hardd fel Kylie Minogue yn nofio yn y môr gwyrddlas. Roeddwn i'n gweld Mam a finnau'n padlo, law yn llaw. Anfonais Steve yn bell, bell i ffwrdd yn y môr ar fwrdd syrffio. Rhoddais Teigr ym mhoced cangarŵ a gwneud iddynt hercian i ganol y gwylltir.

'Mae'n mynd i fod yn hyfryd,' meddai Mam, gan orwedd yn ôl ar y gwely ac ymestyn ei breichiau a'i choesau, fel petai hi'n torheulo'n barod.

'Ydy, wir,' meddwn innau hefyd. 'Aros tan i mi ddweud wrth Rhiannon a phawb yn yr ysgol!' Yna, oedais. 'Beth *am* yr ysgol?'

'Wel, mae Steve yn meddwl y byddwn ni yn Sydney am chwe mis cyfan, er nad ydyn ni'n mynd yno am byth. Fe gei di fynd i ysgol newydd hyfryd yn Awstralia pan fyddwn ni yno, cariad,' meddai Mam. 'Fe fydd yn brofiad gwych i ti.'

Dechreuodd fy nghalon guro'n galetach. 'Ond fydda i ddim yn adnabod neb,' meddwn i.

'Fyddi di ddim yn hir cyn gwneud llwythi o ffrindiau newydd,' meddai Mam.

'Dwi'n hoffi fy *hen* ffrindiau,' meddwn i.

Roedd Rhiannon a finnau wedi bod yn ffrindiau gorau am bron i flwyddyn gron. Bod yn ffrind gorau i Rhiannon yw'r peth gwychaf yn y byd oherwydd:

1. Hi yw merch fwyaf poblogaidd y dosbarth. Mae hi bob amser yn cael ei dewis i siarad ar ran y dosbarth. Hi sy'n cael y brif ran ym mhob drama a hi yw capten pob tîm.

2. Hi yw'r ferch harddaf yn y dosbarth hefyd. Nage, y ferch harddaf yn yr *ysgol* i gyd. Mae ganddi wallt hir tywyll iawn, sy'n syth ac yn sgleinio. Mae ganddi aeliau tywyll tenau ac amrannau hir du trwchus ond mae ei llygaid hi'n las llachar. Mae hi'n eithaf tal ac yn denau iawn a byddai'n hawdd iddi fod yn fodel ffasiwn pan fydd hi'n hŷn. Neu'n seren roc. Neu'n gyflwynydd teledu. Neu'r *tri pheth* yna.

3. Mae pawb arall eisiau bod yn ffrind gorau i Rhiannon, yn enwedig Marged, ond fy ffrind gorau *i* yw hi, felly dyna ni. Fydd Marged byth yn dod rhyngom ni. All neb byth ddod rhwng Rhiannon a mi.

Roeddwn i'n dwlu ar Rhiannon, er ei bod hi'n gallu bod yn dipyn o fòs weithiau. Fel arfer, hi oedd yn dweud wrtha i beth i'w wneud. Ond doedd dim gwahaniaeth gen i achos, ar y cyfan, roeddwn i eisiau ei phlesio hi.

Ceisiais ddychmygu'r ysgol fawr newydd yma yn Awstralia. Roeddwn i wedi gwylio'r operâu sebon ar y teledu. Dychmygais fod y merched yn gwisgo ffrogiau patrwm siec rhyfedd. Roedden nhw'n gwenu o hyd gan ddangos eu dannedd mawr gwyn. Roedden nhw i gyd yn siarad ar yr un pryd. 'G'day, Fflos, gawn ni fod yn ffrindiau i ti?'

'Wel, fel arfer fe fyddwn i'n dweud "cewch". Ond Rhiannon yw fy ffrind i,' eglurais.

'Hei, paid â breuddwydio, Ferch Fawr!' meddai Mam, a rhoi cusan i mi. 'Dw i'n mynd i'r ystafell ymolchi'n gyflym ar ôl Steve. Cadwa lygad ar Teigr i mi.'

Roedd angen dau lygad i gadw golwg ar Teigr. A phâr arall hefyd yng nghefn dy ben.

Casglais fy anrhegion pen-blwydd i gyd at ei gilydd a'u rhoi ar ben fy silff lyfrau, ymhell o'i afael e. Dychmygais fy hunan yn gwisgo'r jîns a'r crys-T a'r esgidiau ymarfer newydd, yn tynnu fy nghês dillad ar olwynion, a'r cangarŵ o dan un fraich, ar y ffordd i Awstralia. Gwelais fod Mam wedi bod yn glyfar iawn wrth ddewis fy anrhegion.

Yna edrychais ar y set ysgrifennu llythyrau. Rhedais fy mysedd dros y papur ysgrifennu a'r amlenni a'r ysgrifbinnau amryliw. Pam byddwn i'n ysgrifennu llawer o lythyrau?

Yna dechreuodd fy nghalon guro fel gordd. Gollyngais y papur ysgrifennu a'r ysgrifbinnau ar y llawr a rhedeg i'r ystafell ymolchi. 'Mam! Mam!' gwaeddais.

'Beth?' Roedd Mam yn chwarae o gwmpas gyda Steve, yn tasgu dŵr drosto fel petai'n blentyn bach.

'Mam, beth am Dad?' meddwn i.

Syllodd Mam arna i. 'Mae'n siŵr y bydd dy dad yn ffonio heno, Fflos. Ac fe fyddi di'n ei weld e ddydd Sadwrn, fel arfer.'

'Byddaf, dwi'n gwybod. Ond beth sy'n mynd i ddigwydd pan fyddwn ni yn Awstralia? Fydda i'n dal yn gallu ei weld e?'

Crychodd talcen Mam. 'O, dere nawr, Fflos, paid â bod yn ddwl. Alli di ddim dod 'nôl o Awstralia bob penwythnos, mae hynny'n amlwg.'

'Ond gaf i fynd weithiau? Bob mis?'

'Dwi'n gwneud bywoliaeth eitha da, diolch yn fawr, ond dydyn ni ddim yn graig o arian,' meddai Steve. 'Mae'n costio cannoedd ar gannoedd o bunnau i hedfan 'nôl a mlaen i Awstralia.'

'Ond beth ydw i'n mynd i'w *wneud*?'

'Fe gei di ysgrifennu at dy dad,' meddai Mam.

'Ro'n i'n *gwybod* mai dyna pam brynaist ti'r set ysgrifennu llythyrau 'na i mi. Dwi ddim eisiau *ysgrifennu* ato fe!'

'Wel, petai e'n ymuno â'r byd modern ac yn prynu ffôn symudol a chyfrifiadur, fe allet ti anfon negeseuon testun ac e-bost ato fe hefyd,' meddai Mam.

'Dwi eisiau gallu ei *weld* e fel dwi'n gwneud nawr,' meddwn i.

'Wel, dydyn ni ddim yn mynd i Awstralia am *byth*,' meddai Mam. 'Fe fydd y chwe mis yna'n gwibio heibio ac wedyn fe fyddwn ni'n dod 'nôl. Oni bai ein bod ni'n penderfynu aros oherwydd ei bod hi mor hyfryd yno! Ond, petaen ni *yn* penderfynu aros am byth fe fydden ni'n dod 'nôl i ymweld â phawb.'

'Efallai gallai dy dad ddod i Sydney i ymweld â ti,' meddai Steve.

Dwedodd e hynna'n ddigon caredig ond roedd hen wên gam ar ei wyneb. Roedd e'n gwybod yn iawn bod problemau ariannol mawr gan Dad. Dim ond digon o arian i fynd ar y bws i'r dref oedd ganddo. Os oedd hi'n costio cannoedd o bunnoedd i hedfan i Awstralia, doedd dim gobaith o gwbl.

'Rwyt ti'n gas, Steve,' meddwn i, a rhythu'n hir arno.

'O, Fflos, sut galli di ddweud hynna? Steve yw'r dyn mwyaf caredig yn y byd i gyd,' meddai Mam. 'Mae e wedi trefnu i ni fynd i gael pitsa heno fel anrheg arbennig i ti.'

'Fe fyddai'n well gyda fi gael te pen-blwydd gartref. Parti bach, dim ond Rhiannon a fi.'

'Does dim amser gyda fi, Fflos. Mae rhestr hir o bethau i'w trefnu. Dere, rwyt ti'n gwybod dy fod ti'n hoffi mynd am bitsa. Paid â difetha dy ben-blwydd drwy wneud môr a mynydd o ddim byd.'

Cerddais yn drwm yn ôl i'r ystafell wely.

Nid *dim byd* oedd Dad! Roeddwn i'n ei garu cymaint. Roeddwn i'n gweld ei eisiau bob wythnos pan oeddwn i'n aros gyda Mam a Steve.

Roeddwn i wedi anghofio fy mod i wedi gadael Teigr yn fy ystafell wely. Roedd e wedi cael gafael ar fy ysgrifbinnau lliwgar. Roedd e wedi penderfynu addurno'r waliau.

'Rwyt ti'n *boendod*,' meddwn i'n gas. 'Trueni dy fod ti wedi cael dy eni. Trueni bod fy mam i wedi cwrdd â dy dad di. Trueni nad oedd fy mam yn dal gyda fy nhad *i*.'

Dim ond chwerthin wnaeth Teigr, a dangos ei ddannedd bach miniog.

2

Roeddwn i'n teimlo ychydig bach yn well ar ôl cyrraedd yr ysgol. Dwi'n dwlu ar Mrs Huws, fy athrawes. Rhoddodd wên fawr i mi pan es i mewn i'r ystafell ddosbarth a dweud, 'Pen-blwydd hapus, Fflos.' Rhoddodd fynsen eisin i mi ei bwyta amser chwarae. Mae'n rhoi bynsen i bob plentyn yn ei dosbarth pan fyddan nhw'n cael eu pen-blwydd. Ond roedd fy un i'n arbennig o fawr gydag eisin pinc a cheiriosen arni.

Roedd Rhiannon yn edrych arni'n eiddigeddus. Mae hi'n hoffi ceirios yn fawr iawn.

'Wyt ti eisiau hanner fy mynsen pen-blwydd?' cynigiais.

'Nac ydw, dy un di yw hi,' meddai, ond roedd hi'n edrych yn llawn gobaith.

Rhoddais hanner mwyaf y fynsen iddi, a'r geiriosen.

'Iym-sgrym!' meddai Rhiannon, a'i sugno fel losinen. 'Iawn, agora dy anrheg oddi wrtha i, Fflos.'

Dyma hi'n rhoi parsel i mi wedi'i lapio mewn

papur sidan pinc a ruban pinc, a cherdyn arbennig. Roeddwn i wir eisiau i ni'n dwy fynd gyda'n gilydd i rywle er mwyn i mi allu agor fy anrheg yn breifat. Ond roedd Rhiannon fel petai eisiau i mi ei hagor hi o flaen pawb. Roedd hi wedi prynu cerdyn â llun dwy ferch fraich ym mraich. Ar ben y llun mewn llythrennau pinc roedd y geiriau TI YW FY FFRIND GORAU. Dechreuais deimlo'n falch fod Marged a Ffion a'r criw i gyd yn gwylio. *Chi'n gweld!* Roeddwn i eisiau dweud. *Fy ffrind gorau i* yw Rhiannon.

'Agor dy anrheg, Fflos. Ty'd o 'na, hogan,' meddai Marged.

Dere 'mlân, ferch, roedd hi'n ei feddwl. Mae hi'n siarad mewn acen ogleddol ffug ac mae'n defnyddio dywediadau'r Gogledd. Mae hi'n meddwl ei bod hi'n swnio'n soffistigedig, ond am nad yw'r acen yn iawn mae'n swnio'n dwp yn fy marn i.

Gallwn wneud rhestr h-i-r o resymau pam na alla i ddioddef Marged. Roedd hi'n arfer bod yn debyg i bawb arall. A dweud y gwir dwi prin yn gallu ei chofio hi'n ôl yn nosbarthiadau'r babanod. Ond *eleni* mae hi'n esgus ei bod hi wedi tyfu. Mae hi o hyd yn giglan am fechgyn a rhyw a sêr pop. Mae Ffion yn giglan hefyd. Mae hi'n edrych mor ifanc â mi ond mae ganddi frawd hŷn sy'n dweud jôcs anweddus wrthi. Dwi ddim yn deall y rhan fwyaf ohonyn nhw. Dwi ddim yn siŵr a ydy Ffion yn eu deall nhw chwaith.

Roeddwn i'n benderfynol o gymryd fy amser.

Rhedais fy mysedd ar hyd y ruban sidan, teimlais yr anrheg o dan y papur sidan pinc, gan geisio dyfalu beth oedd yno, ond roedd Rhiannon yn dechrau mynd yn ddiamynedd hefyd.

'Dere 'mlân, Fflos, dwi eisiau gweld a wyt ti'n hoffi'r anrheg!'

Felly tynnais y ruban i ffwrdd, rhwygo'r papur sidan a dal fy anrheg yn fy llaw. Breichled hyfryd oedd hi wedi'i gwneud o fwclis pinc disglair.

'Cwarts lliw rhosyn go iawn ydyn nhw,' meddai Rhiannon yn falch.

'Maen nhw'n hyfryd iawn iawn,' sibrydais.

Roeddwn i'n poeni eu bod nhw wedi costio llawer o arian iddi. Roeddwn i wedi rhoi breichled i Rhiannon ar ei phen-blwydd *hi*. Ond breichled gyfeillgarwch pinc a glas a phorffor oedd hi, a fi oedd wedi'i gwneud hi. Roeddwn i hefyd wedi rhoi set gwneud breichledau cyfeillgarwch iddi hi. Y gobaith oedd y byddai hi'n gwneud breichled yn arbennig i mi. Ond doedd hi ddim wedi dod i ben â gwneud hyn eto.

'Mae'r freichled yn . . . anhygoel,' meddai Marged. 'Gad i mi ei gwisgo hi, Fflos.'

Dyma hi'n mynd â'r freichled oddi wrtha i a'i rhoi am ei braich ei hunan.

'Fy mreichled *i* yw hi!' meddwn i.

'Paid â phoeni, babi – dwi ddim yn ei *dwyn* hi, dim ond yn ei gwisgo hi,' meddai Marged.

'Mae chwaeth wych gen ti, Rhiannon,' meddai

Marged. 'Ble cest ti'r freichled? Hoffwn i gael un fel 'na.'

Dechreuodd Rhiannon sôn am siop emwaith yn yr arcêd. Doedd hi ddim yn fy helpu i gael y freichled yn ôl. Roeddwn i'n gwybod petawn i'n gofyn, y byddai Marged yn dechrau chwarae o gwmpas a gwneud hwyl am fy mhen. Roeddwn i eisiau tynnu'r freichled oddi ar ei braich esgyrnog, ond roeddwn i'n ofni ei thorri hi.

Roedd Sara'n ysgwyd ei phen arna i, yn llawn cydymdeimlad. Roedd hi'n sefyll yn y cefn, ar wahân i'r lleill. Merch newydd oedd hi a doedd hi ddim wedi gwneud unrhyw ffrindiau newydd eto. Roedd pobl yn tynnu'i choes oherwydd mai hi oedd y gorau yn y dosbarth ac yn ei galw'n Sara'r Swot. Roedd Rhiannon yn tynnu'i choes hi hefyd. Roedd Rhiannon yn dda iawn am dynnu coes. (Neu'n *wael* iawn.) Ro'n i wedi gofyn iddi beidio â gwneud hynny, ond fyddai hi byth yn gwrando. Mae Rhiannon yn dipyn o fòs arna i ond fydd hi *byth* yn gadael i mi fod yn fòs arni hi. Ond hi *yw* fy ffrind gorau i.

'Rhiannon,' meddwn i yn y diwedd.

Agorodd Rhiannon ei llaw a'i hestyn at Marged. 'Rho'r freichled 'nôl i ni, 'te, Marged.'

Rhoddodd Marged hi 'nôl yn anfoddog.

'Dyna ni,' meddai Rhiannon, gan ei rhoi hi o gwmpas fy arddwrn a chau'r ddolen. Roedd ei bochau'n binc, yn union fel y cwarts lliw rhosyn. Roedd hi'n amlwg yn falch fod pawb yn edmygu'r freichled. 'Pa anrhegion eraill gest ti, Fflos? Beth gest di gan dy fam?'

'Dillad a chês dillad ar olwynion a changarŵ meddal,' meddwn i.

'Tegan meddal! Dyna blentynnaidd!' meddai Marged. 'Dychmygwch, mae hi'n dal i chwarae efo teganau meddal! Beth am *ddoliau*?'

Gwridais, a dal fy anadl. Roedd Rhiannon wedi gweld y doliau Barbie oedd gen i pan ddaeth draw i chwarae. Roeddwn i'n gobeithio na fyddai hi'n dweud dim.

'Dere, Rhiannon,' meddwn i, gan ddal ei braich. 'Dwi eisiau dweud cyfrinach enfawr wrthot ti. Aros di tan i ti glywed beth ddwedodd Mam wrtha i.'

'Beth?' meddai Rhiannon, a llyfu ychydig o eisin oddi ar ei bys.

'Ie, pa gyfrinach?' meddai Marged. 'Oes rhaid i ti wneud môr a mynydd o bopeth, Fflos?'

'Wel, mae'n debyg fod môr a mynydd yn eithaf addas fan hyn,' meddwn i, wedi cael fy mrifo. Penderfynais ddangos iddi. Tynnais anadl ddofn. 'Rydyn ni'n mynd i Awstralia, dyna i gyd,' meddwn i.

Syllodd pawb arna i. Roedd Rhiannon yn edrych yn llawn edmygedd. 'Waw, rydych chi'n mynd ar wyliau i *Awstralia*!'

'Wel, dw *i*'n mynd ar wyliau i Orlando,' meddai Marged. 'Dyna lle mae Disneyland. Does dim Disneyland yn Awstralia.'

'Wel, mae'r Barriff Mawr a Thraeth Bondi a Chraig Ayers yno,' meddai Sara, a oedd wedi closio at ymyl y grŵp. 'Ond fe ddylen ni ei alw wrth ei enw Aborigini, Uluru.'

'Ofynnodd neb i ti, Sara'r Swot,' meddai Rhiannon. Trodd ata i. 'Felly pryd rydych chi'n mynd ar wyliau, Fflos? Oes unrhyw obaith y ca i ddod hefyd?'

'Trueni na allet ti,' meddwn i. Roeddwn i'n difaru dweud wrth bawb. Roedd wedi gwneud y cyfan yn fwy real. Roedd rhaid i mi egluro'n iawn. 'Nid gwyliau yw e. Rydyn ni'n mynd i aros yno am chwe mis cyfan.'

'*Wir?*'

'Ydyn,' meddwn i'n ddiflas. 'Ond dwi ddim yn meddwl 'mod i eisiau mynd. Dwi'n hoffi bod fan hyn. Fe fydda i'n gweld eisiau Dad yn ofnadwy. Ac fe fydda i'n gweld dy eisiau *di*, Rhiannon.'

'Fe fydda i'n gweld dy eisiau di, hefyd!' meddai hi, a rhoi cwtsh fawr i mi.

Rhoddais innau gwtsh iddi hi.

Gwnaeth Marged a Ffion synau dwl a sylwadau twp ond doedd dim gwahaniaeth gen i. Gwthiodd Sara ei sbectol yn uwch i fyny ei thrwyn, rhoi gwên wan i mi a cherdded i ffwrdd. Roeddwn i'n teimlo'n wael fod Rhiannon wedi galw enwau arni, ond allwn i wneud dim am y peth. Roeddwn i'n *hoffi* Sara. Roeddwn i eisiau bod yn garedig wrthi. Ond roeddwn i'n gwybod, petawn i'n dechrau siarad yn iawn â hi, y byddai pobl yn dechrau tynnu fy nghoes innau hefyd.

Yn ystod y gwersi, dechreuais feddwl am yr ysgol yn Awstralia. Fi fyddai'r ferch newydd. Beth petai pawb yn dechrau pigo arna i? Roeddwn i'n *eithaf* clyfar ond nid fi oedd y gorau yn y dosbarth, felly fydden nhw ddim yn pigo arna i am fod yn glyfar, fydden nhw? Roedd gen i enw eithaf cyffredin, Fflur Bowen. Doedd y llythrennau ddim yn sillafu dim byd dwl neu anweddus. Doedd dim gwahaniaeth gen i fod pobl yn fy ngalw i'n Fflos. Unwaith neu ddwy roedd Rhiannon wedi fy ngalw i'n Fflops y Bwni ond roedd hynny mewn ffordd annwyl.

Fyddwn i byth yn dod o hyd i ffrind fel Rhiannon yn Awstralia.

'Fyddi di'n dal yn ffrind i mi pan fydda i yn Awstralia?' meddwn wrthi amser cinio. 'A fyddwn ni'n dal yn ffrindiau gorau pan ddof i 'nôl?'

'Byddwn, wrth gwrs,' meddai Rhiannon.

Doedd hi ddim wir yn canolbwyntio. Roedd hi'n edrych draw at Marged a Ffion. Roedden nhw'n eistedd yn agos at ei gilydd ac yn edrych ar ryw gylchgrawn pop twp. Roedden nhw'n giglan ac yn cusanu eu bysedd. Wedyn roedden nhw'n rhedeg eu bysedd dros luniau o'r bandiau bechgyn roedden nhw'n eu hoffi. Chwarddodd Rhiannon hefyd, wrth eu gwylio nhw.

'Fyddi di ddim yn ffrind i Marged pan fydda i wedi gadael, fyddi di?' gofynnais yn bryderus.

'Gad lonydd iddi, Fflos! I ba ran o Awstralia rydych chi'n mynd, 'ta beth?'

'Sydney.'

'Ydy hynny'n agos i Brisbane? Dyna lle maen nhw'n recordio *Neighbours*.'

Aethon ni i'r llyfrgell a dod o hyd i lyfr mawr am Awstralia.

'Waw!' meddai Rhiannon, gan edrych drwy luniau o'r gwylltir a'r traethau a chreigiau oren ac adeiladau gwyn rhyfedd. 'Rwyt ti mor lwcus, Fflos, mae e'n edrych yn wych.'

Doedd e ddim yn edrych fel lle go *iawn*. Roedd popeth yn llawer rhy lachar a lliwgar a gwahanol, fel cartŵn. Edrychais ar batrwm y darnau pren ar lawr y llyfrgell a cheisio dychmygu fy hunan yn mynd i lawr a lawr a lawr am filoedd o filltiroedd ac yna'n cyrraedd Awstralia.

Doeddwn i erioed wedi deall daearyddiaeth yn iawn. Roeddwn i'n gwybod nad oedd y bobl yn Awstralia ben i waered go *iawn*, ond roedd y syniad yn dal ychydig yn rhyfedd.

Darllenon ni faled am rywun o'r enw Ned Kelly o Awstralia yn ein gwers Saesneg y prynhawn hwnnw. Lleidr defaid oedd e ac yn y pen draw cafodd ei grogi.

'Gwell i ti beidio â dwyn unrhyw ŵyn bach allan yn Awstralia, Fflos!' meddai Rhiannon.

Gofynnodd Mrs Huws i mi ddarllen baled yr Eneth Drist yn uchel. Darllenais hi'n ddramatig iawn, fel bod yr Eneth Drist yn llefain ac wylo. Dechreuodd Marged a Ffion chwerthin. Roedd

Rhiannon yn gwenu'n gam hyd yn oed. Gallwn deimlo fy mod i'n gwrido.

'Da iawn ti, Fflos,' meddai Mrs Huws yn garedig. 'Rwyt ti'n darllen yn uchel yn arbennig o dda.'

Roeddwn i'n arfer mwynhau darllen i Mam pan oedd hi'n smwddio neu'n dechrau coginio. Ond nawr roedd hi'n siarad â Steve yn lle hynny. Roeddwn i wedi rhoi cynnig ar ddarllen yn uchel i Teigr. Ond roedd yntau'n ffysian a gwingo ac eisiau troi'r tudalen o hyd cyn i mi orffen darllen y geiriau i gyd.

'Nawr dwi eisiau i chi roi cynnig ar gyfansoddi eich baledi eich hunain,' meddai Mrs Huws.

'Oes rhaid i'r faled fod yn dwp a hen ffasiwn a thrist?' meddai Rhiannon.

'Does dim gwahaniaeth beth yw'r cynnwys, ond rhaid i chi ddefnyddio ffurf baled ac adrodd stori,' meddai Mrs Huws.

Dechreuodd pawb gwyno a chrafu eu pennau a mwmian. Pawb ond Sara, oedd yn eistedd ar ei phen ei hunan o'n blaenau ni. Roedd hi'n ysgrifennu'n ddyfal.

'Edrychwch ar Sara'r Swot,' meddai Rhiannon. 'Mae'n brysur fel arfer. O ych a fi, dwi'n casáu cyfansoddi baled. Beth wyt ti wedi'i ysgrifennu hyd yn hyn, Fflos?'

> *'Eisteddai'r ferch fach mewn awyren,*
> *Yn gwylio'r cymylau â braw,*
> *Gan boeni sut byddai ei bywyd*
> *Pan fyddai hi'n glanio'r pen draw.'*

'Pen draw beth?' meddai Rhiannon. 'Mae'n swnio'n dwp.'

'Ydy, dwi'n gwybod. Dwi eisiau dweud "Yn Awstralia" ond does dim gair sy'n odli ag Awstralia.'

'Beth am . . . *llipa*?' awgrymodd Rhiannon. '*Llefodd y ferch yn llipa oherwydd ei bod hi'n hiraethu am ei ffrind gorau Rhiannon, a hithau nawr yn byw yn Awstralia.* Dyna ni!'

'Dyw e ddim yn ffitio, Rhiannon. Mae e'n rhy hir.'

'Wel, dwed e'n gyflym 'te. Nawr helpa fi, Fflos. Dyma'r hyn sydd gyda fi, *Un tro, roedd merch bert o'r enw Rhiannon. Fe redodd i'r syrcas ond torrodd ei chalon.* Aros eiliad, ysbrydoliaeth! *Roedd hi'n ofni'r llewod, yn casáu'r holl ddrewdod, druan o'r ferch bert o'r enw Rhiannon.* Dyna ni! Efallai nad ydw i'n gwbl anobeithiol am wneud baledi wedi'r cyfan. Er nad ydw i'n dangos fy hunan mewn ffordd glyfar fel *rhai* pobl.' Cododd Rhiannon ei throed a chicio cadair Sara.

Neidiodd Sara ac aeth ei ysgrifbin dros y dudalen i gyd. Ochneidiodd a'i rhwygo o'r llyfr. Yna trodd aton ni. 'Taset ti ychydig yn fwy clyfar fe fyddet ti'n sylweddoli mai rhywbeth tebyg i limrig rwyt ti wedi'i ysgrifennu, *nid* baled.'

'Pa ots beth rwyt ti'n ei feddwl, Sara'r Swot. Rwyt ti'n meddwl mai ti yw'r gorau am ysgrifennu barddoniaeth, on'd wyt ti? Beth rwyt ti wedi'i ysgrifennu beth bynnag?' Dyma Rhiannon yn ymestyn a chydio yn y dudalen roedd Sara wedi'i rhwygo o'r llyfr.

'O ych a fi, dyna ddwli dwl! Am beth mae hi'n sôn? Gwranda, Fflos.

> *'Roedd hi'n cerdded y coridorau,*
> *O un deilsen i'r llall yn ofalus,*
> *Heb gamu ar un o'r craciau,*
> *Ond doedd neb yn ei gweld, yn anffodus.*
> *Roedd hi'n crwydro ar hyd y ffensys,*
> *Gan daro'r pyst cadarn i gyd,*
> *Yn eu cyfrif nhw'n dawel a distaw*
> *Ond roedd llawer i'w ddysgu o hyd.*
> *Ceisiodd wneud hud Mathemateg,*
> *Gwneud symiau'n ei phen a mwynhau*
> *Ond roedd y ffigurau'n cynyddu'r*
> *Unigrwydd roedd hi'n ei gasáu . . .*

'Pa fath o ddwli rhyfedd yw hwnna? Ac nid baled yw hi chwaith achos dyw hi ddim yn adrodd stori, dim ond sothach am ddim byd yw e, felly cer i grafu, Sara'r Swot.'

Gwasgodd Rhiannon y papur yn belen a'i thaflu at ben Sara.

Trodd Sara a tharo ei dwylo'n sydyn ar goesau Rhiannon.

'Cer o 'ma! Roedd hwnna'n gwneud *dolur*,' meddai Rhiannon.

27

'Da iawn,' meddai Sara o dan ei gwynt. 'Nawr symuda dy draed o nghadair i.'

'Paid â dweud wrtha i beth i'w wneud, Sara'r Swot,' meddai Rhiannon. Pwysodd ymlaen ar ymyl ei chadair, yn barod i gicio Sara'n galed yn ei chefn. Ond daliodd Sara hi gerfydd ei phigyrnau a'i thynnu. Collodd Rhiannon ei chydbwysedd. Saethodd ymlaen oddi ar ei chadair a glanio'n glewt ar y llawr. Rhoddodd sgrech.

'Rhiannon! Beth yn y byd rwyt ti'n wneud? Saf ar dy draed a phaid â chwarae o gwmpas,' meddai Mrs Huws.

'Aw!' meddai Rhiannon. 'Dwi'n meddwl mod i wedi torri fy mhenelin. *A* fy ngarddwrn. Ac mae fy mhen-ôl yn ddifrifol o boenus.'

'Wnei di ddim marw,' meddai Mrs Huws. 'Eitha reit i ti am chwarae o gwmpas.'

'Ond nid *fi* oedd ar fai, Mrs Huws,' meddai Rhiannon. Oedodd. Roedd rheolau dosbarth am gario clecs. 'Tynnodd *rhywun* fi oddi ar fy nghadair.'

Symudodd Sara ddim gewyn.

'Hmm,' meddai Mrs Huws. Daeth draw a theimlo braich Rhiannon yn ofalus. Dechreuodd Rhiannon grio a chwynfan.

'Dwi'n credu dy fod ti'n gwneud môr a mynydd o'r peth, Rhiannon,' meddai Mrs Huws yn gyflym. Yna oedodd. Roedd hi'n edrych ar Sara nawr. 'Ond peth twp a pheryglus iawn yw tynnu unrhyw un oddi ar ei gadair – hyd yn oed os ydyn nhw'n eich pryfocio chi'n ofnadwy. Dwi'n synnu atat ti, Sara.'

Ddwedodd Sara ddim byd ond gwridodd yn goch iawn.

Roeddwn i'n teimlo'n ofnadwy. Roedden ni wedi creu helynt i Sara druan.

Doeddwn i ddim yn gallu canolbwyntio ar fy maled i nawr. Roeddwn i'n meddwl am faled Sara o hyd. Tybed oedd hi'n mynd o gwmpas yn cyfrif pethau yn ei phen fel bod popeth yn iawn yn y diwedd? Ond doedden nhw ddim yn iawn yn y diwedd. Roedden ni i gyd yn gas wrthi. Yn enwedig Rhiannon.

Symudais yn nes at Rhiannon. 'Wyt ti'n meddwl y dylen ni ddweud wrth Mrs Huws efallai mai ein bai ni oedd y cyfan, achos ein bod ni wedi mynd â baled Sara a gwneud hwyl am ei phen?' meddwn i. Fe ddwedais i 'ni' yn lle 'ti' yn ofalus – ond roedd Rhiannon yn dal yn wyllt gacwn.

'Wyt ti'n *tynnu fy nghoes*?' hisiodd. 'Mae hi wir wedi gwneud dolur i fi! Mae mraich i'n boenus iawn. Fe fentra i ei bod hi wedi'i thorri, neu o leiaf wedi'i hysigo'n wael. Mae Sara'r Swot yn haeddu bod mewn helynt. Mae hi wedi troi'n Ferch Seico wyllt sy'n ceisio fy lladd i.'

'O Rhiannon, rwyt ti'n gwybod nad yw hynny'n wir,' meddwn i'n bryderus.

'Wyt ti'n dweud mod i'n dweud celwydd?' meddai Rhiannon. Eisteddodd i fyny'n syth ac edrych i fyw fy llygaid. 'Ar ochr pwy wyt ti, Fflos? Wyt ti eisiau i ni beidio â bod yn ffrindiau fel y gelli di fynd at Sara'r Swot ac ysgrifennu cerddi sopi gyda'ch gilydd?'

'Nac ydw! Nac ydw, wrth gwrs. Ti yw fy ffrind gorau i, rwyt ti'n gwybod hynny.'

'Ydw, ac fe roddais i'r freichled â'r cerrig cwarts rhosyn go iawn i ti er fy mod i eisiau ei chadw hi fy hunan. Ond fe benderfynais ei rhoi i ti achos dyna beth mae ffrindiau gorau'n ei wneud. Er na fyddi di *yma*'n hir iawn rhagor, gan y byddi di'n hedfan i Awstralia.'

'Ond dwi ddim eisiau mynd! Rwyt ti'n gwybod nad ydw i. Fe fyddwn i'n dwlu gallu aros,' meddwn i.

'Wel, pam na wnei di, 'te?' meddai Rhiannon.

'Pam na wnaf i beth?' meddwn i, wedi drysu braidd.

'Aros fan hyn. Creu cymaint o ffws a ffwdan fel bod rhaid iddyn nhw newid eu meddyliau.'

Meddyliais am y peth. 'Dwi ddim wir yn dda iawn am greu ffws a ffwdan,' meddwn i.

'Nac wyt, dwi'n gwybod, rwyt ti'n anobeithiol.' Ochneidiodd Rhiannon yn grac. 'Does dim asgwrn cefn gyda ti, Ffion. Rwyt ti'n ceisio bod yn neis wrth bawb.'

Roedd hi wedi fy mrifo, ond estynnais fy llaw a bachu fy mys bach am fys bach Rhiannon.

'Aw, gwylia, fy mraich dost i yw honna! Beth wyt ti'n wneud?'

'Ceisio gwneud ffrindiau'n iawn. Achos mai ti yw fy ffrind gorau yn y byd a dwi'n dwlu ar fy mreichled hyfryd ac fe wnaf fy ngorau i beidio â mynd i Awstralia. Beth bynnag, mae'n debyg na fyddwn ni'n mynd tan wyliau'r haf ac mae oesoedd tan hynny. Felly gwell peidio meddwl am y peth nawr.' Gadewais fy mys ar fys Rhiannon ac o'r diwedd dyma hi'n gwenu ac yn bachu'i bys bach yn iawn o gwmpas fy un i. Wedyn gwnaethon ni adduned i fod yn ffrindiau, ffrindiau, ffrindiau am byth.

Roedd pen Sara wedi'i blygu dros ei llyfr ysgrifennu, wrth iddi ysgrifennu'r faled allan unwaith eto. Cwympodd ei gwallt brown meddal ymlaen fel bod ei gwegil gwyn i'w weld. Snwffiodd unwaith neu ddwy, fel petai hi'n ceisio peidio â chrio.

Roeddwn i'n dal i deimlo'n wael, ond allwn i mo'i chysuro, ddim o flaen Rhiannon.

Dangosais fy mreichled cwarts rhosyn i Mam ar ôl dod adref o'r ysgol. Roedd hi'n clirio cypyrddau'r gegin, a Teigr yn taro sosbenni o dan draed.

'O, rhywbeth fel hyn fyddai Rhiannon a'i mam yn ei brynu. Er mwyn dangos faint o arian sydd ganddyn nhw,' meddai Mam. 'Hei, ddwedaist ti wrth Rhiannon am Awstralia? Dwi'n siŵr ei bod hi'n eiddigeddus.'

'Oedd, roedd hi. Yn hynod eiddigeddus. O Mam, dwi'n mynd i weld ei heisiau hi'n fawr.'

'Paid â bod mor ddwl,' meddai Mam, a rhoi cwtsh fawr i mi. 'Dwi'n meddwl y bydd hi'n llesol i ti

wneud ffrindiau newydd. Rwyt ti'n gadael i
Rhiannon fod yn ormod o fòs arnat ti.'

'Fe hoffwn i fod yn ffrindiau â Sara, y ferch
newydd 'ma, ond mae Rhiannon yn ei chasáu hi.
Beth ddylwn i ei wneud, Mam? Ddylwn i geisio bod
yn neis wrth Sara hyd yn oed os yw hynny'n
gwylltio Rhiannon?'

'Dwi ddim yn gwybod, cariad. Does dim llawer o
bwynt i'r peth, oes e, a ninnau'n cyrraedd Sydney
mewn pythefnos.'

Rhythais ar Mam. 'Mewn *pythefnos*?' meddwn i.
'Pam na ddwedaist ti ein bod ni'n mynd mor *fuan*?'

'Doedd dim pwynt dweud cyn hyn. Y cyfan fyddet
ti'n wneud fyddai rhuthro o gwmpas yn dweud wrth
bawb.'

Meddyliais yn ofalus. 'Yn dweud wrth *Dad*,'
meddwn i.

'Ie, wel, dyw'r peth yn ddim o'i fusnes e.'

'Fe yw fy *nhad* i!'

'Ie, dwi'n gwybod. Gan bwyll nawr. Paid â
gweiddi fel 'na. Wir! Os wyt ti eisiau gwybod, ro'n
i'n ceisio bod yn garedig wrth dy dad. Mae Steve
wedi gwneud mor wych i gael y cyfle i sefydlu
cangen y cwmni yn Awstralia. Fe fydd e'n ennill
dwywaith ei gyflog nawr – alla i ddim credu'r peth!
Ro'n i'n poeni mai rhwbio'r halen yn y briw fyddai
dweud achos bod dy dad yn gymaint o fethiant.'

'Dyw Dad ddim yn fethiant,' meddwn i'n ffyrnig.

Rhoddodd Mam ei dwylo fel cwpan am fy wyneb. 'O dere, Fflur. Dwi'n gwybod dy fod ti'n caru dy dad ac mae e'n dad *da* mewn sawl ffordd. Mae e'n ddyn caredig ac annwyl iawn, a fyddwn i byth yn dweud unrhyw beth cas amdano fe wrth neb. Ond mae e'n ddyn busnes anobeithiol, rhaid i ti gyfaddef hynny hyd yn oed. Mae e mewn dyled hyd at ei glustiau a does dim llawer o gwsmeriaid ar ôl yn y caffi ofnadwy 'na. Dwi ddim yn gwybod pam na all e roi'r ffidl yn y to a gwerthu'r cyfan.'

'Fyddai Dad *byth* yn gwerthu'r caffi!' meddwn i.

'Wel. Dwn i ddim beth arall y gall e wneud! Beth bynnag, dwi'n diolch i Dduw nad oes rhaid i mi ladd fy hunan yn gweithio yno nawr,' meddai Mam. 'O Fflos, on'd yw hyn yn wych!' Cusanodd fi ar flaen fy nhrwyn. 'On'd ydyn ni'n ferched lwcus! Mewn pythefnos fe fyddwn ni'n cerdded o'r awyren, allan i'r heulwen braf.'

Dyma hi'n taflu hen bacedi reis a photeli saws a jariau jam â *bang bang bang* i'r bin sbwriel wrth iddi siarad. Gwnaeth Teigr yr un peth ar ei sosbenni.

'Mae'n rhaid i ti ddechrau rhoi trefn ar bethau hefyd, Fflos,' meddai Mam. 'Rydyn ni'n mynd i roi'r rhan fwyaf o'r pethau i gwmni storio eu cadw. Ond does dim pwynt cadw unrhyw sothach. Mae'n bryd i ti gael gwared ar lawer o dy hen deganau.'

'Mae'n debyg y gallwn i daflu rhai o'r doliau Barbie,' meddwn i.

'Dyna ti! *A* rhai o'r hen dedis yna. Fe ddechreuwn ni glirio dy stafell di fory.'

'Fe fydda i draw gyda Dad.'

'Wel, fe wnaf i fe 'te. Nawr, gwell i ti wisgo rhywbeth neis ar gyfer mynd mas. Fe gei di wisgo dy ddillad pen-blwydd newydd os wyt ti eisiau. Cer i'r ystafell ymolchi tra bydda i'n newid Teigr.'

'Dyw e ddim yn dod hefyd, ydy e?' meddwn i.

Edrychodd Mam arna i. 'Beth wyt ti'n meddwl y dylen ni wneud ag e, Fflos? Ei adael e fan hyn a dweud wrtho fe am dwymo'i laeth ei hunan a mynd i'r gwely?'

'O ha ha, Mam. Pam na chawn ni rywun i warchod fel sy'n digwydd pan fyddi di a Steve yn mynd mas?'

'Achos mai achlysur i'r teulu yw hwn, y dwpsen. Nawr dere, symuda, Ferch Fawr.'

Meddyliais am eiriau Mam wrth i mi dynnu fy ngwisg ysgol a gwisgo'r jîns a'r crys-T newydd. Doeddwn i ddim yn gallu cael achlysur *go iawn* i'r teulu rhagor. Roedd popeth mor hawdd pan oedden ni'n deulu bach, Mam a Dad a fi. Ond nawr pan oeddwn i'n mynd allan gyda Dad, roedd Mam ar goll. A phan oeddwn i'n mynd allan gyda Mam, roedd Dad ar goll ac roedd rhaid i fi ddioddef Steve a Teigr yn lle hynny.

Syllais allan o ffenest fy ystafell wely ar yr ardd. Roedd Steve wedi cynllunio'r cyfan ei hunan. Roedd e wedi gwneud gwelyau blodau prydferth a bwa rhosynnau a phwll â physgod aur ynddo. Ond nawr roedd Teigr yn ddigon hen i ddod allan o'i fygi ac roedd y cyfan yn barc antur iddo fe. Oedd, roedd gen i siglen hyfryd mewn un gornel, ond roedd gan Teigr siglen fach ei hunan *a* llithren ei hunan *a* char pedal *a* phydew tywod *a* ffrâm ddringo hefyd.

Roedd yr achlysur yn y parlwr pitsa'n fwy fel achlysur i ddathlu pen-blwydd Teigr. Dyna lle roedd e'n eistedd fel brenin yn ei gadair uchel, yn giglan ac yn cicio'i goesau wrth i'r gweinyddesau fynd heibio. Buon nhw i gyd yn rhedeg eu dwylo dros ei wallt ac yn ei oglais o dan ei ên, gan siarad babi ag e. Ddwedodd neb y drefn pan fwytaodd y sglodion â'i fysedd neu pan arllwysodd ei ddiod dros bob man.

Archebodd Mam bwdin pen-blwydd arbennig i mi â ffyn gwreichion ynddo fe. Bu Teigr yn sgrechian a gwingo i gael eu gweld nhw, felly bu'r plât o'i flaen e am oesoedd. Roedd y ffyn gwreichion wedi gorffen gwreichioni erbyn iddyn nhw roi'r plât ar y ford. Roeddwn i'n teimlo fel petai fy ngwreichion i wedi diffodd hefyd.

Roeddwn i'n gwybod na ddylwn i fod yn eiddigeddus o'm brawd bach. Doedd e ddim yn mynnu cael y sylw i gyd *yn fwriadol*. Ond roedd e'n fy ngwneud i'n grac hefyd.

Dyna beth oedd mor wych am y penwythnosau draw gyda Dad. Dim ond Dad a fi oedd yno. Roedd e'n fy nhrin fel tywysoges fach arbennig.

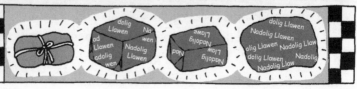

Cefais fy ail ben-blwydd ar ddydd Sadwrn. Es draw at Dad. Mam oedd yn mynd â fi bob amser. Fel arfer roedd hi'n aros am ychydig ac yn cael paned o de yn y caffi. Yn aml byddai Dad yn rhoi llond plât o gacennau o'i blaen hi – toesenni jam, pastai afalau, cacen siocled, ei hen ffefrynnau i gyd.

Fyddai Mam byth yn cael ei themtio i fwyta cegaid hyd yn oed. Dim ond ysgwyd ei phen a rhoi ei llaw dros ei bola bach. Weithiau allai hi ddim peidio ag edrych ar fola mawr Dad ac ysgwyd ei phen. Roedd hi'n aml yn pregethu wrth Dad am fy mwyd i. Doedd hi ddim eisiau i mi fwyta bwyd seimllyd y caffi, yn enwedig bytis sglods. Roedd rhaid i mi gael llawer o ffrwythau a llysiau ffres, a dim ond un deisen fach ar y tro. Byddai Dad a minnau'n nodio'n ddifrifol – ac ar ôl iddi fynd, bydden ni'n wincio ar ein gilydd.

Nid Mam aeth â fi draw at Dad y dydd Sadwrn yma, ond Steve.

'Pam na wnei di fynd â fi, Mam?' meddwn i.

'Mae gormod i'w wneud gen i, Fflos. Dwi'n brysur brysur brysur,' meddai Mam.

Roedd hi'n rhuthro o gwmpas yn ei hen jîns ac un o hen grysau siec Steve. Roedd popeth yn cael mynd i un o dri phentwr mawr: AWSTRALIA, STORIO a TAFLU. Roedd Teigr yn cropian o gwmpas ar ei bedwar, yn chwarae â'r pentyrrau, yn lapio hen bâr o deits am ei ysgwyddau fel sgarff ac yn gwisgo sosban fel het.

'Gad i ni roi Teigr ar y pentwr TAFLU,' meddwn i.

'O ha ha, doniol iawn,' meddai Mam. 'Cer nawr 'te, bant â ti i weld dy dad.'

'Dwi'n dal ddim yn deall pam na wnei di fynd â fi, fel wyt ti'n arfer ei wneud,' meddwn o dan fy ngwynt wrth ddilyn Steve.

Ond doedd pethau ddim fel arfer. Roeddwn i'n gwybod yn iawn pam nad oedd Mam eisiau mynd â mi. Doedd hi ddim eisiau wynebu Dad pan fyddai e'n dod i wybod am Awstralia. Roedd hynny'n gas. Eisteddais yng nghefn car cwmni crand Steve a syllu ar ei wegil pinc. Roedd ei wallt wedi'i dorri'n fyr iawn. Roedd Mam yn dweud bod ei wallt yn edrych yn dda ac roedd hi o hyd yn rhedeg ei bysedd drwyddo. I fi, roedd e'n edrych yn dwp. Pwy sydd eisiau i'w *ben* edrych fel rhywun heb eillio? Roedd Steve yn gwisgo un o'i grysau chwaraeon arbennig i'r penwythnos. Roedd y llewys yn fyr, felly roedd ei gyhyrau mawr i'w gweld. Roedd e'n mynd i'r gampfa bron bob bore cyn mynd i'r gwaith.

Roedd Mam wedi ymuno â'r gampfa hefyd nawr. Roedd hi hyd yn oed yn mynd â Teigr i ddosbarth i fabanod, syniad *cwbl* ddwl. Roedd Teigr yn cropian ar hyd y lle'n llawer rhy gyflym fel roedd hi. Roedd yn dysgu dringo ar y gwelyau ac yn gwasgu i gorneli. Roedd angen ei ddal yn ôl, nid ei annog.

Dechreuodd Steve fân siarad yn y car. Dyw e byth yn hollol siŵr beth i'w ddweud wrtha i. Na finnau wrtho fe chwaith. Gofynnodd a oeddwn i'n edrych ymlaen at fynd i Awstralia. 'Mmm,' meddwn i. Dywedodd ei fod yn edrych ymlaen at fyw mewn dinas gyffrous fel Sydney. 'Mmm,' meddwn i. Rhoddon ni'r gorau i siarad wedi hynny. Trodd Steve y radio ymlaen a buon ni'n gwrando ar gerddoriaeth. Roedd Steve yn hymian hefyd. Caeais i fy ngheg yn dynn. Dim ond gyda Dad dwi'n canu.

Chwaraeon nhw un o ganeuon Kylie ar y radio.

'Mae *hi*'n dod o Awstralia,' meddai Steve.

'Mmm,' meddwn i.

'Efallai byddwn ni'n dechrau siarad Saesneg fel nhw. *Isn't that right, cobber?*' meddai Steve, mewn acen Awstralia hollol ofnadwy.

Ddwedais i ddim 'Mmm' hyd yn oed.

Roedd angen i mi ganolbwyntio. Beth roeddwn i'n mynd i ddweud wrth Dad? Pryd dylwn i ddweud wrtho? Ceisiais ymarfer y geiriau cywir yn fy mhen ond roedd fy meddwl yn union fel sgrin cyfrifiadur wedi rhewi. Allwn i ddim meddwl am ddim byd.

Trodd Steve i'n stryd ni a pharcio'r car o flaen y caffi. Edrychais i fyny ar yr arwydd: CAFFI LEDWYN. Mae'r caffi wedi'i enwi ar ôl Dad. Cledwyn yw ei enw, ond cwympodd yr C fawr i ffwrdd oesoedd yn ôl.

Roedd llawer o gwsmeriaid yn arfer dod i'r caffi. Roedd bytis sglods Dad yn arbennig o enwog. Roedd pawb yn dod i'w bwyta nhw. Byddai llwythi o ddynion yn dod o'r safle adeiladu mawr. Roedd y caffi bob amser yn llawn amser cinio achos y disgyblion ysgol fyddai'n dod i wario eu harian cinio yno. Ond yna dechreuodd pawb fwyta'n iach ac roedd yn rhaid i'r disgyblion aros yn yr ysgol a bwyta salad. Gorffennodd y dynion adeiladu'r swyddfeydd mawr ac i ffwrdd â nhw. Roedd y gweithwyr swyddfa'n bwyta brechdanau. Doedden nhw ddim eisiau bwyd o'r badell ffrio a bytis sglods. Roedd rhai o'r ffyddloniaid yn dal i ddod draw bob amser cinio, ond yna agorodd siop bitsa i lawr y stryd a dechreuon nhw fynd yno yn lle hynny.

Erbyn hyn roedd llawer o amser gan Dad i wneud i'r caffi edrych yn well. Ond doedd e byth yn dod i ben rywsut. Roedd y paent yn plisgo a'r ffenest yn frwnt. Roedd rhyw fachgen wedi ysgrifennu gair anweddus arni â'i fys. Roedd y fwydlen wedi llithro ac roedd un o'r llenni llipa wedi dod yn rhydd o'r rheilen. Ac roedd rhywun wedi taflu bocs dal pitsa wrth y drws.

'Druan â'r hen Gledwyn,' meddai Steve. 'Mae'r caffi'n dechrau edrych yn dwll. Ydy e'n dal i gael unrhyw gwsmeriaid?'

'Mae e'n cael llwythi,' meddwn i. 'Dad yw'r cogydd gorau yn y byd. Mae e'n mynd i gael ei dŷ bwyta mawr ei hunan un diwrnod. Dwi'n siŵr y bydd e'n un o'r cogyddion enwog 'ma sydd ar y teledu, a'i raglen a'i lyfrau coginio ei hunan.'

'Mmm,' meddai Steve.

'Fe gei di weld. Mae e'n mynd i fod yn *llawer* mwy llwyddiannus na ti, Steve,' meddwn i. Cydiais yn fy mag a neidio o'r car.

Roeddwn i'n gobeithio na fyddai'n dweud wrth Mam fy mod i wedi bod yn haerllug. Rhuthrais i mewn i'r caffi, a chanodd y gloch yn swnllyd. Roedd y lle bron yn wag, a neb wedi bod yn defnyddio'r cyllyll a'r ffyrc ar y llieiniau bwrdd siec glas a gwyn. Dim ond y tri chwsmer arferol oedd yno.

Roedd Seth y Sglods yn bwyta byti sglods. Roedd e'n pwyso ymlaen dros y bwrdd ac yn gwrando'n astud ar y sianel chwaraeon ar ei hen radio fach. Roedd Seth y Sglods yn dod i gael byti sglods bob dydd, er ei fod yn gwneud ei frechdanau sglods ei hunan yn ei fan sglods y tu allan i'r orsaf reilffordd bob nos. Roedd Dad yn arfer mynd i'w fan sglods pan oedd e'n fachgen bach. Roedd *tad* Dad yn arfer

41

mynd i'w fan sglods pan oedd *e*'n fachgen bach. Roedd Seth y Sglods wedi bod yn gwerthu o'i fan sglods ers amser maith. Roedd e'n hen iawn ac yn denau iawn a'i wallt yn wyn iawn ac roedd e'n cerdded yn araf iawn oherwydd bod rhaid iddo fod yn ofalus. Byddai'n cysgu'n hwyr, yn bwyta ei frechdan yng nghaffi Dad, yn treulio'r prynhawn yn y siop fetio, yn llusgo'i fan i'r orsaf ac yna'n ffrio sglods drwy'r nos tan i'r tafarnau gau a than i'r trên olaf adael yr orsaf.

Roedd Teifi Tew yn eistedd wrth y bwrdd nesaf yn bwyta ei facwn ac wy. Roedd e'n dal i wisgo'i got law a'i gap er ei bod hi'n ferwedig o boeth yn y caffi. Roedd Teifi Tew yn hen, ond ddim agos cyn hyned â Seth y Sglods. Nodiodd a wincio arna i, ond roedd yn nodio ac yn wincio o hyd. Felly doeddwn i ddim yn siŵr ai fy nghyfarch i oedd e ai peidio.

Roedd Miss Davies yn eistedd yn y pen pellaf, yn cadw draw wrth y ddau hen ddyn. Roedd hi'n eu gweld bron bob diwrnod yn y caffi, ond fyddai hi byth yn siarad â nhw, nac yn edrych draw arnynt hyd yn oed. Roedd hi'n eistedd â'i chefn atynt, ac yn sipian ei chwpanaid o de. Roedd bag ar olwynion wrth ei hochr. Roedd hi'n cadw un llaw ar y bag, fel petai'n ofni y byddai'n symud ar ei ben ei hunan. Roedd y bag yn llawn hen fara a hadau bwyd adar. Roedd Miss Davies yn bwydo holl golomennod y dref bob bore, ac yn aros i gael te yng nghaffi Dad ar ei ffordd.

'Hei, Dad!' galwais.

Syllodd Dad o'r twll bach yn y gegin a rhedeg i'm gweld. 'Sut mae fy nghariad fach i ar ddiwrnod ei phen-blwydd?' meddai, gan roi cwtsh fawr oedd yn arogli o sglodion i mi. Troellodd fi o gwmpas sawl gwaith fel bod fy nghoesau'n hedfan y tu ôl i mi.

'Gwyliwch fy mag i,' meddai Miss Davies yn swta, er nad oedden ni'n agos ato.

'Mae ceffyl o'r enw Pen-blwydd Hapus yn y ras fawr am hanner awr wedi tri,' meddai Seth y Sglods. 'Fe fentra i ychydig o arian arno – ac os bydda i'n lwcus, fe bryna i anrheg ben-blwydd arbennig i ti, Fflos.'

'Mae hi'n ben-blwydd arnat ti, ydy hi? Alla i ddim cofio pryd mae fy mhen-blwydd i,' meddai Teifi Tew.

Doeddwn i ddim yn siŵr ai tynnu fy nghoes oedd e ai peidio. Doedd Teifi Tew ddim yn edrych yn rhy siŵr chwaith. Ond, rhoddodd daffi fflyfflyd i mi o boced ei got law yn anrheg ben-blwydd. Diolchodd Dad iddo ond gwnaeth lygaid mawr arna i ac ysgwyd ei ben. Dwedais y byddwn i'n ei fwyta'n nes ymlaen.

'O wel, mae'n debyg y dylwn i ddod o hyd i rywbeth i ti hefyd,' meddai Miss Davies, a rhoi ei llaw yn ei bag i chwilio.

Roeddwn i'n meddwl tybed a oedd hi'n mynd i roi pecyn o hadau bwyd adar i mi. Ond daeth o hyd i'w phwrs a rhoi ugain ceiniog i mi. Diolchais iddi'n gwrtais iawn oherwydd dwi'n gwybod bod hen wragedd rhyfedd fel Miss Davies yn meddwl bod ugain ceiniog yn arian mawr.

Gwenodd Dad arna i'n ddiolchgar ac yna aeth â mi i'r gegin. Roedd e wedi symud un o fyrddau'r caffi i'r gornel ac wedi rhoi tinsel a balŵns i'w addurno a gosod y goleuadau bach Nadolig fry uwchben. Roedd mat bwrdd arian, a rubanau arian bach ar y gyllell a'r fforc, a baner â PEN-BLWYDD HAPUS, DYWYSOGES yn ysgrifen sigledig Dad.

'O Dad!' meddwn i a dechrau llefain.

'Hei, hei, hei! Dim dagrau, cariad bach!' meddai Dad. 'Nawr, eistedda ar dy orsedd ac agor dy anrhegion.'

Gwthiodd dri pharsel mawr coch ata i, ac un parsel papur brown llipa wedi'i glymu â llinyn.

'Oddi wrth Mam-gu mae hwnna,' meddai Dad. Rhwbiodd ei wefus. 'Paid â mynd yn rhy gyffrous.'

Gwasgais y papur brown meddal. 'Dwi'n meddwl ei bod hi wedi gwau rhywbeth i mi eto,' meddwn i.

Fel arfer roedd Mam-gu'n gwau'r anrhegion ei hunan. Roedd hi'n eu gwneud nhw'n arbennig i mi ond doedd hi byth yn cofio beth oedd fy oedran i. Roedd hi'n gwau siacedi pitw i blentyn bach gyda chwningod a hwyaid a thedis ar y pocedi bychain.

'Mae'n teimlo hyd yn oed yn llai'r tro yma,' meddwn i gan ochneidio.

'Efallai mai set fest a nicer ydy e!' meddai Dad.

'Paid â phoeni, dwi'n addo na fydd rhaid i ti eu gwisgo nhw.'

Nid fest a nicer oedd anrheg Mam-gu. Ond rhywbeth bron cynddrwg. Roedd hi wedi gwau dau anifail llipa gwlân, un llwyd ac un lliw mwd, gyda llygaid bach wedi'u gwnïo. Roedd hi'n anodd penderfynu pa fath o anifeiliaid oedden nhw. Roedd clustiau mawr a thrwyn mawr llipa gan yr un llwyd. Roedd clustiau bychain a chynffon gan yr un lliw mwd.

'Dwi'n credu mai eliffant yw hwn,' meddwn i, gan fyseddu'r un llwyd. Yna edrychais ar y creadur lliw mwd. 'Beth yw hwn – ci neu gath?'

'Un neu'r llall,' meddai Dad. 'Efallai mai cith neu ga ydy e.'

'Dad! Beth ddweda i wrth Mam-gu pan fydda i'n ysgrifennu llythyr diolch?'

'Dwed diolch yn fawr am y teganau meddal gwlanog hyfryd,' meddai Dad. 'Gwell peidio manylu gormod. Unwaith rhoddais ddiolch iddi am sgarff streipiog, er mod i'n meddwl ei bod hi'n llawer rhy fach. Ond mae'n debyg mai tei wedi'i wau'n arbennig oedd e. Wel dyna ni. Mae hi'n meddwl yn dda, chwarae teg iddi. Nawr, agor dy anrhegion eraill, cariad.'

Roedd y tri pharsel arall â *Nadolig Llawen* arnyn nhw mewn ysgrifen gyrliog aur.

'Sori, cariad, doedd dim papur lapio pen-blwydd

go iawn gyda fi,' meddai Dad. 'Dere nawr, agora nhw. Dwi bron â marw eisiau gweld beth yw dy farn di!'

Roedd y parsel cyntaf yn cynnwys coron bapur arian o waith llaw Dad â gemau losin drosti. Wrth ei gwisgo hi, arllwysodd pefr arian dros fy ngwallt, ond dwedodd Dad fod hynny'n gwneud i'm gwallt edrych yn arbennig o befriog.

'Rwyt ti'n edrych fel tywysoges go iawn yn gwisgo dy goron,' meddai Dad. Ymgrymodd o'm blaen. Yna gwnaeth gyrtsi hefyd, a chwarddais.

Roedd yr ail barsel yn cynnwys pâr o esgidiau sodlau uchel arian.

'Sodlau uchel go iawn, Dad! Waw!' meddwn i.

Esgidiau menywod ail-law oedden nhw, yn llawer rhy fawr i mi, ond doedd dim gwahaniaeth gen i. Ciciais fy esgidiau rhedeg newydd oddi ar fy nhraed a'u gosod nhw yn fy esgidiau arian arbennig.

'O diar, dydyn nhw ddim yn ffitio'n iawn. Paid â throi dy figwrn, er mwyn popeth,' meddai Dad. 'Gwell i ti eu gwisgo nhw yn y tŷ yn unig tan eu bod nhw'n ffitio. Agor y parsel mawr 'te.'

Ffrog sidan binc hir oedd hi gyda llewys mawr a rhosynnau bychain o gwmpas y bodis. Ffrog morwyn briodas rhywun oedd hi. Roedd 'rhywun' yn eithaf mawr. Roedd y ffrog yn hongian oddi arna i ac yn llusgo ar hyd y llawr, hyd yn oed pan oeddwn i'n gwisgo fy esgidiau sodlau uchel newydd.

'O diar, mae hi'n llawer rhy fawr,' meddai Dad.

'Nac ydy, dydy hi ddim. Mae hi'n hyfryd! Dwi wastad wedi bod eisiau ffrog laes arbennig fel hon,' meddwn i'n gyflym.

'Ac mae'r esgidiau'n rhy fawr hefyd,' meddai Dad.

'Ond mae'n amhosibl cael sodlau uchel yn fy maint i. Fe alla i stwffio sanau ynddyn nhw neu rywbeth. Dwi'n teimlo fel tywysoges go iawn ynddyn nhw, Dad,' meddwn i.

'Fy nhywysoges *i* wyt ti,' meddai Dad, a gwenu arna i. 'Iawn, gwell i mi baratoi gwledd frenhinol i'r dywysoges fach.'

Doeddwn i ddim wedi gallu bwyta brecwast o gwbl gyda Mam. Doeddwn i ddim yn siŵr a oedd chwant llond plât o fwyd padell ffrio Dad arna i chwaith. Roedd fy stumog mor dynn achos bod rhaid i mi ddweud wrtho fe am Awstralia. Penderfynais y dylwn ddweud wrtho yn y fan a'r lle, yn syth ar ôl iddo wneud fy mrecwast, fel bod popeth drosodd. Wedyn byddai Dad yn deall pam nad oedd chwant bwyd arna i.

Ond roedd Dad mor annwyl yn rhoi plât i mi ag wyneb bwyd doniol arno – sglodion yn lle gwallt, madarch yn lle llygaid, sosej yn lle trwyn, darn o facwn cyrliog yn lle ceg, a llond llwy o ffa pob yn lle bochau. Allwn i ddim difetha'r hwyl. Ddwedais i ddim byd a cheisiais fwyta cymaint ag y gallwn i. Addewais i mi fy hunan y byddwn i'n dweud wrtho amser cinio.

Ond amser cinio daeth criw mawr o gefnogwyr pêl-droed i mewn i'r caffi i gael bytis sglods cyn y gêm. Roedd Dad mor brysur fel nad oedd cyfle i roi'r newyddion iddo. Bu'n ffrio'r sglodion ac yn rhoi menyn ar y rholiau. Bues i'n eu gweini nhw a chymryd yr arian. Roedd llawer o'r cefnogwyr mewn hwyliau da a gadawon nhw ychydig o arian dros ben i'r 'weinyddes fach'.

Ceisiais roi'r arian i Dad ond gwrthododd ei gymryd.

'Ti biau e, Fflos. Ti enillodd e. Rwyt ti a fi'n gwneud tîm gwych.'

'Pan fydda i'n gadael yr ysgol, fe gawn ni ein tŷ bwyta ffansi ein hunain, ti a fi, ie, Dad? Chez Cledwyn a Fflos, ie?'

Dyna un o'n hoff gêmau ni, ond heddiw dim ond ysgwyd ei ben yn drist wnaeth Dad.

'Dwi ddim yn meddwl y dylet ti lynu wrth dy dad, Fflos fach,' meddai. 'Dim ond dy ddal yn ôl bydda i. Dwi ddim yn llwyddiant, ydw i?'

'Wyt, *rwyt* ti, Dad. Edrycha, dwi'n siŵr y bydd pethau'n gwella yn y caffi cyn hir. Edrycha pa mor brysur rydyn ni wedi bod amser cinio heddiw.'

'Fydd deg byti sglods ddim yn newid fy lwc, cariad,' meddai Dad. Tynnodd anadl ddofn. 'Fflos, efallai y dylwn i ddweud rhywbeth wrthot ti . . .'

Tynnais innau anadl ddofn hefyd. 'Dad, efallai y dylwn i ddweud rhywbeth wrthot *ti* . . .'

Edrychon ni ar ein gilydd.

'Newyddion drwg yw e?' meddai Dad.

'Ie,' meddwn i.

'Newyddion drwg sydd gyda fi hefyd. Ond allwn ni ddim cael newyddion drwg ar ddiwrnod pen-blwydd! Fe ddwedwn ni wrth ein gilydd fory, iawn, cariad? Mae pethau pwysicach gyda ni i'w gwneud heddiw – fel gwneud dy gacen ben-blwydd di!'

Dim ond llond llaw o gwsmeriaid ddaeth i gael cwpanaid o de drwy'r prynhawn, felly buon ni'n canolbwyntio ar y gacen. Rhoddodd Dad gyfle i mi ei chymysgu hi, gyda lliain sychu llestri am fy nghanol fel na fyddai dim yn tasgu ar y ffrog dywysoges. Gadawodd i mi grafu'r bowlen wedyn. Bues i'n ei *llyfu* hi hefyd. Dim ond chwerthin wnaeth Dad.

Roedd y caffi'n arogli'n hyfryd pan oedd y gacen yn y ffwrn. Bu Dad a finnau'n chwarae dal balŵns. Wedyn bu'n chwarae cerddoriaeth roc uchel a ninnau'n dawnsio. Roeddwn i'n cwympo allan o'r sodlau uchel arian o hyd. Felly tynnais nhw oddi am fy nhraed a'u rhoi am fy nwylo i wneud ychydig o ddawnsio tap ar ben y byrddau.

Yna daeth y gacen allan o'r ffwrn, yn lliw aur hyfryd. Roedden ni wedi cymysgu'r eisin mewn bowlen tra oedd y gacen yn coginio. Taenon ni'r eisin yn y canol fel brechdan, gyda haenen o jam mafon.

'Nawr, fe rown ni eisin ar ben y gacen,' meddai Dad. 'Pa addurniadau rwyt ti eisiau? Darnau bach lliwgar? Peli bach arian? *Smarties*? Ceirios glacé? Rhosynnau losin?'

Meddyliais yn ofalus, gan ystyried pob dewis.

'*Pob un* ohonyn nhw?' meddai Dad, gan chwerthin.

'Ie, *plîs!*' meddwn i.

'Bant â ni, 'te,' meddai Dad. 'Popeth yn iawn! Bydd yr Addurnwr Cacennau Gwych yn dechrau ar ei waith, gyda chymorth y Dywysoges ei hunan.'

Rhoddon ni beli arian a losin ar y gacen, ac arllwys popeth drosti nes ei bod hi wedi'i gorchuddio. Doedd dim lle bron i unrhyw ganhwyllau.

'Beth am i ni gynnau'r canhwyllau nawr a bwyta darn?' meddai Dad yn frwd.

'O ie,' meddwn i.

Cyneuodd Dad bob cannwyll, gan ganu *Penblwydd Hapus* yn uchel ac allan o diwn. Yna caeais fy llygaid a gwneud fy ngorau wrth ddymuno. *Plîs plîs plîs dwi eisiau gallu dal ati i weld Dad rywsut!* Chwythais mor galed, roeddwn i'n teimlo y byddai fy ysgyfaint yn rhwygo. Agorais fy llygaid – a dechreuodd pob un o'r canhwyllau gynnau unwaith eto.

Syllais arnyn nhw, wedi drysu braidd. Chwythais eto. Dyma'r canhwyllau'n crynu, mynd yn wan – a chynnau eto.

'Chwytha'n galetach, Fflos,' meddai Dad.

'Dwi *yn* gwneud,' meddwn i wrth ymdrechu. Roeddwn i bron yn fy nagrau. Roeddwn i eisiau i'r dymuniad ddod yn wir.

'Hei, hei, paid â mynd yn drist, cariad. Dim ond Dad sy'n cael ychydig o hwyl. Canhwyllau jôc ydyn nhw, edrycha . . .' Chwythodd Dad nhw allan hefyd, ac fe gyneuon nhw unwaith eto'n syth.

'Felly rwyt ti'n gallu cael *sawl* dymuniad pen-blwydd,' meddai. 'Fe gaf i ddymuniad hefyd.' Caeodd ei lygaid a siarad o dan ei anadl.

'Beth rwyt ti'n ei ddymuno, Dad?'

'Alla i ddim dweud wrthot ti neu ddaw e ddim yn wir,' meddai Dad, gan gyffwrdd yn ysgafn â blaen fy nhrwyn. 'Dere, dyma'r gyllell. Beth am gael darn enfawr yr un, ie?'

Buon ni'n mwynhau'r gacen. Pan oedd un o gwsmeriaid Dad yn dod i mewn, roedden nhw'n cael darn hefyd. Roedd hanner y gacen ar ôl pan gaeodd Dad y siop.

Fel arfer bydden ni'n cwtsio ar y soffa ac yn gwylio hen fideo ar y teledu. Doedd Dad ddim wedi dod i ben â phrynu peiriant DVD eto. A dweud y gwir roedd y teledu ei hun mewn cyflwr gwael. Roedd rhaid rhoi ergyd iddo'n aml cyn iddo weithio'n iawn. Doedd dim gwahaniaeth os byddai'n pwdu'n llwyr. Byddai Dad yn darllen i mi a byddwn innau'n darllen iddo fe neu bydden ni'n chwarae gêmau doniol ar bapur fel gêm OXO a *Hangman* a Llongau Rhyfel.

'Fe eisteddwn ni ar y soffa fory,' meddai Dad. 'Mae rhywbeth cyffrous ar y gweill heno, ar noson dy ben-blwydd. Cer i nôl dy siaced.'

'I ble rydyn ni'n mynd, Dad?'

Winciodd arna i. 'Mae'r ffair wedi dod i'r comin yr wythnos hon.'

'O waw!'

Doedd Mam byth yn gadael i mi fynd i ffeiriau. Llefydd swnllyd ofnadwy a phobl 'wyllt', meddai hi. Roedd hi'n dweud na allai hi ddioddef yr aroglau ffrio winwns am eu bod nhw'n ei hatgoffa hi o'r caffi. Roedd Mam a Steve yn mynd â fi i Oakwood ac Alton Towers. Roedd hi'n costio llawer o arian i fynd yno, felly roedd Mam yn dweud mai dim ond pobl 'deidi' oedd yno. Ond nid gyda Mam roeddwn i, ond gyda Dad. Roedden ni'n dau'n *dwlu* ar ffeiriau.

'Gwell i ti newid dy esgidiau arian ffansi, cariad. Mae ffeiriau'n gallu bod yn eitha mwdlyd,' meddai Dad.

Roeddwn i'n gwybod y byddai'n gall i mi newid y ffrog dywysoges hefyd, ond meddai Dad yn gyflym, 'Na, na, cadwa dy ffrog amdanat ti, i ti gael bod yn dywysoges drwy'r nos, cariad bach.'

Roeddwn i'n gwybod yn iawn fy mod i'n edrych yn dwp yn fy ngwisg morwyn briodas ail-law, fy siaced denim a'r esgidiau rhedeg newydd. Ond roeddwn i'n gwybod bod Dad eisiau i mi esgus nad oeddwn i eisiau tynnu'r ffrog am ei bod hi mor arbennig. Felly gwisgais y wisg gyfan, y goron arian a phopeth.

Roeddwn i'n gweddïo na fyddwn i'n cwrdd â neb o'r ysgol yn y ffair. Yn enwedig Marged a Ffion!

R oedd y ffair yn orlawn. Roedd sawl criw o fechgyn mawr yn crwydro o gwmpas, y math y byddai Mam yn eu galw'n daclau drwg. Rhoddodd Dad ei fraich amdanaf.

'Nawr, aros di wrth fy ochr i, cariad bach,' meddai. 'Ar beth awn ni gyntaf?'

'Y ceffylau bach!' meddwn i.

'Dewis da!' meddai Dad. 'Dere nawr 'te, Dywysoges, dewisa dy geffyl.'

Rhoddodd Dad amser i mi ddewis. Cerddais o gwmpas y ceffylau bach er mwyn gweld pob un a phenderfynu pa un roeddwn i'n ei hoffi orau. Gwelais geffyl gwyn â mwng a chynffon binc a cheg fawr binc yn wên i gyd. Roedd ei henw wedi'i ysgrifennu am ei gwddf. Perl oedd ei henw.

Rhedais tuag ati'n syth wrth i'r ceffylau bach arafu, ond roedd hi'n anodd yn fy ngwisg morwyn briodas laes. Daeth merch arall o'm blaen i a neidio arni gyntaf.

'Paid â phoeni,' meddai Dad. 'Fe arhoswn ni.'

Felly dyma ni'n aros, ac o'r diwedd dyma'r ceffylau bach yn arafu eto a'r tro yma rhedodd *Dad* hefyd, a chyrraedd Perl a'i chadw i mi.

'Dere arni gyda fi, Dad,' meddwn i.

Codais fy ffrog ac eistedd o flaen y rheilen lliw siwgr barlys oedd yn dod o gefn Perl. Eisteddodd Dad y tu ôl i mi, a rhoi ei freichiau am fy nghanol. Talon ni'r arian a dechreuodd yr hen gerddoriaeth hyfryd a dyma ni'n reidio rownd a rownd nes bod y ffair yn oleuadau lliwgar i gyd. Trueni na allai Perl godi ei charnau arian a dianc o'r ffair a charlamu i ffwrdd am byth a ninnau ar ei chefn, meddyliais.

'Hoffet ti fynd ar gefn Perl eto, Dywysoges?' gofynnodd Dad.

'O, plîs!'

Felly dyma ni'n mynd rownd a rownd eto, a phan ddaethon ni oddi arni o'r diwedd cefais roi mwythau i drwyn Perl a'i mwng hir.

'Mae hi mor hyfryd,' meddwn i. 'Dwi'n dwlu ar ei mwng pinc. Mae'n gweddu'n dda i'r ffrog, Dad, edrycha.'

'Gwell i ni wneud yn siŵr ein bod ni'n bwyta pethau sy'n mynd yn dda gyda'r ffrog hefyd,' meddai Dad. 'Candi i Fflos fach!'

Aeth â mi at stondin candi-fflos. Roedd rhosynnau drosti i gyd, ac roedd tedi mawr pinc mewn dillad sidan yn hongian oddi ar yr adlen.

'Dyw Mam byth yn gadael i mi gael candi-fflos achos mae'n ddrwg i'r dannedd,' meddwn i.

'Cei di lanhau dy ddannedd yn ofalus iawn heno,' meddai Dad, a nodio ar y fenyw dal â gwallt golau yn y fan candi-fflos. 'Un yr un, os gwelwch chi'n dda. Mae fy nannedd *i* mewn cyflwr gwael yn barod.'

'Fyddwn i ddim yn dweud hynny,' meddai menyw'r stondin candi-fflos. 'Mae gwên hyfryd gyda chi, syr.'

Gwenodd Dad o glust i glust. Gwenais innau hefyd. Dwi wrth fy modd pan fydd pobl yn hoffi Dad.

'Rwyt ti'n debyg i dy dad, cariad,' meddai menyw'r stondin candi-fflos. 'Rwyt ti'n edrych yn hyfryd iawn yn y ffrog binc bert 'na. Wyt ti wedi bod yn forwyn briodas?'

'Na, mae'n ben-blwydd arni. Hi yw fy nhywysoges fach i,' meddai Dad.

'*Dad!*' meddwn i, a theimlo'n dwp.

'Aaa, dyna hyfryd. Wel, gwell i ni wneud candi-fflos arbennig o fawr ar gyfer dy ben-blwydd.'

Gwyliais mewn rhyfeddod wrth iddi arllwys siwgr i ganol y pair metel ac yna gwneud iddo ddechrau troi. Dechreuodd darnau o gandi-fflos ymddangos, yn union fel hud a lledrith. Cydiodd mewn darn tenau o bren a'i droi sawl gwaith hyd nes bod cwmwl enfawr o gandi-fflos arno.

'Dyna ti, cariad,' meddai, a'i roi i mi.

'O, iym!' meddwn i.

Cydiais ynddo'n llawn rhyfeddod a symud fy

wyneb yn nes ato'n ofalus. Doeddwn i ddim yn siŵr sut y dylwn ei gnoi. Yna dyma rhywun y tu ôl i mi'n fy ngwthio a suddodd fy nhrwyn yn ddwfn i'r cwmwl pinc ac aros yno.

'Gwylia, fachgen! Gwylia fy merch fach i,' meddai Dad, a throi i'w wynebu.

Ond nid dim ond un bachgen oedd yno. Roedd chwech neu saith bachgen mawr, a phob un yn dal can o lager. Roedden nhw'n crwydro o gwmpas ac yn dweud pethau twp. Pethau anweddus iawn iawn. Wnaethon nhw ddim sylw o Dad o gwbl.

'Rho lond sgŵp o gnau mwnci i mi,' meddai'r bachgen mwyaf wrth fenyw'r stondin candi-fflos.

'Ie, un i fi hefyd. Dwi'n llwgu.'

'*Popcorn* i mi – llond cwpan mawr,' meddai un arall.

'Arhoswch am eich tro, fechgyn, y gŵr bonheddig yma sydd gyntaf,' meddai menyw'r stondin candi-fflos.

'Dydyn ni ddim yn arfer aros am ein tro. Ni sy'n dweud, a ti sy'n gweini arnon ni – *deall*?' meddai'r un mawr.

'Fy stondin i yw hon, a does dim rhaid i mi weini ar neb. Felly ewch o 'ma'n go glou – *deall*?' meddai menyw'r stondin candi-fflos.

Ddwedodd neb ddim byd am eiliad, dim ond edrych ar ei gilydd.

'Paid â siarad â fi fel 'na,' meddai'r boi mawr. Wedyn galwodd hi'n rhywbeth anweddus iawn.

'Paid â meiddio siarad fel 'na â hi,' meddai Dad. 'Mae eisiau golchi dy geg di â sebon, 'machgen i.'

'Mae eisiau cau dy hen geg di, y twmffat tew,' meddai'r bachgen a rhoi ergyd i Dad yn ei wyneb.

Rhoddodd Dad ergyd yn ôl iddo, ond wedyn dechreuodd ffrindiau'r bachgen ei helpu. Rhoddais sgrech a dyma rhywun yn fy ngwthio. Glaniais ar fy wyneb yn y mwd. Gorweddais yno. Roeddwn yn methu symud. Roedd llawer o weiddi a sŵn ymladd.

Codais fy mhen. 'Help! Maen nhw'n gwneud dolur i Dad!' gwaeddais.

'Popeth yn iawn, cariad. Mae dy dad yn iawn nawr. Dere, gad i mi dy helpu di i godi, druan fach â ti.' Menyw'r stondin candi-fflos oedd yno, yn fy nghodi ar fy eistedd ac yn sychu fy wyneb bawlyd. Cwympodd fy nghoron arian i ffwrdd. Roedd wedi'i rhwygo a'i sathru dan draed.

Syllais o gwmpas yn wyllt i chwilio am Dad. Gwelais lawer o bobl yn y pellter – dynion mawr cryf yn llusgo'r bechgyn meddw ofnadwy o'r ffair.

'Dydyn nhw ddim yn mynd â Dad hefyd, ydyn nhw?' meddwn i.

'Nac ydyn, nac ydyn, wrth gwrs hynny. Dyna fe draw fan acw, wrth fy stondin i. Weli di fe?'

Roedd Dad yn pwyso yn erbyn y stondin. Roedd un o ddynion mawr y ffair yn cynnig clwtyn iddo fe gael sychu ei wefus waedlyd.

'Paid â rhoi'r hen glwtyn brwnt yna iddo fe, Iolo!

Dere, gofala am y stondin am ddeg munud i fi gael glanhau'r ddau yma yn y garafán,' meddai menyw'r stondin candi-fflos.

Helpodd fi i godi ar fy nhraed. Roedd hi'n llawn cydymdeimlad pan welodd gyflwr fy ffrog.

'O arswyd y byd! Ond dyna ni, dyw hi ddim wedi'i rhwygo – trueni na alla i ddweud yr un peth am jîns dy dad, druan! Dwi'n siŵr y bydd hi'n ddigon hawdd golchi'r mwd. Wnaeth y twpsod 'na ddolur i ti, cariad?'

'Dwi ddim yn *meddwl* hynny,' meddwn i. Doeddwn i ddim yn gallu deall yn iawn beth oedd wedi digwydd. Un funud roedden nhw i gyd yn ymosod ar Dad, a'r funud nesaf roedden nhw'n cerdded i ffwrdd yn gloff, a dynion y ffair yn eu hebrwng allan.

'Dad! Dad!' meddwn i a baglu dros fy ffrog wrth fynd ato. 'Dad, lwyddaist ti i lorio'r hen fechgyn ofnadwy 'na?'

Chwarddodd Dad ac yna gwingodd, achos bod ei wefus dost wedi chwyddo. '*Fi?*' meddai. 'Doedd dim siâp arna i o gwbl, Fflos.'

'Oedd, wir. Roeddech chi'n wych, yn ateb 'nôl drosta i fel 'na,' meddai menyw'r stondin candi-fflos.

'Fe atebodd e 'nôl drosta i hefyd,' meddwn i.

'Wel wir, mae e'n gwrtais a dewr iawn,' meddai menyw'r stondin candi-fflos. 'Nawr, dewch chi'ch dau gyda fi i ni gael glanhau tipyn arnoch chi.'

'Felly sut daeth yr ymladd i ben mor sydyn?'

gofynnais, wrth i ni ei dilyn hi drwy'r stondinau i'r cylch o garafannau.

'Mae ein bechgyn ni'n cadw llygad rhag ofn bydd helynt,' meddai menyw'r stondin candi-fflos. 'Unrhyw helynt, ac maen nhw i gyd yn dod draw. Ac maen nhw'n fechgyn cryf hefyd.'

'Ydyn wir,' meddai Dad. 'Yn enwedig yr un â'r gwallt golau a'r modrwyau penglog, yr un roddodd y clwtyn i mi sychu fy nhrwyn. Fe loriodd e dri o'r bechgyn ag un ergyd!'

'O, Iolo yw hwnna. Fy mab *i* yw e,' meddai menyw'r stondin candi-fflos. 'Mae e'n galon i gyd, yn enwedig gyda'r merched. Ond gwae neb sy'n codi'i wrychyn e.'

'Wel, dwi'n falch mai *gyda* fi roedd e'n ymladd,' meddai Dad.

'Iawn, dyma fy ngharafán i,' meddai menyw'r stondin candi-fflos.

Fan binc lachar oedd hi â rhosynnau coch wedi'u peintio'n ofalus dros y drws.

'Dwi'n dwlu ar rosynnau,' meddai Dad.

'Dyna fy enw i, Rhosyn. Yr un enw â Mam a Mam-gu. Roedden nhw'n honni ein bod ni'n perthyn i'r fenyw dweud ffortiwn, Gypsy Rose. Roedden nhw'n arfer darllen dwylo a syllu i'r belen risial a'r holl bethau yna i gyd.'

'Ydych chi'n gallu dweud ffortiwn?' gofynnais yn gyffrous.

'O, dwi'n gallu darllen dail te cystal â neb,' meddai, a gwenu arna i. 'Dere, dringa'r grisiau.'

Dyma ni'n dringo'r ysgol aur hyfryd a mynd drwy'r drws pinc.

'Wwww!' meddwn i.

Dyna'r ystafell ryfeddaf a mwyaf hudolus i mi ei gweld erioed. Roedd y waliau'n binc y tu mewn hefyd, gyda llawer o ddarluniau o flodau a bythynnod yn y wlad. Roedd y darluniau i gyd yn cael eu hadlewyrchu sawl gwaith gan ddrychau enfawr. Felly roedd hi'n anodd gweld beth oedd yn iawn, a beth oedd yn adlewyrchiad. Roedd soffa felfed goch fawr a chlustogau o waith llaw arni, a bwrdd â lliain les drosto. Roedd cabinet mewn un cornel yn llawn o fenywod porslen mewn gwisgoedd crinolin. Roedd cloc aur yn cerdded tic-toc ar seld, a dau gi tsieni mawr bob ochr iddo.

'Dyna hardd!' meddwn i.

'Dwi'n falch dy fod ti'n hoffi'r lle, cariad,' meddai Rhosyn. Aeth i'r gegin fach ac agor y tap i redeg dŵr i badell goch.

'Sut bod dŵr tap gyda chi fan hyn?' meddai Dad.

'O, mae e'n dod drwy'r biben ble bynnag byddwn ni'n aros.'

'Felly rydych chi'n teithio dros y wlad i gyd?'

'Wel – dros dde Cymru. Rydyn ni'n aros mewn safle newydd bob wythnos yn ystod yr haf.' Aeth i nôl clwtyn a dechrau golchi fy wyneb a'm dwylo.

Gwnaeth hyn yn dyner iawn, yn enwedig wrth fynd o gwmpas fy llygaid a'm trwyn a'm ceg. Doedd hi ddim yn sgrwbio sblish-sblosh fel roedd rhai oedolion yn ei wneud. Yna dechreuodd lanhau'r staeniau ar fy ffrog.

Cefais gip arall ar yr ystafell pan oedd hi wrthi.

'Ond sut rydych chi'n gwneud yn siŵr nad yw'r pethau hyfryd 'ma'n torri pan fyddwch chi'n symud i'r lle nesaf?' gofynnais.

'Drwy hud a lledrith. Y cyfan sydd angen ei wneud yw *clic!*' – chwifiodd ei hewinedd arian hir – 'ac maen nhw'n glynu wrth y wal.'

Rhythais arni. A Dad hefyd.

Dechreuodd Rhosyn chwerthin. 'Nage, nage! Dwi'n eu pacio nhw'n ofalus mewn swigod lapio bob tro,' meddai.

'A ble byddwch chi'n cysgu? Does dim gwely i'w weld yn unman,' meddwn i.

'Fflos, paid â gofyn cymaint o gwestiynau,' meddai Dad. 'Paid â bod yn anghwrtais.'

'Popeth yn iawn,' meddai Rhosyn. 'Weli di'r soffa yna? Rwyt ti'n codi darn y sedd – a dyna lle mae fy ngwely i, yn glyd a chynnes, wedi'i blygu o'r golwg.'

'Beth am Iolo? Ble mae ei wely e?'

'Mae carafán ei hunan gyda fe nawr. Mae'n llawer rhy fawr i rannu gyda'i fam druan.'

'Beth am dad Iolo?' gofynnodd Dad.

Chwarddodd Rhosyn. 'Pwy sy'n holi cwestiynau

nawr?' meddai hi. 'O, fe ddiflannodd e amser maith yn ôl. Y tro diwetha y gwelwyd e, roedd e yng nghwmni merch syrcas hanner ei oedran e.'

'O. Dwi'n gweld. Sori,' meddai Dad, a gwrido.

'Peidiwch â phoeni. Dwi'n mwynhau bod yn annibynnol. Dyna ni!' Daliodd sgert fy ffrog i mi gael ei gweld. Roedd hi'n dal yn wlyb, ond roedd y rhan fwyaf o'r mwd wedi mynd.

'Gwaith arbennig,' meddai Dad.

'Dwi wedi cael digon o ymarfer! Roedd Iolo'n arfer dod 'nôl yn fwd i gyd bob tro roedd e'n mynd allan i chwarae,' meddai Rhosyn.

Golchodd y badell a nôl clwtyn glân. 'Nawr 'te, syr, gadewch i ni roi trefn arnoch chi.'

'Nid syr ydw i! Cledwyn ydw i,' meddai Dad. 'A dyma fy merch fach, Fflos.'

'Sut mae'r hwyl, Cledwyn. Iawn 'te, gwell golchi'r wyneb 'ma'n iawn. Fe dorrodd y gwalch 'na eich gwefus chi a gwneud i'ch trwyn chi waedu. Dim cusanu i chi am ddiwrnod neu ddau!'

'Fe fyddai hi'n braf cael cyfle i gusanu,' meddai Dad.

Bu Rhosyn yn glanhau Dad yn ofalus *iawn*. Mae Dad yn gallu bod yn dipyn o fabi pan fydd rhywbeth yn bod arno. Ond chwynodd e ddim unwaith, dim hyd yn oed pan roddodd Rhosyn antiseptig dros ei anafiadau.

'Nawr, beth am eich coesau chi? Ydyn nhw'n

gwaedu hefyd?' meddai hi, a syllu ar y rhwygiadau mawr ym mhennau gliniau jîns Dad.

'Mae'r croen wedi rhwygo, dyna 'i gyd. Maen nhw'n iawn,' meddai Dad.

'O, dyna ddyn dewr!' meddai Rhosyn. 'Ond rhaid eich bod chi wedi cael tipyn o sioc. Fe fyddai ychydig o frandi'n gwneud lles i ni'n dau, dwi'n credu.'

Arllwysodd ddwy ddiod i wydrau coch prydferth. Wedyn rhoddodd ddiod lemonêd hyfryd i mi mewn gobled gwydr gwyrdd.

'Gwin gwyn, madam?' meddai, a gwneud tipyn o ffws wrth ei weini.

'Blasus iawn!' meddwn i. 'Ond gaf i gwpanaid o de hefyd?'

'Dwyt ti ddim yn hoffi te, Fflos!' meddai Dad.

'Nac ydw – ond dwi eisiau i Rhosyn ddarllen y dail te.'

'Wel, a dweud y gwir, cariad, dim ond sachau te sydd gen i. Ond beth am i mi ddarllen dy law di yn lle hynny?'

'O ie, plîs!'

Rhoddais fy llaw iddi'n frwd. Eisteddodd wrth fy ochr a dal fy llaw yn ei llaw hi. Edrychodd arni'n ofalus.

'Aaaa!' meddai.

'Beth? O plîs, beth yw e?'

'Mae Rhosyn yn mynd i ddweud wrthot ti dy fod

ti'n cnoi dy ewinedd a'th fod newydd gael pen-blwydd ac mai ti yw cannwyll llygad dy dad!' meddai Dad, a chwerthin.

'O, *Dad*,' meddwn i.

'Ie, byddwch ddistaw, Dad,' meddai Rhosyn. Dilynodd y llinellau ar fy llaw â'i bys. 'Nawr 'te, mae'r llinell hon wedi'i thorri – sy'n dweud wrtha i dy fod ti wedi bod yn poeni, a'th fod yn teimlo dy fod ti wedi torri'n ddwy – ydy hynny'n wir?'

'O ydy!'

'Ond paid â phoeni, cariad. Dwi'n gallu gweld y byddi di'n hapus yn y dyfodol. Mae rhai newidiadau'n mynd i ddigwydd.'

'Dwi ddim yn credu fy mod i'n hoffi newidiadau,' meddwn i. 'Mae gormod wedi digwydd i mi'n barod.'

'Nage, nage, mae'r rhain yn newidiadau da, fe gei di weld.'

'Beth ydyn nhw?' meddwn i'n amheus.

'Wel, fe gei di weld hynny yn y dyfodol!'

'Allwch chi ddim rhoi awgrym neu ddau i fi?'

'Newidiadau ydyn nhw i dy gartref, dy deulu, dy ffrindiau –'

'O na! Ydy Rhiannon yn mynd i beidio â bod yn ffrind i mi a mynd i ffwrdd gyda Marged?'

'Fe gei di weld.' Dyma hi'n fy ngoglais o dan fy ngên. 'Paid â phoeni cymaint. Aros di – mae pob math o arwyddion yma. Dyma dy gyfle lwcus di, Fflos.'

'Oes cyfle lwcus i fi hefyd? Mae angen ychydig o lwc dda arna i,' meddai Dad.

'Ydych chi eisiau i mi ddarllen eich llaw chi?'

'Mmm, gwell peidio efallai! Dwi ddim yn siŵr a fyddwn i'n hoffi clywed popeth,' meddai Dad, ac yfed gweddill ei ddiod i gyd. 'Wel, rydych chi wedi bod yn hynod garedig wrthon ni, Rhosyn. Rydyn ni wedi eich cadw chi o'r stondin yn ddigon hir. Dere, Fflos, mae'n hen bryd i ti fynd i'r gwely.'

'Wel, os newidiwch chi eich meddwl, dewch 'nôl a chwilio amdana i,' meddai Rhosyn a gwenu arno. 'Nawr, fe ddylech chi gael reid am ddim oddi wrthon ni, o leiaf. Beth hoffech chi? Yr Olwyn Fawr? Y *Waltzers*? Y Trên Ysbryd?

Edrychodd Dad arna i. Edrychais innau arno fe.

'Tro arall ar gefn Perl?' meddai Dad.

'O plîs!'

Felly cawsom fynd ar gefn Perl am un tro hudolus arall. Carlamodd Perl rownd a rownd ar ei charnau arian, a'i mwng pinc a'i chynffon yn hedfan. Hedfanon ni gyda hi, ac wrth i gerddoriaeth yr hyrdi-gyrdi chwarae, roeddwn i'n canu yn fy mhen, *Mae ein lwc ni'n newid, mae ein lwc ni'n newid, mae ein lwc ni'n newid!*

Penderfynais ddweud wrth Dad y noson honno. Ond roeddwn i'n rhy flinedig i wneud dim mwy na sgrwbio candi-fflos oddi ar fy wyneb, brwsio fy nannedd a chwympo i mewn i'r gwely.

Penderfynais ddweud wrth Dad dros frecwast yn lle hynny. Ond gwnaeth e *croissants* arbennig, gwisgo *beret* du doniol ar ei ben a rhoi rhaff o winwns plastig am ei wddf, i esgus bod yn Ffrancwr. Allwn i ddim dweud wrtho pan oedd e'n neidio o gwmpas yn canu *Frère Jacques* ac yn fy ngalw i'n gabetsien fach.

Penderfynais ddweud wrth Dad cyn cinio. Ond aethon ni i'r parc a rhoi'r hen fara oedd dros ben o'r caffi i'r hwyaid eu bwyta. Roedd cymaint ohono, cafodd yr hwyaid wledd. Roedden nhw'n cwacian yn ddiolchgar wrth i mi siglo'r bagiau a gwneud storm eira o friwsion bara. Doeddwn i ddim eisiau difetha eu hwyl nhw – na'n hwyl ninnau chwaith.

Penderfynais ddweud wrth Dad amser cinio. Ond

cefais eistedd yn y caffi yn esgus bod yn gwsmer pwysig iawn. Gwnaeth Dad salad bach doniol i mi oedd yn edrych fel wyneb clown – gwallt letys, llygaid wy wedi'i ferwi, a thrwyn tomato ceirios.

'Dyna ni! Dwed wrth dy fam mod i'n rhoi bwyd hynod iach i ti,' meddai Dad. 'Nawr 'te, mae'n bryd cael pwdin.'

Doedd hwnnw ddim mor iach. Rhoddodd Dad hufen, hufen iâ a saws mafon dros ddarnau mawr o'r gacen ben-blwydd. Felly roedd e'n bwdin pen-blwydd cwbl nefolaidd. Allwn i ddim difetha'r cyfan drwy ddweud y newyddion wrtho.

Roedden ni mor llawn wedyn, eisteddon ni un bob pen i'r soffa a gwylio ein hen fideo o *The Railway Children*. Mae'n neidio o gwmpas tipyn ac weithiau mae'n mynd yn sownd. Ond rydyn ni'n gwybod yn union beth sy'n digwydd yn y ffilm, felly does dim gwahaniaeth. Roedden ni'n dweud y geiriau hanner yr amser. Ac ar y diwedd yn deg, mae Bobbie'n rhedeg i'r orsaf ac yn gweld ei thad ac yna mae'n rhedeg ato, gan weiddi, 'Dadi, O, Dadi.'

Mae Dad yn fawr ac yn feddal. Mae e bob amser yn crio pan fydd y darn yma'n dod a dwi'n tynnu ei goes yn ofnadwy. Ond y tro yma, roeddwn i'n meddwl am sut roedd Bobbie druan yn teimlo, heb weld ei thad am gymaint o amser – a fi oedd yr un ddechreuodd feichio crio.

'Hei! Does dim hawl crio! *Fi* sy'n gwneud hynny,'

meddai Dad, a rhoi pwt bach cariadus i mi. Yna edrychodd arna i'n ofalus. 'Dwyt ti ddim yn crio *go iawn*, wyt ti, Fflos? Beth sy'n bod, dwed? Wyt ti'n gallu dweud wrth dy dad, cariad?'

Dyna oedd y drafferth. Doeddwn i *ddim* yn gallu dweud wrth Dad, roedd y cyfan mor ofnadwy. Rhoddais fy mreichiau am ei wddf a chydio'n dynn amdano.

'Dwi'n mynd i weld dy eisiau di'n ofnadwy, Dad,' llefais a gwlychu ei hen siwmper lwyd â'r dagrau.

'Dwi'n mynd i weld dy eisiau di drwy'r wythnos hefyd, cariad. Dwi'n byw er mwyn y penwythnosau, yn enwedig nawr . . . Wel, dwi wedi mynd i drafferth gydag arian, a dyw pethau ddim yn rhy dda yn y caffi. Ond, os wyt ti gyda fi, dyna'r unig beth sy'n cyfri,' meddai Dad, a rhwbio'i ên bigog ar gorun fy mhen.

Dechreuais grio'n waeth.

'Hei, hei, paid â chrio cymaint, Fflos fach. Mae dy wallt cyrliog di fel sidan. Rwyt ti'n union fel candi-fflos arbennig. Gwylia di – fe wna i dy fwyta di bob tamaid.' Gwnaeth synau llowcio doniol, ac esgus cnoi fy ngwallt.

Allwn i ddim peidio â chwerthin, er fy mod i'n crio o hyd.

'Dyna ni, coda dy galon, cariad. Bydd Steve, arwr y byd, yn dod i dy nôl di cyn hir yn ei gar crand. A dwi ddim eisiau iddo fe ddweud wrth dy fam dy fod ti wedi bod yn ddiflas gyda fi. Rhaid i ti fod yn ferch fach hapus, llon a bywiog, sydd ddim yn hidio taten achos bod ei rhieni wedi gwahanu. A sôn am fwyd, gwell i ti beidio â dweud wrth dy fam ein bod ni wedi bwyta cacen ben-blwydd gyfan rhyngon ni neu fe gawn ni bryd o dafod!'

'Dad? O, Dad!'

'Beth sy'n bod, cariad? Dwed wrtha i.'

'Dwi ddim yn gwybod *sut*,' wylais.

Yna clywais gar yn parcio'r tu allan. Codais oddi ar y soffa. Steve oedd yno, yn llawer rhy gynnar. Steve a Mam a Teigr, pob un wedi dod i fy nôl i.

Roedd rhaid i mi ddweud y cyfan nawr. Rhuthrodd popeth allan fel rhaeadr.

'Dad, alla i ddim diodde'r peth, ond rydyn ni'n mynd i Awstralia. Mae Steve wedi cael swydd newydd ac rydyn ni'n symud yno mis nesaf. Newydd ddweud wrtha i maen nhw a dwi wedi bod yn ceisio dweud wrthot ti drwy'r penwythnos a dwi ddim wedi llwyddo. Maen nhw'n dweud na fyddwn ni yno am byth, dim ond chwe mis, ond bydd e'n *teimlo* fel oesoedd. Dwi'n teimlo fel petawn i'n cael fy nhorri'n ddwy achos dwi'n dy garu di, Dad.'

Canodd cloch y drws. Ysgydwodd Dad ei ben, roedd e wedi drysu. Am un eiliad ofnadwy aeth ei wyneb yn rhyfedd. Yna tynnodd anadl ddofn a cheisio gwenu.

'Dyna newyddion cyffrous iawn, Fflos,' meddai.

'Awstralia, ie? Wel, bydd rhaid i ni brynu un o'r hetiau rhyfedd 'na i ti, het â chyrc yn hongian oddi arni.'

'Oes ots gyda ti, Dad? Wyt ti'n grac wrtha i?'

'Wrth gwrs nad ydw i'n grac wrthot ti, y ferch dwp. Mae *ots* gyda fi, mae'n amlwg. Fe fydda i'n gweld dy eisiau di'n ofnadwy. Gofala di nad wyt ti'n anghofio am dy dad.'

'O Dad, fyddwn i byth yn gwneud hynny!' meddwn i.

Canodd y gloch eto. Curodd rhywun ar ddrws y caffi.

'Dere, mae'n swnio fel petai dy fam yn dechrau mynd yn ddiamynedd,' meddai Dad.

Cydiais ynddo fel mwnci bach. Roeddwn yn methu gollwng gafael. Stryffaglodd Dad gyda fi i'r drws. Roedd hi'n anodd ei agor.

'Beth sy'n digwydd, Cledwyn? Rydyn ni wedi bod yn canu'r gloch a churo ar y drws ers oesoedd,' meddai Mam. Edrychodd arna i. 'O Fflos, dyna olwg sydd arnat ti!' Yna edrychodd yn iawn. 'Beth yn y byd yw'r peth pinc 'na rwyt ti'n wisgo? Ac esgidiau arian pwy yw'r rheina? Maen nhw'n *llawer* rhy fawr i ti!'

Rhoddodd Dad fi i lawr yn dyner. Cerddais yn sigledig ar fy sodlau uchel.

'Fy nillad tywysoges pen-blwydd y'n nhw,' llefais. 'Dwi'n meddwl eu bod nhw'n hardd.'

'Ie. Wel. Cer i nôl dy bethau 'te, mae'n rhaid i ni fynd. Rydyn ni'n mynd draw at fam Steve i gael te.' Cydiodd Mam yn nwrn Teigr. Roedd e'n ceisio pigo'r paent rhydd oddi ar ddrws y caffi. 'Paid, cariad! Ych a fi! Mae e'n frwnt! Ydyn, rydyn ni'n mynd i weld Mam-gu, on'd ydyn ni?'

'Nid fy mam-gu *i* yw hi,' meddwn i. 'Dwi eisiau aros gyda Dad.' Ceisiais glymu fy mreichiau o amgylch canol mawr Dad a phwyso fy mhen yn erbyn ei frest. Gallwn glywed ei galon yn curo *dwmp-dwmp-dwmp* o dan ei siwmper.

'Paid â dechrau ymddwyn fel babi, Fflos. Cei di weld dy dad eto cyn . . . cyn . . .'

'Cyn i chi i gyd fynd i Awstralia,' meddai Dad, gan roi ei law ar fy ysgwydd.

'Ie, Awstralia!' meddai Mam, gan edrych i fyw llygaid Dad am y tro cyntaf. 'Felly mae Fflos wedi dweud wrthot ti?'

'Ydy, wir. Mae'r peth yn ei phoeni hi, fel y gweli di,' meddai Dad.

'Wel, rwyt ti'n amlwg wedi bod yn ei chynhyrfu hi. Mae hi wrth ei bodd. Mae'n gyfle gwych,' meddai Mam. 'Mae Steve wedi gwneud mor dda, yn cael y swydd yma.'

'Dwi *ddim* wrth fy modd,' meddwn i o dan fy ngwynt wrth Dad. 'Trueni na fyddai hi'n cau ei cheg am Steve.'

'Beth ddwedaist ti?' meddai Mam.

'Pam na ddwedaist ti wrtha i cyn hyn?' meddai Dad.

'Wel, rydyn ni'n dweud wrthot ti nawr,' meddai Mam. 'Mae Steve yn mynd i fod yn gyfrifol am y gangen newydd sbon 'ma yn Awstralia a bydd ei gyflog yn dyblu, a –'

'Ie, ie,' meddai Dad. Roedd e'n amlwg eisiau i Mam gau ei cheg am Steve hefyd. 'Ond dwi eisiau gwybod sut mae hyn yn mynd i effeithio Fflos. A'n effeithio i o ran hynny. Fe fydda i'n torri nghalon os fydda i'n methu gweld fy merch fach.'

'Sori am hyn, mêt,' meddai Steve. Dydy e *ddim* yn fêt i Dad, ddim byth. 'Wnaethon ni ddim trefnu'r peth, ti'n gwybod. Wnes i ddim cynnig am y swydd yn Sydney hyd yn oed – nhw gynigiodd y swydd i fi.' Cododd ei ysgwyddau a gwenu'n gam i ddangos nad fe oedd ar fai am fod mor wych a chlyfar a phoblogaidd.

'Mae'n ddigon hawdd dweud sori,' meddai Dad. Edrychodd ar Mam. 'Beth am fy hawl i weld Fflos? Mae gen i hawl i'w gweld hi hefyd, rwyt ti'n gwybod hynny.'

'Fe gei di ddod i'w gweld hi unrhyw bryd rwyt ti eisiau,' meddai Mam yn dawel.

'Sut af i draw yno? Cerdded?' meddai Dad.

'Nid fi sydd ar fai os nad oes arian gyda ti i

ddod draw,' meddai Mam. 'Allwn ni ddim colli'r cyfle euraid yma. Alli di wneud dim am y peth, Cledwyn.'

Disgynnodd pen Dad ychydig.

'Mae'n debyg dy fod ti'n iawn,' meddai'n sobor o drist. 'Wel, gobeithio bydd popeth yn mynd yn dda i chi. A paid â phoeni, Fflos fach, fe ysgrifennwn ni'n aml at ein gilydd. Ac efallai enilla i'r loteri ac wedyn fe ddof i draw i'th weld di'n syth . . . neu fe wisga i fy mhants Superman a gwibio draw i Sydney ar fy liwt fy hunan.'

Roedd e'n ceisio gwneud i mi chwerthin, ond crio'n waeth wnes i.

'Dere, Fflur, paid â'i gorwneud hi nawr,' meddai Mam. 'Newid o'r esgidiau dwl 'na, tyn y ffrog oddi amdanat ti a bant â ni.'

Tynnais fy hunan oddi wrth dad. Sychais fy llygaid a chamu'n ôl. Edrychais arno. Roedd dagrau yn ei lygaid yntau hefyd, er ei fod wedi gwneud i'w geg wenu fel clown. Yna edrychais ar Mam a Steve a Teigr. Y ddau deulu oedd gen i.

Yn sydyn, roeddwn i'n gwybod lle roeddwn i'n perthyn.

'Dwi ddim yn mynd,' meddwn i.

Ochneidiodd Mam. 'Edrycha, mae Mam-gu Tŷ'n y Cae'n disgwyl amdanon ni, ac mae Teigr yn dechrau aflonyddu. Dwi eisiau iddo gael ei botel yn y car er mwyn iddo fynd i gysgu.'

'Dwi ddim yn mynd *o gwbl*,' meddwn i. Tynnais anadl ddofn. 'Dwi ddim yn mynd i Awstralia. Dwi wedi penderfynu. Alli di wneud dim i newid fy meddwl i. Dwi'n aros gyda Dad.'

R oedd hi'n union fel petawn i wedi taflu bom at
Mam. Ffrwydrodd hi. Dwedodd wrtha i fy
mod i'n gwbl hurt. Mynnodd fod rhaid i mi fynd
gyda hi. Roeddwn i'n rhan o'i theulu hi.

'Dwi'n rhan o deulu Dad hefyd,' meddwn i.

Rhoddodd Dad gwtsh enfawr i mi – ond wedyn
daliodd fi hyd braich ac edrych i mewn i'm llygaid.
'Wyt ti'n siŵr dy fod ti'n gwybod beth rwyt ti'n
ddweud, Fflos? Dwi'n meddwl y byddai hi'n llawer
gwell i ti fod yn Awstralia gyda dy fam. Does dim
rhaid i ti aros gyda dy dad, ti'n gwybod. Fe fydda i'n
gweld dy eisiau di'n fawr ond fe fydda i'n ymdopi,
dwi'n addo.'

'Fydda i ddim yn ymdopi, Dad,' meddwn i. 'Dwi
eisiau aros gyda ti.'

'Wel, chei di ddim, felly gwell i ti roi'r gorau i hyn
i gyd nawr,' meddai Mam. 'Ti yw fy merch i ac rwyt
ti'n dod i fyw gyda fi.'

'Nac ydw, dydw i ddim!'

'Wyt, mi rwyt ti.'

'Nac ydw, dydw i *ddim*.'

'Wyt, mi rwyt ti.'

'Hei hei hei, chi'ch dwy! Ry'ch chi'n swnio fel act bantomeim wael,' meddai Dad.

'Paid â dweud wrtha i beth i'w wneud,' meddai Mam. 'Dwi'n siŵr mai dy fai di yw hyn i gyd. Ti ddwedodd wrth Fflos am wneud hyn. Dwi'n dweud wrthot ti, roedd hi'n edrych ymlaen at fynd i Awstralia, fel byddai unrhyw un call.'

'Wel, mae hi'n edrych yn ddigon call i fi nawr – ac mae'n amlwg beth mae hi eisiau ei wneud,' meddai Dad. 'Mae hi eisiau aros gyda fi.'

'Chaiff hi ddim! Gyda'i mam dylai merch fod,' mynnodd Mam. Trodd ata i. 'Fflos?' Daeth crygni i'w llais, fel petai hi'n mynd i grio. 'Gyda fi rwyt ti eisiau bod go iawn, yntê, cariad?'

Arhosodd hi. Arhosodd Dad. Arhosais innau hefyd.

Doeddwn i ddim yn *gwybod* beth roeddwn i wir eisiau ei wneud.

O, oeddwn. Roeddwn i eisiau i Steve a Teigr ddiflannu mewn pwff o fwg. Roeddwn i eisiau teulu oedd yn cynnwys Mam a Dad a finnau, a neb arall. Byddai popeth fel roedd hi'n arfer bod, pan oedd Dad yn galw Mam yn dywysoges fawr ac roedd hithau'n chwerthin am ben ei jôcs dwl ac rodden ni'n cael brecwast yn y gwely bob bore Sul ac yn cwtsio gyda'n gilydd ar y soffa fawr yn y lolfa.

Caeais fy llygaid am eiliad a dymuno i hynny ddigwydd.

Roeddwn i'n gwybod na allai hynny byth ddod yn wir. Agorais fy llygaid eto. Dyna lle roedd Mam, yn crychu'i thalcen â dwy linell ddofn uwchben ei thrwyn. Roedd ei gwefusau sgleiniog perffaith wedi'u gwasgu'n galed, yn llinell syth. Roedd Dad yn cnoi darn o groen rhydd ar ei fawd. Roedd ei wallt fel petai wedi sefyll ar ei ben, a'i grys chwys yn rhy dynn dros ei fola. Gallwn ddymuno a dymuno nes fy mod i'n chwyddo'n falŵn enfawr, ond fyddai Mam a Dad byth yn mynd 'nôl at ei gilydd.

Dechreuodd Teigr gwyno achos bod Mam yn cydio'n rhy dynn ynddo. Plygodd Steve draw a chydio ynddo. Cododd ef yn uchel ar ei ysgwyddau llydan. Chwarddodd Teigr yn hapus. Roedd e'n dwlu ar ei dad.

Roeddwn innau'n dwlu ar fy nhad hefyd. Roeddwn i'n ei garu hyd yn oed yn fwy am nad oedd e'n dal a ffit a golygus a chlyfar fel Steve. Roedd Steve a Teigr yn cadw cwmni i Mam. Doedd neb gan Dad, dim ond fi.

'Dwi wir eisiau aros yma gyda Dad,' meddwn i'n ddistaw wrth Mam. 'Plîs, plîs, plîs gad i mi aros.'

Gwnaeth Mam wyneb rhyfedd. Diflannodd ei gwefusau sgleiniog wrth i'w cheg droi. Dechreuodd dagrau bowlio i lawr ei bochau. 'Iawn,' sibrydodd. Daliodd ei stumog fel petai wedi cael ei bwrw.

Daliodd Steve hi'n dynn, â Teigr ar ei ysgwyddau o hyd.

Rhoddodd Dad ei freichiau amdanaf i hefyd. Gallwn deimlo ei fod e'n crynu. Dwi'n meddwl ei fod yntau'n crio.

Byddai wedi bod yn haws petaen ni i gyd wedi gallu gwahanu yn y fan a'r lle. Ond es i aros gyda Mam a Steve a Teigr tan iddyn nhw fynd i Awstralia.

Roedd e'n ofnadwy. Doedd Mam a fi ddim yn gwybod sut i ymddwyn gyda'n gilydd. Un diwrnod byddai Mam yn ymddwyn yn oer a phell. Pan fyddwn i'n edrych i fyny, byddai hi'n syllu arna i fel petai hi'n fy nghyhuddo i. Y diwrnod wedyn byddai'n llawn hyder ac yn dweud wrtha i nad oeddwn i'n mynd i ddrysu eu cynlluniau nhw i fynd i Awstralia ac mai fi fyddai'n colli cyfle, nid hi. Ond y diwrnod canlynol dechreuodd feichio crio'n sydyn, a finnau hefyd. Eisteddais ar lin Mam a chwtsio'n agos a hithau'n fy siglo fel plentyn bach, fel Teigr.

'Dwi'n mynd i weld dy eisiau di, babi Mam,' meddai Mam.

'Dwi'n mynd i weld dy eisiau di hefyd, Mam,' meddwn i.

'*Plîs* dere gyda ni,' sibrydodd yn fy ngwallt cyrliog.

Roeddwn i bron â marw eisiau mynd. Roedd Mam yn edrych fel petai'n mynd i weld fy eisiau,

Rhoddais fy mreichiau am Mam a'i siglo'n dawel. Cydiodd hithau'n dynn ynof i a llefain yn erbyn fy mrest nes bod fy nghrys-T yn wlyb domen.

'Paid â chrio, Mam,' ymbiliais. 'Nid un fach ydw i nawr, ond merch fawr. Fe fydda i'n iawn gyda Dad pan fyddi di i ffwrdd. Wedyn pan ddoi di 'nôl o Awstralia fe awn ni 'nôl i'r un drefn ag arfer gyda fi'n byw gyda ti yn ystod yr wythnos. Fe fydd popeth yn iawn eto, fe gei di weld.'

'O cariad,' wylodd Mam. 'Dwi'n credu mod i wedi mynd yn ddwl. Beth rydw i'n *wneud*? *Alla* i ddim dy adael di ar ôl. Alla i ddim!'

D echreuais obeithio ei bod hi wir wedi newid ei
meddwl. Byddai hi'n aros yng Nghymru
wedi'r cyfan ac anghofio am Awstralia.

Y diwrnod canlynol, rhoddodd y gorau i'r holl
bacio gwyllt a mynd at gyfreithiwr. Chefais i ddim
mynd i mewn i'w swyddfa gyda hi. Bu'n rhaid i mi
aros yn y dderbynfa'n gofalu am Teigr. Roedd e'n
gwrthod aros ar fy nghôl. Bu'n prowlan ar ei
bedwar, a'i ddwylo gludiog yn cydio yn y llyfrau
clawr lledr ar y silffoedd. Gwnaeth y fenyw yn y
dderbynfa ei gorau i siarad iaith babi ag ef, ond
doedd dim hwyl dda ar Teigr. Roedd e'n gweiddi
nerth ei ben pan ddaeth Mam allan o swyddfa'r
cyfreithiwr. Roedd hi hefyd yn edrych fel petai eisiau
gweiddi nerth ei phen.

'Dwi ddim yn mynd i aros fan hyn a disgwyl i'r
llysoedd benderfynu!' meddai'n chwyrn yn syth ar ôl
i ni fynd allan. 'Mae'r tocynnau gyda ni, mae popeth
yn barod i ni fynd. Allwn ni ddim oedi nawr! Mae'n

rhaid i Steve ddechrau gweithio yng nghangen Sydney'r mis yma. Alla i ddim gadael iddo fynd ar ei ben ei hunan. Mae angen i fi fod yn gefn iddo fe – ac os nad ydw i'n ofalus bydd rhyw ferch ifanc yn gwneud llygaid mawr arno a throi ei ben. Beth *wnaf* i?'

Rhythodd Mam arna i fel petawn i ar fai am bopeth. 'Pam na alli di gymryd y cyfle gwych yma, Fflos? Beth ddaeth dros fy mhen, yn gadael i ti benderfynu beth sy'n digwydd? Edrycha, rwyt ti'n dod gyda ni, beth bynnag rwyt ti'n feddwl!'

'Beth wnei di, Mam? Fy nghipio i? Dwi ychydig yn rhy fawr i ti fy nghario i o dan dy gesail. Wyt ti'n mynd i nghloi i yn un o'r cesys, efallai?'

'Paid â bod mor ddigywilydd!' meddai Mam, a rhoi siglad i mi.

'Wel, paid â bod yn gymaint o fòs arna i! Aw, rwyt ti'n gwneud *dolur* i fi. Dwi wedi dweud a dweud wrthot ti, dwi ddim yn dod, dwi'n aros gyda Dad.'

'*Pam* rwyt ti eisiau aros gyda fe?'

'Dwi'n ei garu e.'

'Yn fwy nag wyt ti'n fy ngharu i?'

'Dwi'n eich caru chi'ch *dau*,' meddwn i, dan lefain. 'Mam, mae fy angen i arno fe.'

'Felly rwyt ti'n meddwl mwy am ei deimladau e na nheimladau i? O'r gorau, aros gyda fe 'te. Fydda i ddim yn ceisio dy berswadio di eto. Wyt ti'n hapus nawr?' meddai Mam yn swta.

Wrth gwrs nad oeddwn i'n hapus – a doedd

hithau ddim chwaith. Roedd y cyfan mor boenus. Roedden ni'n dwy fel petaen ni'n mynd o un pegwn i'r llall o hyd, yn ffrindiau gorau un diwrnod ac fel ci a hwch y diwrnod canlynol.

Y diwrnod cyn i Mam a Steve a Teigr hedfan, roedden ni'n troi fel cwpan mewn dŵr. Roedd Mam a finnau'n cwtsio un funud ac yn gweiddi ar ein gilydd y funud nesaf. Ond y noson honno, gadawodd Mam Steve ar ei ben ei hunan yn y gwely, cerdded yn ofalus o gwmpas y cesys, a dringo i mewn i'r gwely sengl wrth fy ochr i. Daliodd fi'n dynn a chwtsiais yn ddwfn yn ei breichiau. Chysgon ni ddim llawer o gwbl. Bu Mam yn adrodd storïau am yr adeg pan oeddwn i'n ferch fach. Bues i'n adrodd storïau wrth Mam am beth roeddwn i eisiau ei wneud pan fyddwn i'n ferch fawr. Cydion ni'n dynn yn ein gilydd. Roedd dwylo Mam yn dal yn ffyrnig o dynn am fy mreichiau, fel petai'n methu dioddef gollwng ei gafael.

Daeth Dad i'm nôl i yn ei fan, er mwyn cario'r holl stwff ychwanegol. Fan fawr wen yw hi ac roeddwn i bob amser wedi mwynhau mynd ynddi. Ond sylwais ar Steve yn ysgwyd ei ben wrth weld yr holl dolciau a'r crafiadau oedd arni. Sylwodd Dad hefyd. Rhaid ei fod wedi gweld chwith, ond ysgydwodd law Steve a dymuno'n dda iddo yn ei swydd newydd. Rhoddodd ei law'n ysgafn ar ben Teigr. Yna rhoddodd gwtsh trwsgl i Mam.

'Gad i ni fod yn ffrindiau o hyd, Sal. Dwi'n addo i ti y bydda i'n gofalu'n dda am Fflos. Mwynha Awstralia a'r bywyd newydd, ond paid ag anghofio dod adref, cariad.'

Roedd Mam bob amser yn edrych yn grac pan fyddai Dad yn ei galw hi'n "cariad", ond nawr dechreuodd snwffian yn ddagreuol a rhoi cwtsh mawr iddo fe.

Daliais fy anadl wrth i'm rhieni gofleidio. Efallai nawr, ar y funud olaf un, y bydden nhw'n sylweddoli eu bod nhw'n caru ei gilydd wedi'r cyfan. Yna trodd Mam oddi wrtho ac aeth yr eiliad heibio.

Wedyn daeth ein tro ni, Mam a finnau, i gwtsio. Buon ni'n cwtsio a chwtsio a chwtsio. Roedd y cyfan yn boenus iawn. Roeddwn i'n teimlo fel petawn i'n gwneud camgymeriad mwyaf fy mywyd.

'Dwi eisiau i ti gael hwn, Fflos,' meddai Mam, gan roi amlen i mi. 'Tocyn hedfan agored i Sydney yw e. Fe gei di ei ddefnyddio unrhyw bryd yn ystod y chwe mis nesaf. Fe fydd hi'n rhyfedd i ti fynd ar daith mor hir ar dy ben dy hunan, ond fe gei di ofal ar yr awyren. Neu wrth gwrs fe gei di newid dy feddwl nawr a dod gyda ni wedi'r cyfan.'

Roeddwn i eisiau cydio yn Mam a dweud *Ydw, ydw, dwi eisiau dod!*

Ond gwelais wyneb Dad. Roedd e'n nodio ac yn ceisio gwenu. *Allwn* i ddim dweud ydw, dwi'n dod.

Ysgwyd fy mhen yn drist wnes i, ac addo y byddwn i'n gofalu am y tocyn.

Agorodd Dad ddrws y fan. Cododd Steve fi i mewn. Rhoddodd Mam un gusan olaf i mi. Yna dyma ni'n gyrru i ffwrdd a gadael fy mam, fy nghartref, fy nheulu i gyd . . .

Chwifiais fy llaw am amser maith ar ôl i ni droi'r gornel a neb yn gallu ein gweld ni. Yna eisteddais yn isel yn fy sedd, a rhoi fy nwylo dros fy ngheg rhag i unrhyw sŵn ddod allan.

'Mae'n iawn i ti grio, cariad. Cria di gymaint ag wyt ti eisiau,' meddai Dad. 'Dwi'n gwybod bod hyn yn anodd iawn i ti. Rwyt ti'n mynd i weld eisiau dy fam yn fawr. Fe fydda *i*'n gweld ei heisiau hi, er gwaethaf popeth. Ond fe ddaw hi 'nôl mewn chwe mis, ac fe fydd yr amser yn gwibio heibio. Petawn i'n gallu ennill y loteri, gallen ni'n dau hedfan allan i Sydney am fis o wyliau. Yn wir, petawn i'n gallu ennill y loteri, byddai ein problemau ni i *gyd* yn cael eu datrys.' Ochneidiodd Dad yn drist. 'Dwi'n teimlo'n wael, Fflos fach. Dylwn fod wedi mynnu dy fod ti'n mynd gyda dy fam.'

'Dwi eisiau bod gyda ti, Dad,' meddwn i'n dawel. Ond doeddwn i ddim yn siŵr a oedd hynny'n wir erbyn hyn.

'Nôl â ni i'r caffi. Agorodd Dad y lle a dechrau paratoi te a choffi. Doedd dim llawer o bwynt.

Doedd dim cwsmeriaid yno o gwbl, ddim hyd yn oed Seth y Sglods na Teifi Tew na Miss Davies.

'Man a man i mi gau eto. Dwi'n amau a ddaw neb i mewn cyn amser cinio, o leiaf,' meddai Dad. 'Dere cariad, gad i ni fynd allan am dipyn. Beth hoffet ti ei wneud?'

Dyna'r drafferth. Doeddwn i ddim wir eisiau gwneud *dim*. Buon ni'n loetran o gwmpas y siopau am dipyn, ac edrych ar rai o'r pethau oedd ar werth. Doedd dim pwynt cyffroi am ddim byd achos roeddwn i'n gwybod nad oedd arian gan Dad. Dechreuodd chwarae gêm – beth fydden ni'n ei brynu petaen ni'n ennill y loetri. Doedd dim llawer o chwant chwarae arna i.

'Mae'n siŵr y byddai Steve yn gallu prynu unrhyw beth fan hyn â'i gerdyn credyd,' meddai Dad.

'Dwi ddim eisiau dim byd,' meddwn i.

'Da 'merch i. Pethau syml bywyd sydd orau, yntê?' meddai Dad yn frwdfrydig. 'Dere, gad i ni fynd i'r parc a bwydo'r hwyaid. Rwyt ti'n mwynhau hynny, on'd wyt ti?'

Meddyliais tybed a oeddwn i'n mynd ychydig yn rhy hen i fwydo'r hwyaid. Ond aethon ni 'nôl i'r caffi i godi bag o hen fara. Wedyn i lawr â ni i'r parc, er ei bod hi wedi dechrau bwrw glaw.

'Dim ond glaw mân yw e,' meddai Dad.

Erbyn i ni gyrraedd pwll yr hwyaid roedden ni'n

dau'n wlyb stecs ac yn crynu o oerfel. Doedden ni ddim wedi trafferthu gwisgo ein cotiau.

'Wel, mae hi'n dywydd braf i hwyaid,' meddai Dad.

Roedden nhw'n nofio mewn cylchoedd, yn cwacian yn hapus. Mamau a'u hwyaid bach.

Taflais ychydig o fara iddyn nhw, darnau mawr i'r mamau a darnau bach llond pig i'r hwyaid bach. Ond roedd hi'n amlwg eu bod nhw'n llawn yn barod. Roedd darnau mawr o fara'n arnofio o'u cwmpas nhw ym mhobman, ond doedd dim amynedd gyda nhw i agor eu pigau. Roedd cymaint o ymwelwyr wedi bod yn barod. Mamau a phlant bach.

'Dim ots, beth am fynd â'r bara adref a gwneud brechdanau sglodion?' meddai Dad. 'Dwy i ti a dwy i fi. Iym sgrym!'

Doeddwn i ddim yn gwrando'n iawn. Roeddwn i'n edrych ar awyren yn hedfan yn uchel yn yr awyr. Roedd hi'n edrych fel aderyn arian.

'Fydd dy fam ddim ar yr awyren eto,' meddai Dad yn dyner. 'Dydyn nhw ddim yn mynd i'r maes awyr tan heno. Hedfan dros nos maen nhw.'

Dechreuais feddwl yn wyllt y gallwn i bacio fy nghês, rhedeg fel y gwynt at Mam ac ymbil arni i fynd â fi gyda hi wedi'r cyfan.

Efallai mai dyna pam roeddwn i mor aflonydd ar ôl cyrraedd adref. Bues i'n rholio ar y soffa, lolian ar y llawr, gwylio deg munud o un fideo, pum munud o un arall, darllen dwy dudalen o'm llyfr, tynnu fy ysgrifbinnau jel allan a dechrau tynnu llun ac yna gwasgu'r papur yn belen. Yn y diwedd, bues i'n rholio'r ysgrifbinnau dros y llawr i gyd, a'u bwrw'n bwdlyd o un pen yr ystafell i'r llall.

Aeth un o dan y soffa. Roedd rhaid i mi ddefnyddio fy mysedd i chwilio amdani. Cefais hyd i ddarnau bach o fflwff, hen greision, hances a llythyr wedi'i wasgu'n belen. Dyma fi'n ei agor a gweld y gair *dyled* a'r gair *llys* a'r gair *beiliaid* cyn i Dad ei gipio oddi arna i.

'Hei, hei, fy llythyr *i* yw hwnna, Fflos,' meddai. Dyma fe'n ei wasgu'n belen eto, yn dynn dynn nes ei fod fel bwled fach.

'Beth yw e, Dad?'

'Dim,' meddai Dad.

'Ond ro'n i'n meddwl ei fod e'n dweud . . .?'

'Dim ond hen lythyr twp i geisio codi ofn arna i. Ond dyw e ddim yn mynd i lwyddo, iawn?' meddai Dad. 'Nawr, dere, anghofia bopeth amdano fe, dyna ferch dda. Dere, gad i ni gael ein brechdanau sglodion!'

Gwnaeth Dad ddwy yr un, ac un arall am lwc. Dim ond hanner un ohonyn nhw fwyteais i, ac roedd hynny'n dipyn o ymdrech. Yn y pen draw doedd dim llawer o chwant bwyd ar Dad chwaith. Edrychon ni ar y brechdanau sglodion oedd ar ôl ar y plât. Roedd hi fel petai Dad wedi gwneud digon i'r ddau deulu oedd gen i. Doeddwn i ddim yn siŵr a allwn i ddioddef bod yn y teulu bach yma, dim ond y ddau ohonon ni. Doeddwn i ddim yn siŵr sut fydden ni'n ymdopi.

Caffi'r Afalau

R oeddwn i'n nofio mewn pwll hwyaid enfawr. Roedd hwyaid anferth â phigau fel cleddyfau'n dod tuag ata i. Agorais fy ngheg i sgrechian am help, ond dechreuais dagu yn y dŵr gwyrdd brwnt. Dyma fi'n peswch a pheswch a mynd o dan y dŵr. Cefais fy nal mewn rhaffau hir seimllyd o chwyn. Roeddwn i'n methu dod yn rhydd. Roedd yr hwyaid anferth yn nofio uwch fy mhen, a'u traed mawr yn fy mwrw. Roeddwn i'n methu codi i'r wyneb. Roedd f'ysgyfaint yn ffrwydro. Doedd neb yn gwybod, doedd dim ots gan neb, ddaeth neb i'm hachub i . . .

Deffrais yn anadlu'n drwm. Roeddwn i'n wlyb domen. Meddyliais, am un eiliad erchyll, efallai fy mod wedi gwlychu'r gwely. Ond dim ond chwysu ro'n i. Codais o'r gwely gwlyb, a mwmian, 'Mam, Mam' – ac wedyn dyma fi'n cofio.

Sefais ar ben y grisiau, yn crynu. Roedd hi'n dywyll. Allwn i ddim rhedeg at Mam i gael cwtsh.

Roedd hi i fyny fry yn yr awyr, hanner ffordd ar draws y byd.

Dechreuais grio fel babi, yn belen fach ar y carped. 'Fflos?'

Daeth Dad allan yn drwsgl o'i ystafell wely yn ei byjamas. Bu bron â baglu drosta i. 'Beth wyt ti'n wneud fan *hyn*, cariad? Paid â llefain. Dere nawr, fe af i â ti 'nôl i'r gwely. Mae popeth yn iawn. Mae Dad fan hyn. Dim ond hunllef oedd hi.'

Roeddwn i'n teimlo fel petawn i'n dal i gael hunllef. Rhoddodd Dad fi'n dyner yn y gwely ond doedd e ddim yn gwybod sut i gael y glustog a'r cwilt yn iawn. Aeth e ddim i nôl hances boced bapur i sychu fy nhrwyn. Fuodd e ddim yn cribo fy ngwallt â'i fysedd. Rhoddodd e gusan fach ar fy moch, ond roedd ei wyneb yn bigog a doedd e ddim yn arogli'n felys fel Mam.

Ceisiais gwtsio o dan y cwilt ond doedd hwnnw ddim yn arogli'n iawn chwaith. Roedd e'n drewi o hen dŷ a braster sglodion. Roeddwn i eisiau mynd i dŷ *Mam*, ond roedd popeth wedi newid. Roedd ein pethau ni wedi'u pacio. Cyn hir byddai'r tŷ wedi'i osod i bobl ddieithr. Dychmygais ferch arall fy oedran i yn fy ystafell wely wen gyda'r carped coch fel ceirios a'r llenni â phatrwm ceirios. Gwelais hi'n edrych allan o'r ffenest ar 'y ngardd i a'm siglen arbennig i. Allwn i ddim dioddef meddwl am y peth.

Dri mis yn ôl roedd Steve wedi gosod siglen fach i

Teigr, un liwgar gyda goleuadau'n fflachio. Roeddwn i wedi bod yn chwaer fawr dda, yn ei wthio'n ôl a blaen. Ond allwn i ddim peidio â dweud y byddwn *i* wedi hoffi cael siglen pan oeddwn i'n fach.

Doeddwn i ddim wedi meddwl bod Mam a Steve wedi sylwi. Ond y penwythnos canlynol, pan oeddwn i gyda Dad, gosododd Steve siglen bren draddodiadol anhygoel yn yr ardd. Roedd hi'n ddigon mawr i oedolyn – yn sicr roedd hi'n ddigon mawr i *mi*.

'Fy siglen i!' Dechreuais lefain nawr.

'Beth? Paid â chrio fel hyn, Fflos. Dwi ddim yn gallu deall beth rwyt ti'n ddweud,' meddai Dad. Roedd e'n swnio fel petai'n poeni. 'Gwranda, dwi'n gwybod dy fod ti'n gweld eisiau dy fam yn ofnadwy. Mae dy docyn hedfan di'n saff yn nrôr y gegin. Fe gei di benderfynu pryd rwyt ti eisiau hedfan a mynd atyn nhw. Fe fydd teithio yr holl ffordd yn antur fawr i ti.'

'Na, na. Dwi eisiau fy *siglen*,' meddwn i.

Roedd angen eiliad neu ddwy ar Dad i ddeall. 'Wel, mae hynny'n ddigon hawdd,' meddai. 'Fe awn ni draw i dŷ dy fam yfory a nôl dy siglen. Paid ag ypsetio, cariad. Fe fydd Dad yn rhoi trefn ar bopeth nawr.'

Aethon ni draw i'r tŷ'n gynnar fore dydd Sul, cyn i Dad agor y caffi. Parciodd Dad y fan y tu allan i'r tŷ. Roedd popeth yn edrych fel arfer. Allwn i ddim credu nad oedd Mam a Steve a Teigr yno.

Doedd dim allwedd gyda ni, ond doedd dim angen un i agor bollt y glwyd ar ochr y tŷ a cherdded i'r ardd gefn. Doedd siglen Teigr ddim yno. Roedd hi wedi cael ei thynnu i lawr a'i phacio. Dim ond ôl pedwar sgwâr yn y borfa oedd yno, lle roedd y coesau wedi bod.

Roedd fy siglen i yn sefyll yn gadarn o hyd. Yn rhy gadarn. Gwnaeth Dad ei orau i geisio ei thynnu i lawr. Torrodd i mewn i sied yr ardd hyd yn oed, a defnyddio rhaw Steve i fwrw'r pyst oedd yn dal y siglen. Symudodd y siglen ddim, ond plygodd rhaw Steve.

'O daro,' meddai Dad. 'Nawr, mae'n siŵr bydd rhaid i mi dalu am raw newydd ar ben popeth arall.'

'Paid â phoeni, Dad.'

'Ond dwi *yn* poeni. Pam dwi mor anobeithiol? Edrych, dwi'n benderfynol o gael y siglen 'na lawr.'

Dyma Dad yn pwnio a bwrw eto. Bu'n ymladd â'r siglen, bron. Ceisiodd balu o'i chwmpas â'r rhaw, ond roedd y pyst yn mynd yn ddwfn i'r ddaear – bron i Awstralia.

Safodd Dad yn stond a sychu'i dalcen. Roedd ei wyneb yn chwys i gyd ac yn goch.

'Does dim ots, Dad, wir,' meddwn i.

'Mae ots gyda fi,' meddai Dad yn benderfynol.

Edrychais i fyny ar y siglen, a difaru fy mod i wedi

sôn amdani. Syllodd Dad arni hefyd. Crychodd ei dalcen, fel petai'n ceisio gwneud i'r siglen symud drwy feddwl am y peth. Yna'n sydyn dyma fe'n curo'i ddwylo, rhedeg, a nôl siswrn garddio Steve.

'Dad! Beth wyt ti'n mynd i'w wneud?'

'Popeth yn iawn, Fflos. Dwi newydd weld beth ddylwn i wneud. Fe dorrwn ni dy siglen yn rhydd. Dim ond y rhaff a'r sedd sydd eisiau. Does dim angen dim byd arall. Siglen *symudol* fydd hi nawr, ti'n gweld?'

Dyma Dad yn ymestyn a thorri'r ddwy raff. Cwympodd y ddwy i lawr yn drwm â'r sedd bren yn sownd wrthyn nhw. 'Dyna ni!' meddai, fel petai wedi cyflawni tric anhygoel.

Edrychais yn amheus ar y siglen a dweud dim.

Ar ôl i ni gyrraedd adref, aeth Dad â'r siglen i ardd gefn y tŷ. Dydy e ddim wedi cael amser i droi'r lle'n ardd go iawn. Does dim llawer o le, beth bynnag. Mae biniau olwynion mawr i fynd â'r sbwriel o'r caffi, a bocsys cardfwrdd o hen bethau mae Dad yn mynd i roi trefn arnyn nhw rhyw ddiwrnod. Wedyn mae darnau o hen feiciau, a sgwter trydan nad yw erioed wedi gweithio'n iawn.

Mae gwely blodau bychan o fioledau yno achos bod Dad yn hoffi eu hwynebau bach siriol. Hefyd mae hen bydew tywod lle roeddwn i'n arfer chwarae Ar Lan y Môr. A choeden afalau sy'n rhy hen i roi ffrwythau er mai dyna'r rheswm pam brynodd Dad y caffi flynyddoedd yn ôl. Roedd e'n mynd i wneud tarten afalau a chacen afalau a siytni afalau a saws afalau. Peintiodd arwydd mawr newydd i fynd dros y drws – CAFFI'R AFALAU – a pheintio'r waliau a'r ffenestri'n wyrdd llachar lliw afal.

Newidiodd yr enw i 'Caffi Cledwyn' oesoedd yn ôl. Ond mae'r paent gwyrdd lliw afal yno o hyd, er ei fod wedi pylu braidd ac yn plisgo ym mhobman. Roedd Mam bob amser yn dweud wrth Dad am dorri'r goeden afalau i lawr achos bod dim pwynt iddi, ac roedd hi'n taflu cysgodion dros yr ardd. Ond roedd Dad yn ymateb fel petai Mam wedi gofyn iddo fy nhorri *i* i lawr.

'Fe gawn ni hongian dy siglen ar y goeden afalau!' meddai Dad.

Bu wrthi drwy'r prynhawn yn ei gosod hi. Bu'n profi'r canghennau'n gyntaf. Bu'n siglo oddi arnyn nhw ei hunan ac yn gweiddi fel Tarzan i wneud i mi chwerthin. Doedd dim llawer o hwyl arna i o hyd, ond fe chwarddais yn gwrtais.

Yna aeth Dad i fyny ac i lawr yr ysgol, gan osod un pen o raff y siglen fan hyn a'r llall fan draw. Roedd rhaid iddo gymryd awr o hoe i chwilio am hen lyfr mewn bocs yn yr atig lle roedd disgrifiadau o'r clymau mwya saff.

Yn y diwedd, ar ôl iddo hongian y siglen, roedd hi'n llawer rhy isel. Roedd fy mhen-ôl yn taro'r ddaear, bron. Felly roedd rhaid i Dad ddechrau o'r dechrau, a gwneud y rhaffau'n fyrrach. Ond *o'r diwedd*, erbyn diwedd y prynhawn, roedd y siglen yn barod.

'Dyna ni, Dywysoges! Mae dy orsedd yn barod,' cyhoeddodd Dad yn falch iawn.

Gwisgais fy ffrog dywysoges pen-blwydd dros fy jîns er mwyn ei blesio. Gwenodd Dad arna i, ac i ffwrdd ag ef eto i chwilio am ei hen gamera i dynnu llun i gofio'r eiliad. Ddaeth e ddim 'nôl am amser hir.

Roedd rhaid i mi ddal ati i siglo. Doeddwn i ddim yn *teimlo* fel siglo rywsut. Fyddwn i byth bythoedd wedi dweud wrth Dad, ond roedd hi'n amhosibl siglo'n iawn nawr achos bod y siglen yn sownd wrth y goeden afalau. Roedd y siglen yn symud o gwmpas yn rhy wyllt ac yn hongian braidd yn gam. Felly cyn hir dechreuais deimlo'n sâl. Doedd hi ddim yn braf iawn yn yr ardd gefn yn syllu ar ddarnau o hen feics, ac roedd y biniau sbwriel yn drewi.

Dyma fi'n eistedd am amser hir iawn. Yn y diwedd daeth Dad 'nôl â'i gamera Polaroid. Wedyn, bues i'n siglo eto am ychydig bach a gwenu ar y camera.

'Mae hi'n siglen dda, on'd yw hi!' meddai Dad yn falch, fel petai wedi'i gwneud hi ei hunan. 'Hei, pam na wnei di ffonio Rhiannon i weld a yw hi eisiau dod draw i chwarae arni hi hefyd?'

Oedais am eiliad. Roeddwn i wedi gofyn i

Rhiannon ddod draw i chwarae sawl gwaith, ond i dŷ Mam. Roeddwn i eisiau cadw fy amser ar y penwythnos yn arbennig i Dad. Ond nawr roeddwn i'n mynd i dreulio fy amser *i gyd* gyda Dad.

'Cer i'w ffonio hi,' meddai Dad. 'Gofyn iddi ddod draw i gael te. Ydy hi'n hoffi bytis sglods?'

Doeddwn i ddim yn siŵr. Roedden ni bob amser yn bwyta salad a chyw iâr a ffrwythau yn nhŷ Rhiannon. Roedd ei phecyn bwyd yn yr ysgol hefyd yn iachus iawn: bara brown a darnau o foron ac afalau a blychau bach o resins. Ond efallai byddai brechdanau sglodion yn newid braf iddi?

Roeddwn i'n gwybod fy mod i'n twyllo fy hunan. Roeddwn i'n amau mai camgymeriad mawr mawr mawr oedd ei gwahodd hi draw. Ond roeddwn i'n teimlo mor rhyfedd ac unig fan hyn gyda Dad heb ddim byd i'w wneud. Petai Rhiannon yma gallen ni dreulio'r amser yn gwneud pethau dwl ac efallai y byddwn i'n teimlo'n normal unwaith eto.

Dyma fi'n ei ffonio hi. Ei mam ddaeth i'r ffôn gyntaf.

'O Fflur, dwi mor falch dy fod ti wedi ffonio! Sut *wyt* ti?' gofynnodd yn dawel. 'Ces i sioc ofnadwy pan ddwedodd Rhiannon wrtha i am dy fam.'

Roedd hi'n ymddwyn fel petai Mam wedi *marw*.

'Dwi'n iawn,' meddwn i'n gelwyddog. 'Fyddai hi'n bosib i Rhiannon ddod draw i gael te?'

'Beth, heddiw? Wel, mae ei mam-gu a'i thad-cu

yma. Dwed wrtha i, Fflur, wyt ti'n gweld dy fam-gu'n aml?'

'Mam-gu?' meddwn i mewn syndod. 'Wel, mae hi'n anfon anrhegion pen-blwydd ata i, ond dyw hi ddim yn cofio beth yw fy oedran i bob tro. Mae Dad yn dweud ei bod hi'n drysu.'

'Beth am fam dy fam?'

'Fe fuodd hi farw pan o'n i'n fabi. Mae mam Steve gyda fi, wrth gwrs, ond dwi ddim yn credu ei bod hi'n fy hoffi i ryw lawer iawn.'

'Druan â ti. Wel, gwrando arna i, cariad bach. Os wyt ti eisiau sgwrsio am bethau merched, dere di draw i gael gair â fi, iawn? Dwi'n gwybod y bydd dy dad yn gwneud ei orau, ond dyw hynny ddim yr un fath, ddim o gwbl. Mae angen mam ar ferch sy'n tyfu. Alla i ddim deall sut mae dy fam *di*'n gallu . . .' Gadawodd y frawddeg heb ei gorffen.

Cydiais mor dynn yn y ffôn, roedd hi'n syndod bod y plastig heb blygu. Allwn i ddim dioddef ei chlywed hi'n siarad fel hyn, fel petai Mam wedi fy ngadael i'n fwriadol. Penderfynais nad oeddwn i eisiau i Rhiannon ddod draw wedi'r cyfan. Ond roedd ei mam yn galw arni ac yn gofyn ble'n union roedden ni'n byw.

Clywais Rhiannon yn siarad yn y cefndir. Doedd hi ddim yn swnio fel petai hi eisiau dod draw.

'Mae'n rhaid i ti fynd! Dyna'r peth lleiaf y gelli di

ei wneud. Fe fydd Fflur druan yn teimlo mor unig,'
meddai mam Rhiannon yn dawel.

'Dwi'n iawn, wir i chi,' meddwn i.

'Wyt cariad, dwi'n siŵr dy fod ti,' meddai, â llais
dwyt-ti-ddim-yn-gallu-fy-nhwyllo-i.

Allwn i ddim twyllo Rhiannon chwaith pan ddaeth
hi draw. Roedd hi'n gwisgo top glas pert a jîns
gwyn. Roedd hi wedi plethu llinyn glas a gwyn yn ei
gwallt du sgleiniog. Roedd hi'n edrych yn hardd.
Doedd hi ddim yn edrych yn gartrefol yn ein caffi ni.

'O Fflos, druan â ti, mae dy lygaid di'n edrych yn
gas, wedi chwyddo'n goch i gyd,' meddai.

'Alergedd yw e,' meddwn i'n gyflym.

Ochneidiodd Rhiannon. Trodd at Dad. 'Mae
Mam yn dweud bod rhaid i chi ei ffonio hi os bydd
unrhyw broblemau gyda chi.'

Syllodd Dad arni. 'Problemau?'

'Chi'n gwybod. Achos Fflos,' meddai Rhiannon.
Roedd hi'n ymddwyn fel gweithiwr cymdeithasol
neu rywbeth. Roedd Dad hyd yn oed yn edrych
braidd yn grac.

'Does dim problemau gyda ni, Fflos a fi, oes e,
cariad bach? Ond rho ddiolch i dy fam am y cynnig
caredig. Nawr 'te, fyddech chi eich dwy'n hoffi
mynd i chwarae ar siglen Fflos?'

Arweiniodd Dad y ffordd drwy'r caffi ac allan i'r

gegin. Yna dyma fe'n agor y drws i'r ardd gefn yn ddramatig, fel petai Disneyland y tu ôl iddo.

Camodd Rhiannon yn ofalus i'r ardd gefn fel petai hi'n cerdded drwy fwd. Syllodd hi ar y biniau olwynion a'r darnau o feic. Camgymeriad oedd ei gwahodd hi draw. Yn bendant. Yn sydyn, gwelais Rhiannon yn dweud wrth ei mam am ein gardd gefn ddiflas ni. Ac yn waeth na hynny, gwelais hi'n dweud wrth Marged a Ffion a'r holl ferched yn yr ysgol.

Edrychais arni'n bryderus.

'O, dyna dy siglen di. Dyna . . . hyfryd,' meddai hi.

'Dwi'n gwybod nad yw hi'n hyfryd,' sibrydais. 'Ond mae Dad wedi'i gosod hi'n arbennig i mi.'

'Wrth gwrs. Iawn. Dwi'n deall,' meddai Rhiannon. Cododd ei llais fel bod Dad yn gallu ei chlywed.

'O Fflos, mae dy siglen di'n edrych yn wych yn hongian oddi ar y goeden afalau,' meddai, gan ynganu pob gair yn glir iawn, fel petai Dad yn fyddar neu'n dwp.

Dyma hi'n neidio arni, siglo unwaith yn unig, a neidio'n syth oddi arni wedyn. 'Felly, beth am fynd lan i dy stafell wely i chwarae?' gofynnodd.

'Efallai y dylen ni siglo am ychydig,' meddwn i.

'Ond mae e'n, wel, yn ddiflas,' meddai Rhiannon.

'Dere, Fflos. Dwi wedi bod yn garedig wrth dy dad. Nawr gad i ni fynd i wneud pethau.'

'Iawn 'te.'

'Nôl â ni i mewn. Roedd Dad wedi dechrau crafu tatws yn y gegin. Roedd e'n synnu ein gweld ni 'nôl mor sydyn.

'Beth sy'n bod, ferched?' gofynnodd.

'Does dim byd yn bod, Dad. Dwi – dwi eisiau dangos fy stafell wely i Rhiannon, dyna i gyd,' meddwn i.

Doeddwn i *ddim* eisiau dangos fy ystafell wely iddi.

Edrychodd Rhiannon o gwmpas yr ystafell, a thynnu anadl ddofn. '*Dyma* dy stafell wely?' meddai. Crychodd ei thalcen. 'Ond dwi ddim yn deall. Mae dy stafell wely di'n hyfryd, yn goch a gwyn a glân a hardd.'

'Fy stafell wely yn nhŷ Mam yw honna, ti'n gwybod yn iawn,' meddwn i.

Eisteddais ar yr hen wely pantiog. Rhedais fy llaw dros y cwilt llipa, fel petawn yn ceisio'i gysuro.

'Ond ble mae dy bethau di? Y llenni ceirios a'r clustogau melfed coch a'r bwrdd gwisgo arbennig a'r stôl fach felfed?'

'Mae'r dillad a'r llyfrau a'r stwff arlunio fan hyn. Mae'r llenni'n dal draw yn nhŷ Mam ac mae'r pethau eraill wedi'u rhoi i gadw. Does dim lle iddyn nhw yn fy stafell wely fan hyn.'

Prin fod lle i *fi* yn fy stafell wely yn nhŷ Dad. Doedd hi fawr mwy na chwpwrdd. Dim ond digon o le i'r gwely a hen gist o ddroriau oedd yno. Roedd Dad wedi dechrau peintio'r gist â phaent arian arbennig. Ond tun bach iawn oedd e ac roedd y paent wedi dod i ben cyn iddo beintio'r drôr olaf. Roedd e wedi rhoi drych ar ben y gist. Roeddwn i wedi rhoi fy set brws-a-chrib a'r ddawnswraig bale porslen yno, a'r ffiol wydr goch fel ceirios oddi ar y bwrdd gwisgo gartref. Doedden nhw ddim yn gwneud i'r gist edrych yn well, a bod yn onest.

'Mae Dad yn mynd i orffen peintio'r gist pan gaiff e ragor o baent,' meddwn i. 'Ac mae e'n mynd i osod silffoedd llyfrau ac rydyn ni'n mynd i gael cwilt newydd – glas tywyll a sêr arian – a dwi'n mynd i gael sêr sy'n pefrio yn y nos ar y nenfwd *ac* un o'r peli pefriog mawr 'na sydd mewn neuaddau dawns – a goleuadau bach – a – a –' Doedd dim rhagor o syniadau gen i.

Edrychodd Rhiannon arna i yn llawn trueni. 'Pa fath o dŷ mae dy fam yn mynd i'w gael yn Awstralia?' gofynnodd.

'Dim ond rhentu maen nhw. Rhyw fflat fach yw hi,' meddwn i.

Roeddwn i'n dweud celwydd. Roedd Mam wedi dangos llyfryn i mi yn llawn lluniau o fflatiau modern hyfryd gyda balconi a golygfeydd o'r môr. Roedden nhw wedi dewis fflat â thair ystafell wely fawr yn fwriadol, er mwyn i mi allu cael ystafell gwbl wych.

'Allai hi ddim bod yn llai na'r fflat yma,' meddai Rhiannon. 'Mae'n rhaid bod rhywbeth yn bod arnat ti os yw hi'n well gyda ti aros fan hyn na mynd i Awstralia.'

'Dwi eisiau bod gyda Dad,' meddwn i.

'Wyt ti'n caru dy dad yn llawer mwy na dy fam, 'te?'

'Nac ydw, dwi'n caru'r ddau yn llawn cymaint â'i gilydd. Ond mae mwy o fy angen i ar Dad,' meddwn i.

'Wel, mae'r cyfan i'w weld braidd yn ddwl, os wyt ti'n gofyn i mi,' meddai Rhiannon, gan eistedd ar y gwely wrth fy ochr. Gwichiodd y gwely mewn protest. Syllodd Rhiannon i lawr arno, ac ysgwyd ei phen.

'Wel dwi *ddim* yn gofyn i ti,' meddwn i. 'A beth bynnag, *ti* oedd yr un ddwedodd nad oedd rhaid i mi fynd. Roeddwn i'n meddwl dy fod ti eisiau i mi aros er mwyn i ni gael bod yn ffrindiau gorau am byth. Wyt ti eisiau bod yn ffrind gorau i mi nawr, Rhiannon?'

'Wrth gwrs fy mod i isio.'

'Rydyn ni'n ffrindiau gorau am byth?'

'Ydyn, am, fel, byth bythoedd, y dwpsen wirion,' meddai Rhiannon, gan ochneidio a thaflu'i gwallt hir dros ei hysgwyddau.

Roedd hi'n dweud y geiriau iawn i gyd. Ond doedden nhw ddim yn swnio fel petaen nhw'n dod o'r galon ac roedd tinc dieithr ynddynt hefyd.

Cefais ragor o freuddwydion cas y noson honno. Roeddwn i'n difaru nad oeddwn i wedi cadw fy nghangarŵ mawr i gwtsio gyda mi yn y gwely. Allwn i ddim credu fy mod i wedi taflu pob un o'r hen dedis. Y cyfan oedd gen i oedd yr eliffant llipa a'r ci cam roedd Mam-gu wedi'u gwau i mi. Rhoddais fy mreichiau dros y cwilt a rhoi un anifail bob ochr i'm pen. Roedd golwg ryfedd arnyn nhw ond roedden nhw'n *teimlo*'n gynnes a meddal, fel sgarff arbennig.

Gorweddais ar ddihun, yn poeni y byddai'r hunllef yn dod yn ôl pe bawn i'n cau fy llygaid. Ond bob tro roeddwn i'n symud fy mhen ar y glustog, roedd pawen fach wlanog yn fy nghysuro.

Es i gysgu o'r diwedd wrth iddi ddechrau dyddio – yna, dyma fi'n dihuno'n sydyn. Roeddwn yn clywed sŵn rhywbeth yn canu a chanu a chanu. Y ffôn! Baglais allan o'r gwely a rhedeg i'w ateb. Rhedodd Dad ar fy ôl yn ei byjamas, a'i wynt yn ei ddwrn.

'Helô?' meddwn i wrth y ffôn.

'O, *dyna* ti, Fflos! Mae'r ffôn wedi bod yn canu ers oesoedd!' meddai Mam. 'Roeddwn i'n meddwl dy fod ti a Dad wedi mynd i'r ysgol yn barod. Beth wyt ti'n wneud, cael brecwast?'

'Ym – ie,' meddwn i. Doeddwn i ddim eisiau dweud wrth Mam ein bod ni wedi cysgu'n hwyr. Roedd hi'n swnio mor *agos*, fel petai hi 'nôl yn ein tŷ ni yr ochr draw i'r dref. 'O Mam, wyt ti wedi dod 'nôl?' meddwn i a thynnu anadl ddofn.

'Beth? Paid â bod yn ddwl, cariad, newydd gyrraedd rydyn ni. Arglwydd mawr, dyna siwrne! Ti'n gwybod, chysgodd Teigr ddim winc gydol y daith. Roedd Steve a finnau bron â mynd yn ddwl.'

'Fe alla i ddychmygu,' meddwn i.

'Ond does dim ots, rydyn ni wedi cyrraedd nawr, ac fe ddylet ti weld y fflat, Fflos. Dwi'n teimlo fel un o sêr y ffilmiau! Mae golygfa wych o'r môr gyda ni. Mae hi mor braf a heulog, er ei bod hi'n aeaf yma. Alla i ddim credu pa mor hyfryd yw hi yma. Fe fyddai popeth yn berffaith petait ti yma gyda ni hefyd. O Fflos, dwi'n gweld dy eisiau di'n fawr!'

'Dwi'n gweld dy eisiau di hefyd, Mam. Yn fawr iawn, iawn,' sibrydais. Doeddwn i ddim eisiau bod yn gas wrth Dad. Ond rhoddodd ei law yn ysgafn ar fy ysgwydd i ddangos ei fod e'n deall.

'Dwi'n *gwybod* y byddet ti wrth dy fodd yma. Petait ti ond yn gallu gweld drosot ti dy hunan pa mor hyfryd yw hi, fe fyddet ti'n neidio ar awyren fory nesaf, dwi'n gwybod y byddet ti. O cariad, wyt ti'n iawn? Ydy Dad yn gofalu amdanat ti'n iawn?'

'Ydy, Mam, dwi'n iawn, wir.'

'Ydy e'n rhoi bwyd go iawn i ti, nid pethau wedi'u ffrio a chacennau a brechdanau sglodion o hyd?'

'Ydy, Mam,' meddwn i.

Roeddwn i'n dal i deimlo braidd yn sâl ar ôl brechdan sglodion neithiwr. Roedd Rhiannon wedi bod braidd yn ddigywilydd amdanyn nhw pan ddaeth Dad â nhw i'r bwrdd. Yn ddigywilydd *iawn*, a dweud y gwir. Roeddwn i'n teimlo cymaint o drueni dros Dad. 'Wel, iawn 'te, Miss Perffaith, os nad wyt ti eisiau eu bwyta nhw, fe fydd mwy i fi.' Yn y pen draw bwyteais fy mrechdanau i *a* rhai Rhiannon i gyd.

Berwodd Dad wyau a rhedeg i siop y gornel i brynu tomatos a chiwcymbr a letys i wneud salad arbennig i Rhiannon. Ond dim ond dwy gegaid fwytaodd hi. A doedd hi ddim yn meddwl llawer o'r salad wyneb doniol wnaeth e iddi.

'Ydy dy dad yn meddwl mai babi ydw i, neu beth?' meddai.

'Mae Dad wedi prynu stwff i wneud salad arbennig,' meddwn i wrth Mam gan ddweud y gwir. 'Ac mae e wedi gosod siglen newydd yn yr ardd ac mae Rhiannon wedi bod draw i chwarae.'

'Da iawn,' meddai Mam. 'Wel, dwi ddim eisiau i ti

fod yn hwyr i'r ysgol, cariad. Cymer ofal nawr. Dwi'n mynd i anfon llwythi o ffotograffau atat ti o'r fflat a'r traethau a'r parciau a'r tŷ opera. Pan weli di nhw, dwi'n gwybod y byddi di bron â marw eisiau dod aton ni.'

Llyncais yn galed. Doeddwn i ddim yn gwybod beth i'w ddweud. Roedd y rhan fwyaf ohono i'n *ysu* am fod yn Awstralia gyda Mam. Ond nid heb Dad.

'Wyt ti eisiau siarad â Dad, Mam?'

'Wel, fe gaf i air bach, os gweli di'n dda. Hwyl nawr 'te, Fflos. Dwi'n dy garu di'n fawr iawn.'

'Hwyl, Mam. Dwi'n dy garu di hefyd,' meddwn i.

Pwysais yn erbyn Dad a chlywed Mam yn ei holi. Roedd hi'n swnio fel nyrs yn cael hanes meddygol llawn y claf.

Gofynnodd:

1. Ydy Fflos yn edrych yn ddiflas?
2. Ydy hi wedi bod yn crio llawer?
3. Ydy hi'n sugno'i bawd o hyd?
4. Ydy hi mor siaradus ag arfer?
5. Ydy hi'n bwyta'n iawn?
6. Ydy hi'n cael trafferth mynd i gysgu?
7. A ddihunodd hi yn ystod y nos?
8. Ydy hi'n cael hunllefau?

Roeddwn i'n hanner disgwyl iddi ofyn sawl gwaith roeddwn i wedi bod yn y tŷ bach!

'Mae hi'n *iawn*,' meddai Dad o hyd. 'Er mwyn popeth, newydd fynd rwyt ti. Fyddai hi ddim wedi dechrau dioddef gyda'i nerfau'n barod. Nawr 'te, mae'n well i ni fynd i'r ysgol. Beth? Wrth gwrs ei bod hi wedi cael brecwast,' meddai Dad, a chroesi'i fysedd o flaen fy wyneb. Dywedodd hwyl fawr a rhoi'r ffôn i lawr.

'Ffiw!' meddai. 'O diar, Fflos, gad i mi wneud brecwast i ti'n glou. Dwi ddim yn siŵr fod amser i ti gael bacwn ac wy –'

'Dwi ddim eisiau brecwast, Dad, does dim *amser*. Fe fydda i'n hwyr.'

'Na, na, mae'n rhaid i ti gael rhywbeth. Creision ŷd? Fe wisga i fy jîns nawr a pharatoi rhywbeth. Cer di i ymolchi a gwisgo.'

Doeddwn i ddim wedi dadbacio fy nghês pinc ar olwynion na'r bocsys cardfwrdd yn llawn dillad. Roedd fy mlowsys ysgol wedi crychu i gyd ac roedd fy sgert mor wael, roedd hi'n edrych fel sgert bletiog. 'Dad, wnei di smwddio'r rhain?' gofynnais.

'Beth? Arswyd y byd, dwi ddim yn meddwl bod yr hen haearn smwddio'n gweithio erbyn hyn. Dwi byth yn trafferthu smwddio, dim ond gadael popeth i ddiferu'n sych.'

Roedd rhaid i mi fynd i'r ysgol â'r dillad wedi'u crychu i gyd. Allwn i ddim dod o hyd i fy sanau gwyn gorau. Felly roedd rhaid i mi wisgo hen bâr o sanau gwlân glas tywyll. Roedd fy esgidiau rhedeg yn fwdlyd ar ôl bod yn yr ardd. Ac roedd fy ngwallt yn gwrthod gorwedd yn daclus. Roeddwn i wedi bod yn troi a throsi drwy'r nos a nawr roedd fy ngwallt yn sefyll yn syth yn yr awyr fel petawn i'n sownd wrth soced trydan.

Doedd Dad ddim fel petai wedi sylwi wrth iddo yrru i'r ysgol. Cyrhaeddon ni'n union yr un pryd â Rhiannon, oedd yn neidio o Range Rover ei mam. Sylwon *nhw*.

'Fflos! O diar!' meddai mam Rhiannon. 'Rwyt ti'n edrych braidd yn anniben, cariad.'

'Dwi'n iawn,' meddwn i.

'Pam wyt ti'n gwisgo'r sanau rhyfedd 'na? Rhai *glas tywyll*?' meddai Rhiannon. 'Ac ych a fi, beth sydd ar dy *esgidiau* di? Nid baw ci yw e?'

'Nage, dim ond ychydig o bridd,' meddwn i, a gwrido.

Roedd Dad yn syllu'n bryderus o'r fan, yn cnoi ei wefus. Gwgodd wrth weld mam Rhiannon yn neidio allan o'i Range Rover a mynd draw ato.

'Edrychwch, Mr Bowen, dwi'n gwybod ei bod hi'n anodd arnoch chi am eich bod chi'n rhiant sengl –'

'Mae dau riant gan Fflos,' meddai Dad. 'Fi sy'n digwydd bod yn gofalu amdani ar hyn o bryd, dyna i gyd.'

'Beth bynnag. Meddwl ro'n i . . . Mae croeso i chi anfon bag o ddillad brwnt i'r tŷ unwaith yr wythnos. Mae'r fenyw sy'n dod i lanhau'n smwddio hefyd, fel arfer. Dwi'n siŵr na fyddai gwahaniaeth ganddi –'

'Rydych chi'n garedig iawn, ond fe wnawn ni olchi a smwddio'n dillad ein hunain,' meddai Dad.

'Wel, os ydych chi'n meddwl eich bod chi'n gallu ymdopi!' meddai mam Rhiannon. Yn ôl ei llais roedd hi'n amlwg nad oedd hi'n meddwl y byddai Dad yn gallu ymdopi o gwbl.

'Hwyl, Dad,' meddwn i, a chodi llaw, fel bod esgus ganddo i ddianc.

Cododd yntau ei law'n bryderus. Yn amlwg, roedd e'n gweld yr olwg anniben oedd arna i. Gwenais o glust i glust i ddangos nad oedd gwahaniaeth gen i. Ceisiais ymestyn fy ngheg yn annaturiol o lydan, fel petawn i ym meddygfa'r deintydd.

'Rwyt ti'n edrych fel petait ti'n mynd i gnoi rhywun, Fflos,' meddai Rhiannon.

Roedd Marged a Ffion yn eistedd ar y wal. Clywon nhw beth ddwedodd Rhiannon a dechrau piffian chwerthin. Yna, dyma nhw'n edrych ar yr olwg oedd arna i, a chwerthin eto.

'O'r nefoedd,' meddai Marged. 'Dyna olwg sydd arnat ti, Fflos! Oes rhyw drychineb fawr wedi digwydd a tithau wedi cael dy gladdu'n fyw? Mae hyd yn oed dy wallt di wedi ffrwydro! 'Sbia arno fo, yn ffluwch i gyd ac yn sefyll i fyny.'

'A beth yw'r drewdod rhyfedd 'na?' ychwanegodd

Ffion, a chrychu'i thrwyn. 'Mae e fel . . . saim sglodion!'

'Wel, mae hynny'n gwneud synnwyr,' meddai Marged. 'Mae ei thad yn rhedag y caffi seimllyd 'na, yn tydi?'

'Dydy e *ddim* yn seimllyd,' meddwn i'n ffyrnig. 'Mae e'n arbennig iawn. Mae bytis sglods Dad yn *enwog*.'

Chwarddodd Marged a Ffion gymaint, buon nhw bron â chwympo oddi ar y wal. Dechreuodd Rhiannon chwerthin hefyd. Rhoddodd ei llaw dros ei cheg, ond roeddwn i'n dal i allu gweld ei bod hi'n chwerthin.

'Paid â chwerthin am fy mhen i!' meddwn i wrthi.

'Wel, rwyt ti *yn* edrych yn ddoniol. Ond dwi'n gwybod nad ti sydd ar fai,' meddai Rhiannon. 'Dwedodd Mam fod rhaid i fi roi ystyriaeth arbennig i ti.'

'Pam bod isio i ti roi ystyriaeth arbennig i'r hen Sglodsen Ddrewllyd?' gofynnodd Marged.

'Achos bod ei mam wedi'i gadael hi.'

'Nac ydy, dyw hi ddim! Paid â dweud hynna!' protestiais.

'O'r gorau, o'r gorau, paid â bod mor sensitif. Dwi'n ceisio bod yn arbennig o *neis* wrthot ti.'

Efallai ei bod hi'n *dweud* ei bod hi'n arbennig o neis, ond doedd hi ddim yn ymddwyn felly'n sicr.

Roeddwn i'n ofni fy mod i'n mynd i ddechrau crio o'u blaenau nhw. Felly rhedais i mewn i'r ysgol.

Roeddwn i'n gobeithio y byddai Rhiannon yn rhedeg ar fy ôl i. Roeddwn i eisiau iddi roi ei breichiau amdanaf i a dweud wrtha i nad oeddwn i'n edrych yn rhyfedd a bod dim ots sut olwg oedd arna i, beth bynnag, achos mai fi oedd ei ffrind gorau hi.

Ond redodd hi ddim ar fy ôl i. Arhosodd i chwerthin ar y buarth gyda Marged a Ffion.

Es i gloi fy hunan yn y tŷ bach a llefain yn dawel. Yna, clywais rywun arall yn dod i mewn. Rhoddais fy llaw dros fy nhrwyn a'm ceg rhag i'r synau bach snwfflyd ddod allan. Eisteddais yn llonydd iawn. Roedd rhywun fel petai'n sefyll yno, yn disgwyl. Yn disgwyl amdana i?

'Rhiannon?' galwais yn obeithiol.

'Sara sy 'ma.'

'O!' Chwythais fy nhrwyn cystal ag y gallwn i ar bapur tŷ bach yr ysgol, tynnu'r dŵr a dod allan o'r tŷ bach. Roeddwn yn teimlo'n dwp.

Edrychodd Sara arna i. Cefais gip arna i fy hun yn y drych uwchben y basnau golchi dwylo. Roeddwn i'n edrych yn waeth na'r disgwyl – a nawr roedd gen i lygaid coch a thrwyn yn rhedeg hefyd.

'Mae annwyd arna i,' meddwn i, a thasgu dŵr dros fy wyneb.

'Oes,' meddai Sara'n ddifrifol, er ein bod ni'n dwy'n gwybod fy mod i'n dweud celwydd.

Ceisiais roi dŵr dros fy ngwallt tra oeddwn i yno, i'w gadw i lawr. Ond aeth e'n waeth fyth.

Ochneidiais.

'Beth?' meddai Sara.

'Dwi'n casáu fy ngwallt,' meddwn o dan fy anadl.

'Dwi'n meddwl bod gwallt hyfryd gyda ti. Fe fyddwn i wrth fy modd petai gwallt cyrliog golau gyda fi.'

'Dyw e ddim yn wallt golau pert. Mae e bron yn wyn ac yn llawer rhy gyrliog. Alla i mo'i dyfu fe'n hir. Mae e'n tyfu i *fyny* yn lle i lawr.'

'Dwi'n ceisio tyfu fy ngwallt i, ond mae'n cymryd oesoedd,' meddai Sara, a thynnu wrth ei gwallt brown meddal. 'Fe fyddwn i'n dwlu ei dyfu fe dros fy sgwyddau. Ond fe fydd rhaid i mi aros dwy flynedd gron, achos dim ond tua hanner centimetr y mis mae gwallt yn tyfu. Mae fitamin E i fod yn dda i gael gwallt i dyfu'n dda. Felly dwi'n bwyta llawer o wyau a bara brown a bricyll a phigoglys. Ond does dim llawer o wahaniaeth i'w weld hyd yn hyn.'

'Rwyt ti'n gwybod cymaint o bethau, Sara.'

'Nac ydw ddim.'

'Wyt 'te – rwyt ti'n gwybod pa mor glou mae gwallt yn tyfu ac am fitamin E a'r holl bethau 'na.'

'Dwi ddim yn gwybod sut mae gwneud ffrindiau,' meddai Sara.

Edrychon ni ar ein gilydd.

'Dwi eisiau bod yn ffrind i ti, Sara,' meddwn i. 'Yr unig beth yw . . .'

'Dwi'n gwybod,' meddai Sara. 'Rhiannon.'

'Mae'n ddrwg gyda fi ei bod hi mor gas wrthot ti, Sara. Ro'n i'n meddwl bod dy faled di'n dda iawn.'

'O nac oedd. Roedd Rhiannon yn iawn am hynny. Doedd hi ddim gwerth taten.'

'Efallai . . . efallai y gallet ti ddod draw i chwarae rywbryd, draw i dŷ Dad?' meddwn i. 'Dyw'r lle ddim yn grand iawn – dim ond caffi bach yw e. Rydyn ni'n byw mewn fflat uwchben. Does dim ystafell wely neis iawn gyda fi ond –'

'Fe fyddwn i'n *dwlu* dod draw,' meddai Sara.

Gwenodd arna i. Gwenais innau 'nôl. Meddyliais yn ofalus. Byddai Rhiannon yn gweld petai Sara'n dod adref gyda fi ar ôl yr ysgol.

'Beth am ddydd Sadwrn?' meddwn i, gan edrych dros fy ysgwydd. Roedd ofn arna i fod Rhiannon wedi sleifio i mewn a'i bod hi'n sefyll yn union y tu ôl i mi, ac yn gwrando.

'Fe fyddai dydd Sadwrn yn wych,' meddai Sara.

'Gwych!' Llyncais fy mhoer. 'Yr unig beth yw . . .'

'Paid â phoeni. Ddweda i ddim wrth Rhiannon,' meddai Sara.

Gwridais. 'Y dydd Sadwrn *yma*?' meddwn i.

'Ie, y dydd Sadwrn yma.'

'Fe allet ti ddod i gael swper. Ond efallai na fydd e'n arbennig o . . . Wyt ti'n hoffi bytis sglods?'

Meddyliodd Sara. 'Beth ydyn nhw?' meddai.

Syllais arni mewn syndod. Sut allai hi wybod miliwn a mwy o ffeithiau a ffigurau ond heb fod ganddi syniad beth yw bytis sglods?

'Dwi'n gwybod beth yw sglods,' meddai Sara. 'Tatws wedi'u ffrio.'

'Wel, rwyt ti'n rhoi llwyth o sglods mewn rholyn bara gwyn meddal a menyn – byti sglods yw hwnna.'

'Sglods mewn rholyn bara?' meddai Sara.

'Wel, dyw e ddim yn fwyd iach iawn,' meddwn i'n wylaidd. 'Ond mae Dad yn arbenigo mewn bwyd sydd *ddim* yn iach, mae arna i ofn.'

'Mae'n swnio'n syniad blasus iawn,' meddai Sara.

Wedyn dyma Marged a Ffion yn rhuthro i mewn i'r toiledau. Dechreuodd fy nghalon guro fel gordd. Ond roedd popeth yn iawn – doedd Rhiannon ddim gyda nhw.

Edrychodd Marged arna i â llygaid cul. 'Oeddet ti, fel, yn siarad efo Sara'r Swot?' gofynnodd.

'Beth ydych chi'ch dwy, heddlu preifat Rhiannon?' meddai Sara. 'Nac oedd, doedd hi ddim yn siarad â fi. Does neb yn siarad â fi, chi'n gwybod hynny.'

Martsiodd allan o'r toiledau. Gwnaeth Marged a Ffion synau chwibanu dwl ar ei hôl hi. Yna, dyma nhw'n troi ata i. Roedd Marged yn dal i edrych yn amheus.

'Felly beth wyt ti, fel, yn gwneud fan hyn? Mae Rhiannon yn chwilio amdanat ti.'

'Ydy hi?'

Rhedais heibio iddyn nhw. Roedd Sara hanner ffordd i lawr y coridor. Rhedais heibio iddi hithau hefyd. Rhedais yr holl ffordd i'r ystafell ddosbarth a dyna lle roedd Rhiannon, yn eistedd ar ei desg, yn siglo'i choesau'n ôl a blaen yn ddiamynedd. Roedd coesau hyfryd ganddi ag ychydig o liw arnyn nhw. Roedd fy nghoesau i'n wyn ac yn denau fel rhai robin goch.

'Dyna ti! Pam rhedaist ti i ffwrdd? Mae dy hwyl di'n newid bob munud, Fflos.' Ochneidiodd Rhiannon. 'Ac os nad oes gwahaniaeth gyda ti 'mod i'n dweud, mae golwg ofnadwy arnat ti. Dwi'n siŵr y bydd Mrs Huws yn dweud y drefn. Ti'n gwybod pa mor ffyslyd yw hi. Mae o hyd yn dweud wrth y bechgyn am roi eu crysau yn eu trowsusau. Ac mae'n dweud wrth y merched am beidio torchi'u llewys. Nid ti fydd ei ffefryn hi heddiw.'

'Paid â bod mor gas!'

'Dwi ddim. Dim ond dweud y gwir ydw i. Rwyt ti, fel, *mor* ansicr.'

Ac rwyt ti, fel, mor dwp yn siarad fel Marged, meddyliais wrth fy hunan, ond fentrais i ddim dweud dim.

Pan ddaeth Mrs Huws i mewn i'r ystafell ddosbarth, eisteddais yn isel wrth fy nesg. Symudais fy nwylo dros fy mlows a'm sgert, i geisio smwddio'r dillad. Roeddwn i'n iawn tan hanner ffordd drwy'r wers Fathemateg. Ond wedyn, gofynnodd Mrs Huws i mi ddod o flaen y dosbarth i wneud sym ar y bwrdd.

Syllais arni, mewn poen bron. Llithrais i lawr mor isel yn fy sedd nes bod fy ngên bron ar y bwrdd.

'Dere, Fflos, paid ag edrych mor swil,' meddai hi.

'A – alla i ddim gwneud y sym, Mrs Huws. Allwch chi ddewis rhywun arall?' awgrymais mewn anobaith.

'Dwi'n gwybod nad Mathemateg yw dy hoff bwnc di. Ond gad i ni weld beth wnei di. Mae'n ddigon syml os wyt ti'n gweithio drwy'r sym yn rhesymegol. Dere nawr!'

Doedd dim dewis gen i. Cerddais at y bwrdd du yn fy nillad crychlyd a'm sanau glas tywyll ac esgidiau rhedeg mwdlyd. Roedd Mrs Huws yn edrych yn syn. Dechreuodd Marged a Ffion giglan. Teimlais fy mochau'n mynd yn fflamgoch. Roeddwn i'n disgwyl y byddai Mrs Huws yn dechrau gweiddi arna i. Ond yn rhyfedd iawn, y cyfan wnaeth hi oedd rhoi'r ysgrifbin i fi a dweud yn dawel, 'Iawn?'

Doeddwn i ddim yn iawn o gwbl. Ceisiais wneud yr hen sym ddwl. Roedd fy llaw'n crynu a'r ysgrifbin yn neidio dros y bwrdd gwyn. Roeddwn i'n methu meddwl o gwbl. Helpodd Mrs Huws fi'n dawel, ond roeddwn i wedi drysu cymaint, allwn i ddim cael yr ateb symlaf yn gywir.

Edrychais o gwmpas mewn anobaith – a dyna lle roedd Sara, yn gwneud siapau â'i cheg mewn ymgais i roi'r atebion i mi. Sgwennais nhw'n gyflym a rhuthro 'nôl i'm sedd. Gadawodd Mrs Huws fi i fynd, ond pan ganodd y gloch amser chwarae, galwodd fi ati.

'Ga i air, Fflos?'

'O-ho,' meddai Rhiannon.

'Wnei di aros amdanaf i?' meddwn i.

'Iawn, iawn,' meddai Rhiannon, ond roedd hi'n cerdded allan wrth iddi siarad.

Sefais wrth ddesg Mrs Huws. Arhosodd tan i'r plentyn olaf adael yr ystafell ddosbarth. Yna, dyma hi'n pwyso'i phen ar un ochr, ac edrych arna i.

'Felly pam rwyt ti'n edrych fel hyn? Diar annwyl! Gysgodd dy fam yn hwyr y bore 'ma?'

'Dyw Mam ddim yma nawr,' meddwn i, a dechrau beichio crio.

'O Fflos!' meddai Mrs Huws. Rhoddodd ei braich amdanaf i. 'Dere nawr, cariad, dweda bopeth wrtha i.'

'Mae Mam wedi mynd i Awstralia am chwe mis. Dyw hi *ddim* wedi fy ngadael i, mae hi'n dod 'nôl. Roedd hi wir eisiau i mi fynd gyda hi, ond dwedais i 'mod i eisiau aros gyda Dad. Dwi eisiau aros gyda fe, ond dwi'n gweld eisiau Mam hefyd!' Dechreuais grio fel babi bach.

Doedd dim gwahaniaeth gan Mrs Huws. Aeth i'w bag llaw a dod o hyd i hancesi papur, un i sychu fy llygaid ac un i chwythu fy nhrwyn.

'Mae eisiau hancesi papur i roi trefn ar dy esgidiau hefyd,' meddai Mrs Huws. 'Felly mae hi braidd yn anodd arnat ti a Dad ar hyn o bryd?'

'Mae Dad yn mynd i gael haearn smwddio. Doedd dim amser gyda ni i lanhau'r esgidiau. A dwi wedi colli fy sanau gwyn i gyd,' llefais.

'Dwi'n siŵr y daw popeth i drefn yn ddigon buan. Ceisia gael dy bethau ysgol yn barod cyn mynd i'r gwely gyda'r nos. Paid â dibynnu ar dy dad. Rwyt ti'n ferch gall, ac fe lwyddi di i roi trefn ar bethau. Mae'n ddigon syml, wir – fel y sym Fathemateg! Ond fe lwyddaist ti i gael yr ateb i honno hefyd, on'd do? Wel, gydag ychydig o help oddi wrth Sara.'

Syllais arni.

'Mae Sara'n ferch neis iawn,' meddai Mrs Huws. 'Fe allai hi wneud y tro â ffrind ar hyn o bryd.'

'Dwi'n gwybod,' meddwn i. 'Dwi eisiau bod yn ffrind iddi.' Siaradais yn dawel rhag ofn bod rhywun yn hongian o gwmpas drws yr ystafell ddosbarth. 'Rydyn ni *yn* ffrindiau cyfrinachol. Mae hi'n dod draw i'n tŷ ni'r penwythnos yma. Ond allwn ni ddim bod yn ffrindiau yn yr ysgol achos . . .'

Cododd Mrs Huws ei haeliau ond ddwedodd hi ddim byd. 'O wel, dwi'n siŵr y byddwch chi ferched yn cael trefn ar bethau, maes o law. Ond dere i gael sgwrs â fi os wyt ti'n teimlo'n drist neu os oes problem fach gartref. Nid dysgu gwersi'n unig yw fy ngwaith i, ti'n gwybod. Dwi yma i dy helpu di mewn unrhyw ffordd sy'n bosibl.'

Oedodd, ac yna agorodd ddrôr ei desg. Roedd bag papur mawr ynddo. Dyma hi'n agor y bag a'i roi i mi. Gwelais un o'r byns eisin pinc arbennig â cheiriosen fawr arni.

'Dere, cymer hi,' meddai.

'Ond dyw hi ddim yn ben-blwydd arna i.'

'Wel, nid bynsen ben-blwydd yw hi. Un i fi yw hi, i gael tamaid i'w fwyta amser egwyl y bore.'

'Ond i *chi* mae hon, yntê, Mrs Huws?'

'Dwi'n meddwl 'mod i wedi bod yn cael llawer gormod i'w fwyta'n ddiweddar,' meddai Mrs Huws, a rhoi ei llaw yn ysgafn ar ei bol. 'Dere, cymer hi.'

Cymerais y fynsen a mynd allan i'r coridor. Roedd Rhiannon wedi dweud y byddai'n disgwyl amdanaf i ond doedd dim sôn amdani yn unman. Felly, dyma fi'n cymryd y fynsen binc o'r bag papur a'i bwyta ar fy mhen fy hun. Roedd y geiriosen yn arbennig o flasus.

10

Roedd Dad yn disgwyl amdanaf i pan ddaethon ni o'r ysgol. Roedd mam Rhiannon yn sefyll ar ei bwys e. Roedd hi'n amlwg yn rhoi cyngor iddo. Roedd e'n nodio'n gwrtais, ond pan welodd e fi'n rhedeg ar draws y lle chwarae, dyma fe'n rholio'i lygaid, a thynnu wyneb doniol.

'Diolch byth,' meddai, a rhoi cwtsh mawr i fi. 'Mae'r fenyw 'na wedi bod yn siarad yn ddi-stop am y deg munud diwethaf. Fe ddwedodd hi bethau – choeliet ti ddim! Mae wyneb gyda hi, wir i ti! Fe awgrymodd hi y dylwn geisio chwilio am gariad ar y we!'

'O Dad, wnei di mo hynny, na wnei?' gofynnais yn bryderus.

'Dim ond un ferch sydd yn fy mywyd i, cariad. Un fach iawn yw hi ac mae llond pen o wallt cyrliog a llygaid mawr glas ganddi a'i henw hi yw Tywysoges,' meddai Dad, gan fy nghodi a'm chwyrlïo o gwmpas. 'Dere, gad i ni fynd adref. Dwi wedi bod yn siopa!'

'Ro'n i'n meddwl ein bod ni'n brin o arian, Dad.'

'Rydyn ni hefyd. Yn brin iawn. Ond man a man i ni wario cymaint ag sydd gyda ni.'

'Pwy sy'n gofalu am y caffi?'

'Mae Seth y Sglods i fod i gadw llygad ar bethau.' Oedodd Dad. 'Ond dwi ddim yn meddwl y bydd e'n brysur iawn.'

Doedd dim un cwsmer yn y caffi. Roedd Seth y Sglods yn gwrando'n astud ar y rasys o Gas-gwent ar y radio.

'Ydy Pen-blwydd Hapus yn rhedeg eto, Mr Sglods?' gofynnais.

'Paid â siarad â fi am y ceffyl 'na! Fe ddigwyddodd rhywbeth iddo – a fe oedd yr olaf ond un,' meddai Seth y Sglods. 'Ond gad i fi weld a alli di ddod â lwc i fi yn y ras olaf, cariad. Dyma'r ceffylau sy'n rhedeg. Pa un wyt ti'n ffansïo?'

Syllais ar y rhestr yn y papur newydd a rhoi fy mys wrth un o'r enwau. 'Bynsen Eisin! Dyna'r un. Fe ges i fynsen eisin hyfryd heddiw, â cheiriosen ar ei phen hi. Betiwch ar Bynsen Eisin, Mr Sglods.'

'Dyw hi ddim yn edrych fel bod gobaith caneri ganddo. Ond fe fentra i bumpunt arno fe os wyt ti'n teimlo'n lwcus.'

'Rho bum punt arno fe i fi hefyd,' meddai Dad.

'O'r gorau, fe reda i lawr i'r siop fetio'r funud hon.'

Roedd Seth y Sglods mor hen a thenau a bregus, doedd e ddim yn gallu *rhedeg*. Dyma fe'n cropian yn araf bach, a chael egwyl a sychu'i dalcen bob hyn a hyn.

Ysgydwodd Dad ei ben. 'Druan â'r hen Seth. Dwi ddim yn gwybod sut mae'n cadw i fynd. Dwi'n poeni amdano fe. Mae'n dal i redeg y fan sglods. Mae cymaint o lanciau drwg yn y dref nawr, yn enwedig yn hwyr y nos, fel bod angen i rywun fod gyda fe rhag ofn iddyn nhw droi'n gas. Mae mab gyda fe, ond mae e yn Awstralia.'

Edrychon ni ar ein gilydd.

'Dyna'r lle ffasiynol, mae'n amlwg, Fflos,' meddai Dad.

'Pwy sydd eisiau bod yn ffasiynol?' meddwn i, gan gydio yn ei law. 'Mae'n well bod yn ni ein hunain.'

Cydiodd Dad yn fy llaw innau. 'Rwyt ti'n werth y byd i mi, Fflos. Nawr gwranda, cariad. Dwi wedi prynu haearn smwddio newydd sbon o Argos a phum pâr o sanau gwyn o'r farchnad, a brws esgidiau a chlwtyn neu ddau hefyd. Felly yfory, fe fyddi di'n werth dy weld yn mynd i'r ysgol. Ac mae *salad* gyda fi i swper i ti, ac orenau ac afalau. Fe fyddi di'n llawn fitaminau, yn edrych yn iach a hardd! Does dim angen i fam Rhiannon ymyrryd. Dwi'n mynd i fod yn dad gwych i ti o hyn allan.'

'Rwyt ti bob amser wedi bod yn dad gwych, y twpsyn,' meddwn i.

'Nac ydw, cariad, dwi wedi bod yn dad gwael,

mewn sawl ffordd.' Tynnodd anadl ddofn. 'Dwi mewn tipyn o helynt gyda'r caffi, Fflos.'

'Dwi'n gwybod, Dad. Paid â phoeni. Dwi'n siŵr y bydd pethau'n gwella cyn hir. A nawr dwi yma i helpu. Fe alla i fod yn weinyddes fach ar y penwythnos. Dwi'n addo y cei di gadw'r tips i gyd.'

'O Fflos, rwyt ti'n gariad i gyd. Trueni nad yw pethau mor syml â hynny. Na, cariad, dwi'n ofni fod yr hwch bron â mynd drwy'r siop. Dwi ddim wedi dweud dim yn glir cyn hyn achos roedd rhaid i mi weld os allen i wella'r sefyllfa. Ond does dim syniad gyda fi beth i'w wneud o hyd a does dim llawer o amser ar ôl.'

'Paid â phoeni, Dad. Efallai bydd Bynsen Eisin yn ennill y ras ac fe fydd popeth yn iawn!'

'Byddai'n rhaid i'r ods fod yn ddeg mil i un er mwyn datrys fy mhroblemau i, cariad,' meddai Dad.

Ceisiais wneud sym yn fy mhen i weld faint fydden ni'n ennill. Ond roedd angen help Sara arna i gyda'r Fathemateg.

Doedd dim pwynt gwastraffu egni, beth bynnag. Bynsen Eisin oedd yr olaf yn y ras. Llusgodd Seth y Sglods ei hunan yn ôl o'r siop fetio. Roedd yn edrych wedi ymlâdd.

'Wel, dyna wastraff amser ac arian,' meddai.

'Mae'n wir ddrwg gyda fi, Mr Sglods,' meddwn i. Roeddwn i'n teimlo mai fi oedd ar fai. 'Gadewch i mi gael paned arall o de i chi.'

Gwenodd Seth y Sglods arna i, gan roi ei hen law grynedig yn ysgafn ar fy mhen. 'Miss Gwallt Cyrliog. Rwyt ti'n ferch fach annwyl iawn. Dim rhyfedd fod dy dad mor hoff ohonot ti. Dere, dwi ddim wedi rhoi anrheg pen-blwydd i ti.'

'Na, peidiwch. Daeth Pen-blwydd Hapus yn olaf ond un. Dwi'n anobeithiol am ddewis ceffylau, Mr Sglods. Peidiwch â chymryd dim sylw ohono i yn y dyfodol!'

Gwnaeth Dad salad arbennig i swper ac yna treuliodd oriau'n smwddio fy nillad i gyd â'r haearn newydd. Doedd dim llawer o siâp arno. Roedd rhychau yn y coleri a llinellau rhyfedd yn y llewys.

'Ga i roi cynnig arni, Dad?' awgrymais. Ond chefais i ddim, rhag i mi losgi.

Anfonodd e fi i'r gwely'n gynnar fel na fyddwn i'n cysgu'n hwyr yn y bore. Eisteddodd wrth fy ymyl, rhoi un fraich amdanaf, a darllen pennod o stori am ferch a llyffant hud. Doedd dim mam gan y ferch; roedd hi'n byw gyda'i thad.

'Efallai mai dyna sydd ei angen arnon ni – llyffant hud,' meddai Dad. 'A haearn smwddio hud sy'n smwddio ar ei ben ei hunan. A blwch arian hud sydd yn llawn papurau hanner can punt drwy'r amser.'

'Dad, beth sydd *yn* mynd i ddigwydd i'r caffi? Fydd rhaid i ni ei werthu e?'

Llyncodd Dad. Caeodd ei lygaid. Gwasgodd ei

wefusau at ei gilydd. Meddyliais am un eiliad ofnadwy ei fod e'n mynd i ddechrau llefain.

'Nid fi biau'r caffi i'w werthu fe, Fflos. Roedd rhaid i mi fenthyg arian arno. Llawer o arian, dim ond i gadw pethau i fynd. Ac er i mi wneud fy ngorau glas, dwi ddim wedi gallu talu'r arian 'nôl. Felly, mae'n edrych yn debyg y gallen nhw ein gorfodi ni i gau.'

'Fydd rhywun arall yn dod i redeg ein caffi ni?' gofynnais.

'Dwi ddim yn siŵr, cariad. Efallai.'

'Ond – ond fyddan nhw'n dod i fyw lan llofft yn y fflat gyda ni?'

'Y broblem yw, Fflos, fod y fflat yn rhan o'r caffi. Ac os caf i fy ngwthio allan o'r caffi, fe fydda i'n cael fy ngwthio allan o'r fflat hefyd.'

Gwelwn ni'n dau'n cael ein gwthio allan i'r stryd gan darw dur anferth. 'O Dad!' meddwn i, a chydio'n dynn ynddo.

'O'r nefoedd, ddylwn i ddim bod wedi dweud wrthot ti, yn enwedig cyn i ti fynd i gysgu. Dwi mor *dwp*. Dwi wedi cadw'n dawel am fisoedd, yn fwy na dim achos ei bod hi'n anodd i mi wynebu'r peth fy hunan. Dwi wedi bod yn gobeithio y daw rhywbeth, y byddan nhw'n rhoi benthyciad i mi – *unrhyw beth*. Alla i ddim credu y byddan nhw'n ein gwneud ni'n ddigartref.'

'Ond beth *wnawn* ni, Dad?' Meddyliais am y bobl

ddigartref roeddwn i wedi'u gweld ar drip i Lundain. 'Fyddwn ni . . . fyddwn ni'n byw mewn bocs cardfwrdd?'

'O Fflos!' meddai Dad. Roedd hi'n anodd gwybod a oedd e'n chwerthin neu'n crio. Efallai nad oedd e'n gwybod chwaith. 'Wrth gwrs na fyddwn ni'n byw mewn bocs cardfwrdd. Na, cariad, fe fyddi di'n iawn. Fe gysyllta i â dy fam a'th roi di ar yr awyren i Awstralia. Dylwn i fod wedi dy orfodi di i fynd yn y lle cyntaf. Roedd bai arna i, ond roedd hi'n golygu cymaint i mi dy fod ti eisiau aros gyda dy dad. Roeddwn i'n dal i obeithio y byddai pethau'n gwella gyda'r busnes – ond dwi ddim wedi cael unrhyw lwc.'

'Dwi ddim yn mynd i Awstralia, Dad! Dwi'n aros gyda ti, beth bynnag sy'n digwydd. Hyd yn oed mewn bocs cardfwrdd.' Rhoddais fy mreichiau'n dynn am ei wddf. 'Ta beth, dwi'n *hoffi* tai bocs cardfwrdd. Wyt ti'n cofio? Ro'n i'n arfer eistedd mewn un pan oeddwn i'n fach, gyda'r holl ddoliau a'r tedis wedi'u gwasgu i mewn gyda fi, yn chwarae Mam a Dad.'

'Ro't ti'n blentyn bach annwyl iawn,' meddai Dad, a rhoi cusan ar fy ngwallt cyrliog. 'Nawr, mae'n well i ti fynd i gysgu. Nos da, cariad. Paid â phoeni nawr, wyt ti'n addo?'

Wrth gwrs, bues i'n poeni. Chysgais i ddim am oesoedd. Ac yn y diwedd, ar ôl cysgu, bues i'n breuddwydio bod y caffi a'r fflat wedi troi'n gardfwrdd. Daeth y glaw a gwneud i'r waliau blygu a dechreuodd y llawr hollti. Rhuthrais drwy'r drws cardfwrdd yn gweiddi am Dad. Pan ddes i o hyd iddo fe, roedd e'n edrych mor hen a bregus. Pan roddais gwtsh iddo fe, plygodd yn ei hanner yn fy mreichiau fel petai e'n ddyn cardfwrdd hefyd.

Deffrais yn crio. Rhedais at Dad. Ond doedd e ddim yn ei ystafell wely er ei bod yn ganol nos erbyn hyn. Cefais gip o dan ei gwilt. Codais ei obennydd. Edrychais o dan y gwely hyd yn oed. Yna, clywais synau bach gwichlyd yn dod o'r gegin.

Dyna lle roedd Dad yn smwddio. Roedd fy mlowsys ysgol yn hongian o gwmpas yr ystafell, oddi ar ddrysau a phegiau a silffoedd. Roedd hi'n union fel petai haid o adar gwynion yn clwydo yn ein cegin ni.

'Dad?'

'Helô, cariad bach,' meddai Dad, fel petai'n arfer smwddio am dri o'r gloch y bore.

'Beth wyt ti'n wneud? Rwyt ti wedi smwddio fy mlowsys ysgol yn barod.'

'Ydw, ac fe wnes i lanast go iawn. Felly dwi wedi'u lleitho nhw a dwi'n eu gwneud nhw eto. Ac *eto*. Dyma'r trydydd tro ac maen nhw'n dal i edrych yn drist a rhychiog.'

'Maen nhw'n iawn, Dad. Gad iddyn nhw. Cer 'nôl i'r gwely, plîs!'

'Alla i ddim cysgu yn y gwely gyda'r nos, ond yn ystod y dydd dwi wedi blino'n lân. Dwi'n cadw'r un amser ag Awstralia. Efallai y dylwn i fynd i fyw yno hefyd!'

Meddyliais am hyn. Roedd fy nghalon yn curo fel gordd. 'Wel, petaen ni'n gorfod gadael y caffi, pam na allwn ni'n *dau* fynd i Awstralia? Efallai y byddai Steve yn fodlon talu am y daith yn yr awyren? Fe allet ti ei dalu 'nôl ar ôl i ti ddechrau gweithio. Ac fe allwn i fyw gyda ti, ond gallwn i weld Mam hefyd. Efallai gallen ni i gyd aros yno!'

'Rwyt ti'n ddewr iawn, Fflos, a tithau'n gweld eisiau dy fam a phopeth,' meddai Dad. 'Ond does dim gobaith i mi gael mynd i Awstralia, cariad. Fyddwn i byth yn benthyg arian oddi wrth yr hen Steve i ddechrau arni. A fyddwn i ddim yn cael mynd i'r wlad i weithio achos does gen i ddim arian a dim sgiliau.'

'Oes, Dad! Rwyt ti'n wych am redeg y caffi.'

'Dere nawr, cariad! Dwi'n amau y byddwn i'n gallu cael swydd yn golchi llestri hyd yn oed. Fyddwn i'n *sicr* ddim yn cael gwaith mewn londri. Edrycha, dwi wedi rhuddo dy flows di!' Cododd y flows mewn anobaith a dangos y llosg brown i mi.

'Dim ots, Dad. Plîs. Rho'r gorau i smwddio.'

'Efallai y bydd y marc yn diflannu ar ôl golchi'r flows eto,' meddai Dad. Yna, gwelodd fy wyneb i. 'Sori, cariad! Mae dy dad yn dechrau colli arni, dyna

i gyd. Iawn. Fe rof i'r gorau i smwddio.' Diffoddodd
yr haearn a sefyll yng nghanol y gegin yn ei hen
byjamas streipiog. 'Wyt ti eisiau i mi dy roi di'n
gyfforddus yn dy wely, Fflos?'

'Does dim llawer o chwant cysgu arna i nawr
chwaith.'

'Felly . . . beth wnawn ni?' meddai Dad. Symudodd
ei bwysau o un droed noeth i'r llall, a meddwl. 'Dwi'n
gwybod!' meddai'n sydyn. 'Gad i ni fynd ar y siglen!'

'Ond mae hi'n ganol nos, Dad,' meddwn i. Erbyn
hyn, roeddwn i'n dechrau meddwl ei *fod* e'n dechrau
colli arni.

'Does dim cyfraith sy'n dweud na chei di fynd ar
siglen yn dy ardd dy hunan gyda'r nos,' meddai
Dad. 'Rho dy got amdanat, cariad, a gwisga dy
esgidiau glaw.'

Gwisgodd Dad siwmper drwchus dros ei byjamas
a thynnu'i esgidiau mawr amdano. Yna, aethon ni i
lawr llawr, drwy'r caffi tawel, trist ac allan i'r ardd
gefn. Roeddwn i'n meddwl y byddai hi'n dywyll ac
yn codi ofn arna i. Ond roedd lleuad lawn ddisglair
yn troi'r ardd yn ariannaidd a hudolus. Gwnaethon
ni ein ffordd drwy'r pentyrrau o rannau beic a'r holl
bethau eraill. Roedd y biniau sbwriel wedi cael eu
gwacáu'r diwrnod hwnnw, felly doedden nhw ddim
yn drewi o gwbl, bron. Roedd cath fach yn cerdded
mewn cylchoedd o'u cwmpas nhw, yn mewian am
fwyd.

'O Dad, edrycha, on'd yw hi'n hyfryd?' meddwn i. Plygais i lawr yn drwsgl yn fy esgidiau glaw. 'Dere, pws.'

Edrychodd arna i, meddwl, a dechrau cerdded ataf yn ofalus.

'Dere nawr. Wna i ddim niwed i ti.'

Estynnais fy llaw ati a daeth y gath yn agos iawn ataf i. Ffroenodd fy llaw gan obeithio cael tamaid o fwyd. Ond roedd hi'n ddigon hapus pan roddais anwes iddi yn lle hynny.

'Mae hi'n gath fach denau iawn. Gawn ni roi bwyd iddi, Dad?' gofynnais.

Roedd Dad yn syllu arni. 'Cath ddu yw hi, yntê? Mae cathod du i fod yn lwcus, on'd ydyn nhw? Hyd yn oed rhai sy'n crwydro fel hon! O'r gorau, fe af i weld a oes tun o diwna gyda ni yn y funud.'

'Da iawn, pws! Rwyt ti'n glyfar iawn yn dod i alw mewn caffi. Dad sydd draw fan'na. Mae e'n mynd i wneud pryd o fwyd hyfryd i ti mewn munud.'

'Ydw, wir,' meddai Dad. Eisteddodd ar y siglen, a chicio'r ddaear â sawdl ei esgid.

Rhwbiodd y gath yn fy erbyn, gan gwtsio a chanu grwndi wrth i mi anwesu'i gwddf. Roedd ei hesgyrn yn teimlo'n fach ac yn fregus o dan ei ffwr meddal.

'Tybed a oes perchennog gyda ti, gath fach?' meddwn i. 'Dwyt ti ddim yn gwisgo coler, wyt ti? Dwyt ti ddim yn edrych fel petait ti wedi cael bwyd ers dyddiau. Dad, os nad oes neb piau hi, gawn ni ei chadw?'

'Allwn ni ddim fforddio cadw'n hunain, Fflos,' meddai Dad.

'Wel, fe allwn ni'n tri fod yn anifeiliaid crwydrol, ti, fi a'r gath,' meddwn i. 'Fe allwn i ei galw hi'n Lwcus. Dwyt ti byth yn gwybod, Dad, efallai bod ein lwc ni'n troi'r funud yma.'

'Ydy. Wwps! Beth oedd hwnna? Mae mochyn mawr pinc newydd hedfan heibio i mi, yn curo'i adenydd.'

'Fe gei di weld, Dad,' meddwn i, a chodi Lwcus yn ofalus yn fy mreichiau. Cwtsiodd yn hapus yn fy mynwes fel petai wedi fy adnabod erioed.

'*Lwcus yw'r gath i ni, un lwcus, lwcus, lwcus yw hi,*' canodd Dad, wrth roi cic a dechrau siglo'n ôl ac ymlaen. 'Hei, mae'r siglen yma'n gam! O Fflos, pam na ddwedaist ti?'

'Mae hi'n iawn, Dad, wir.'

'Nac ydy ddim – ond fe gywira i hi yfory. O'r annwyl, ddwedodd Rhiannon rywbeth pan ddaeth hi draw?'

'Ddim wir,' meddwn i, er mwyn ceisio osgoi dweud mwy.

'Mae'n flin gen i fy mod i wedi dy siomi di pan ddaeth Rhiannon draw. Dwi'n gwybod mai hi yw dy ffrind gorau di.'

'Ie, ond mae gen i ffrind arall nawr hefyd. Dad, all fy ffrind newydd Sara ddod draw ddydd Sadwrn?'

'Ydy hi'n grand ac yn lletchwith fel Rhiannon?' holodd Dad, gan siglo'n wyllt a chwifio'i esgidiau.

'Nac ydy, mae hi'n glyfar iawn ond mae hi'n dawel, a ddim yn ffyslyd o gwbl,' meddwn i.

'Dwi'n ei hoffi hi'n barod!' meddai Dad.

Roedd hi'n braf cael Sara'n ffrind cyfrinachol i mi yn yr ysgol. Bydden ni'n gwenu a nodio ar ein gilydd pan na fyddai Rhiannon yn edrych. Bob diwrnod, bron, bydden ni'n cwrdd yn ystafell gotiau'r merched am funud neu ddau. Trefnon ni ei bod hi'n dod am dri o'r gloch dydd Sadwrn ac yn aros i gael te.

'Bytis sglods! Ti'n addo?' meddai Sara.

Dyma fi'n addo.

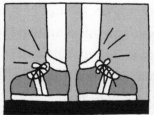

DAD

GAN FFLUR

Dad

fflur

PWYSIG

11

R oeddwn i'n edrych ymlaen yn fawr at gael Sara
draw ddydd Sadwrn. Yna, ddydd Gwener,
dyma Rhiannon yn difetha popeth.

Roedd hi wedi bod yn treulio llawer o amser gyda
Marged a Ffion. Roedden nhw'n aml yn edrych
draw ata i, yn sibrwd ac yn giglan.

'Beth yw'r jôc?' gofynnais.

'Ti ydy'r jôc,' meddai Marged. 'Dy sanau di – fel!'

Roedd Dad wedi gwneud ei orau glas gyda fy
sanau gwyn newydd. Roedd e'n poeni bod y ffrog
a'r esgidiau gefais i'n anrheg pen-blwydd yn llawer
rhy fawr. Felly roedd e wedi prynu sanau bach iawn.
Roedden nhw mor fach, roedden nhw'n fwy addas
ar gyfer Teigr. Roedd hi'n cymryd amser i mi eu
hagor nhw dros fysedd fy nhraed. Roedd y sawdl yn
gorwedd tua hanner hyd fy nhroed. Roedd yr hosan
yn cael ei sugno o dan fy esgid bob tro roeddwn i'n
cerdded. Felly, bob eiliad neu ddwy, roedd rhaid i mi
blygu i lawr i'w tynnu nhw i fyny. Byddai pethau

wedi bod yn llawer gwell yn fy hen sanau glas tywyll. Ond doeddwn i ddim eisiau brifo teimladau Dad.

Roedd e wedi meistroli'r smwddio nawr, ond doedd ein system ni o olchi dillad ddim yn dda. Doedd dim sychwr dillad gyda ni, felly roedd Dad yn hongian fy nillad ar reilen yn y gegin.

'Ych! Braster sglodion!' meddai Marged, gan esgus fy ffroeni a dal ei thrwyn wedyn.

Daliodd Ffion ei thrwyn hefyd. Wnaeth Rhiannon ddim, ond roedd hi'n gwenu'n gam.

Roeddwn i'n gwybod *bod* fy nillad yn drewi o oglau coginio'r caffi ond doeddwn i ddim yn gwybod beth i'w wneud am y peth. Ceisiais roi ychydig o bersawr arbennig Mam oedd yn dal yno dros fy mlowsys ysgol. Ond roedd y merched yn dal eu trwynau hyd yn oed yn fwy wedyn. Dyma nhw'n chwifio'r awyr â'u dwylo ac yn dweud 'Pach!' a 'Whiw!'.

Roeddwn i'n teimlo fel troi eu trwynau nes eu bod yn dod i ffwrdd oddi ar eu hwynebau nhw.

Roeddwn i hefyd eisiau crio am fod y persawr yn gwneud i mi weld eisiau Mam. Rhedais i ffwrdd, a'r tro yma daeth Rhiannon ar fy ôl.

'Er mwyn popeth, paid â bod yn gymaint o fabi, Fflos. Dim ond *tynnu coes* maen nhw,' meddai.

'Dwi wedi blino ar bobl yn tynnu fy nghoes. Alla i ddim dioddef Marged a Ffion,' meddwn i.

'O paid â bod yn dwp. Maen nhw'n hwyl, ond i ti beidio â'u cymryd nhw ormod o ddifrif. Mae Marged *mor* cŵl. Ti'n gwybod, mae hi wedi cael tlws diemwnt yn ei bogel! Trueni na fyddai Mam yn gadael i mi gael twll yn fy motwm bol i.'

'Rhywbeth wedi'i ludio yw e, siŵr o fod,' meddwn i. 'Ac nid diemwnt *go iawn* fydd e.'

'Wel, beth yw'r ots? Mae'n dal i edrych yn dda. Ac mae ganddi, fel, fola mor wastad â bwrdd. Trueni bod fy mola i fel pelen fach. Ond dwi'n mynd i fynd ar ddeiet arbennig a bod yn denau iawn, fe gei di weld.'

'Rwyt ti'n denau iawn nawr, rwyt ti'n gwybod dy fod ti. Beth bynnag, peth dwl yw mynd ar ddeiet yn ein hoedran ni.'

'Rwyt ti'n dweud hynna achos dy fod ti mor denau o hyd. Ond os byddi di'n dal ati i fwyta'r holl sglodion a'r bwyd wedi ffrio yng nghaffi dy dad, fe fyddi di, fel, yn enfawr.' Chwifiodd Rhiannon ei breichiau yn yr awyr i ddangos i mi.

'Na fyddaf i ddim,' meddwn i – er fy mod i'n gwybod bod Dad ychydig *bach* yn enfawr.

'Ond mae llyfr ryseitiau Bwyta'n Iach arbennig gyda Mam. Fe gaiff hi roi e i dy dad pan fydd e'n dod draw i'th gasglu di ddydd Sadwrn,' meddai Rhiannon.

Syllais arni. 'Fy nghasglu i o ble?' meddwn i.

Ochneidiodd Rhiannon yn ddiamynedd. 'O'n tŷ ni, y dwpsen.'

'Ond dwyt ti ddim wedi gofyn i mi ddod draw i'ch

tŷ chi ddydd Sadwrn,' meddwn i, a'm calon yn curo fel gordd.

'Wel, dwi'n gofyn i ti nawr,' meddai Rhiannon. 'Mae Mam yn dweud bod rhaid i ti ddod i gael cinio a the *a* bod rhaid i ti ddod â bag o'r holl ddillad brwnt sydd gyda ti. Fe fydd hi'n eu rhoi nhw yn y peiriant golchi ac yn eu smwddio nhw i ti. Paid ag edrych fel 'na, Fflos. Does dim angen i ti deimlo cywilydd. Does dim ots gyda Mam, wir i ti.'

'A–alla i ddim dod, ddim y dydd Sadwrn yma,' baglais dros fy ngeiriau.

'Pam na alli di ddod? Mae popeth wedi'i drefnu,' meddai Rhiannon.

'Mae'n rhaid i mi helpu Dad yn y caffi,' meddwn i'n gelwyddog.

'Dwyt ti ddim i fod i weithio yn y caffi. Gorfodi plant i weithio yw hynna. All e ddim gwneud i ti weithio.'

'Dydy e ddim yn *gwneud* i mi wneud dim. Fi sydd eisiau helpu.'

'Wel, bydd rhaid i ti helpu rywbryd eto. Achos mae Mam wedi symud ei hapwyntiad i gael "highlights" yn ei gwallt er mwyn iddi gael bod gartref i ofalu amdanat ti. Fel y dwedais i, mae popeth wedi'i drefnu.'

Doeddwn i ddim yn gwybod beth i'w wneud. Allwn i ddim dweud y gwir wrth Rhiannon. Fyddai hi byth yn maddau i mi tasai hi'n gwybod fy mod i wedi gwahodd Sara draw.

Bues i'n meddwl dros y peth yn ystod y wers nesaf. Roeddwn i'n teimlo'n ddiflas ac yn methu canolbwyntio yn ystod y wers Hanes. Pan ofynnodd Mrs Huws gwestiwn i mi'n sydyn, doedd dim syniad gen i am beth roedd hi'n sôn. Galwodd hi fi draw at ei desg pan ganodd y gloch.

'Rwyt ti'n breuddwydio braidd heddiw, Fflos. Beth sy'n bod, bach?' Roedd hi'n gwenu arna i'n llawn cydymdeimlad. Doedd hi ddim yn gas o gwbl.

Plygais fy mhen yn isel a gwneud dawns fach ag un droed ar y llawr.

'Wyt ti'n gweld eisiau dy fam?' gofynnodd Mrs Huws yn dawel.

'Mmm,' meddwn i, achos roeddwn i *yn* gweld ei heisiau hi'n ofnadwy. Weithiau, pan nad oedd Dad o gwmpas, byddwn i'n mynd i edrych ar y tocyn yn nrôr y gegin. Roeddwn i'n benderfynol o beidio â'i ddefnyddio fe – ond roedd hi'n braf gwybod ei fod e yno.

'Ond rwyt ti a dy dad yn cytuno'n dda, on'd ydych chi?' meddai Mrs Huws.

'O *ydyn*. Mae dad yn hyfryd. Mae e bob amser yn hyfryd,' meddwn i.

'Da iawn. Wel, rwyt ti'n sicr yn edrych yn llawer mwy smart heddiw,' meddai Mrs Huws. Edrychodd ar fy ngwallt oedd newydd ei olchi, y flows lân, y sgert oedd wedi'i smwddio, y sanau gwyn pitw bach a'r esgidiau heb smotyn o faw arnyn nhw.

Gwnes i'r droed arall wneud dawns fach. Roeddwn i'n ceisio magu digon o blwc i ofyn i Mrs Huws beth ddylwn ei wneud ynghylch gweld Rhiannon ddydd Sadwrn.

'Ie?' gofynnodd Mrs Huws.

Llyncais fy mhoer. Allwn i ddim gofyn. Gofynnais rywbeth arall iddi yn lle hynny.

'Mrs Huws, ydw i'n drewi?'

Edrychodd Mrs Huws fel petai wedi synnu. 'O Fflos! Rwyt ti'n lân, lân. Rwyt ti'n edrych fel petait ti newydd neidio mas o'r bath heddiw.'

'Iawn, ond ydw i'n *drewi*?'

'Ddim o unrhyw beth cas,' meddai gan osgoi'r pwnc.

Ochneidiais yn ddwfn.

'Oes unrhyw un wedi bod yn dweud pethau cas?' meddai Mrs Huws, yn swnio'n grac.

'Nac oes. Wel. Dim ond tynnu coes roedden nhw,' meddwn i'n gyflym.

'Mae tynnu coes yn gallu bod yn hynod o greulon. Dwyt ti ddim yn mynd i ddweud wrtha i pwy oedden nhw, wyt ti?'

Ysgydwais fy mhen a syllu ar fy nhraed.

'Does dim rhaid i ti ddweud wrtha i. Dwi'n siŵr y galla i ddyfalu. Paid â gwneud unrhyw sylw ohonyn nhw.' Oedodd. 'O wel. Mae'n well i ti redeg allan i'r heulwen. Dwi'n dwlu ar ddiwrnodau heulog fel hyn. Dwi'n rhoi'r dillad allan ar y lein – maen nhw'n sychu'n hyfryd ac yn arogli o awyr iach.'

Nodiais fy mhen yn ddiolchgar a cherdded at y drws.

'Wnei di ofalu am Sara i mi, Fflos? Dwi'n credu ei bod hi braidd yn unig. Fe fyddai hi'n braf iddi gael merch garedig fel ti'n ffrind iddi.'

'Iawn, Mrs Huws,' meddwn i.

Roeddwn i wir wir wir eisiau bod yn ffrind i Sara. Ond roedd bod yn ferch garedig yn codi gormod o ofn arna i.

Rhedais i ystafell gotiau'r merched. Roedd Sara'n sefyll mewn cornel, yn cyfri'r teils i fyny a'r teils i lawr ac yn dweud pob rhif o dan ei gwynt. Yna, dyma hi'n fy ngweld i a gwenu arna i.

'Helô Fflos!' meddai'n hapus. 'Alla i ddim aros tan ddydd Sadwrn.'

Tynnais anadl ddofn. 'O Sara, mae'n wir ddrwg gyda fi, ond fydd dydd Sadwrn ddim yn bosibl wedi'r cyfan.'

Syllodd Sara arna i. Roedd hi'n union fel petawn i wedi cymryd y mop mawr drewllyd o'r gornel a'i wthio i'w hwyneb, gan sychu ei gwên i ffwrdd.

'Ddaeth Rhiannon i wybod?' meddai. Roedd ei llais yn crynu ychydig.

'Naddo! Naddo, dydy hyn ddim byd i'w wneud â Rhiannon,' meddwn i'n gelwyddog. 'Nac ydy, mae'n rhaid i mi wneud pethau gyda Dad, dyna i gyd. Ond fe gei di ddod y dydd Sadwrn *wedyn*. Fe fydd hynna'n iawn, fydd e?'

'Bydd, mae'n debyg,' meddai Sara, ond roedd ei llais yn dal i swnio'n rhyfedd.

'Fe gawn ni fytis sglods,' meddwn i.

'Iawn. Gwych,' meddai Sara'n ddiflas.

Roedd hi'n union fel petai hi'n gwybod. Dwedais wrth fy hunan ei bod hi'n amhosibl iddi wybod. Ceisiais esgus bod popeth yn dal yn iawn. Byddwn i'n mynd i dŷ Rhiannon ddydd Sadwrn. Hi oedd fy ffrind gorau wedi'r cyfan. Byddwn i'n gwisgo fy mreichled cwarts rhosyn a chwarae yn ystafell wely las, hyfryd Rhiannon. Efallai byddwn i'n ei dysgu hi sut i wneud breichled gyfeillgarwch. Yna'r penwythnos *wedyn*, byddwn i'n gweld Sara yn ein tŷ ni a byddem ni'n chwarae ar y siglen ac yn bwyta bytis sglods. Efallai byddai hi'n gwneud yr holl bethau oedd yn blentynnaidd neu'n ddiflas, yn ôl Rhiannon. Pethau fel chwarae gêmau dychmygol neu dynnu lluniau neu wneud tŷ dol bach allan o focs cardfwrdd.

Roedd Rhiannon yn brysur yn cynllunio dydd Sadwrn hefyd. Y dydd Sadwrn *yma*.

'Mae Mam yn mynd i fynd â ni i siopa yn y Ganolfan Newydd pan fyddi di'n dod draw dydd Sadwrn, Fflos,' meddai'n uchel.

'Hisht!' meddwn i.

Roedd Sara'n eistedd yn union o'n blaenau ni. Roedd hi'n ysgrifennu'r atebion i'r darn darllen a deall – ond yna, arhosodd ei beiro'n llonydd yn yr awyr.

'Mae'n iawn. Mae Mrs Huws draw fan'na'n helpu Donna Dwp,' meddai Rhiannon. 'Beth bynnag, wnaiff hi ddim pigo arnon ni. Ti yw ffefryn yr athrawes nawr. *Beth bynnag*, mae Mam yn mynd i gael sanau newydd a phethau i ti. Mae'r rhai sydd gyda ti mor fach a rhyfedd.'

'Plîs, hisht!' sibrydais.

'Popeth yn iawn. Rydyn ni'n gwybod nad dy fai *di* yw e. Mae Mam yn mynd i wneud popeth yn ofalus iawn. Mae hi'n mynd i esgus bod angen pethau newydd arna *i*. Wedyn mae'n mynd i ddweud, "O, edrychwch, beth am i mi brynu pecyn mawr neu beth bynnag, ac wedyn bydd digon i chi'ch dwy." Mae hi wedi meddwl yn fanwl am y peth. Mae'n debyg y byddwn ni'n mynd i siopa am esgidiau hefyd. Fe ddwedais wrthi am yr esgidiau arian sodlau uchel, dwl rwyt ti'n eu gwisgo gartref. Roedd hi'n dweud y byddi di'n difetha dy draed.'

Doedd Sara ddim wedi ailddechrau ysgrifennu'r atebion i'r darn darllen a deall. Roedd hi'n rhy brysur yn ceisio deall y sefyllfa.

'Rydyn ni'n mynd i le bwyta newydd i ginio. Dwi'n mynd i gael smŵddi mango, iym sgrym. Ac mae'r holl fathau gwahanol o salad i ti ddewis ohonyn nhw. Mae e, fel, *mor* flasus. Mae Mam yn dweud bod arni ddyled i dy fam *di* i wneud yn siŵr dy fod ti'n bwyta'n iach, gan y byddi di'n byw ar y bytis sglods y rhan fwyaf o'r amser nawr.'

Plygodd pen Sara'n isel pan ddwedodd Rhiannon bytis sglods. Cwympodd ei gwallt ymlaen. Roedd ei gwegil yn edrych yn wyn ac amddifad.

Roeddwn i eisiau ymestyn a rhoi fy llaw yn ysgafn ar ei hysgwydd, neu roi fy mraich amdani. Ond arhosais wrth ochr Rhiannon. Siaradodd yn ddiddiwedd am fy ngweld i ddydd Sadwrn.

Roedd un rhan bitw bach ohono i'n dal i obeithio nad oedd Sara'n gallu clywed yn *iawn*.

Canodd y gloch i ddangos bod y wers ar ben. Safodd Sara ar ei thraed a dechrau pacio'i bag. Neidiodd Rhiannon i fyny a gwthio heibio iddi. Cwympodd llyfrau Sara dros y llawr i gyd. Wnaeth Rhiannon ddim ymdrech i'w codi nhw nac ymddiheuro hyd yn oed.

'Wela i di fory, Fflos,' bloeddiodd, yn union o flaen Sara.

Plygodd Sara i lawr, casglu'i llyfrau a rhuthro o'r ystafell ddosbarth. Cliciodd ei bysedd wrth fynd a chyfrif o dan ei hanadl.

'Mae Sara'r Swot yn codi arswyd arna i braidd,' meddai Rhiannon. 'Dydy hi ddim yn gall, ydy hi, Fflos?'

Syllais ar ôl Sara nes bod fy llygaid yn mynd yn rhyfedd.

'*Fflos?*' meddai Rhiannon. 'Beth sy'n bod *nawr*? Paid â dechrau llefain ac ati fory – mae'n mynd i fod yn ddiwrnod o hwyl, iawn?'

Doedd hi ddim yn teimlo fel petai hi'n mynd i fod yn ddiwrnod o hwyl o gwbl. Dwedais wrth Dad am y newid yn y cynllun. Cododd ei aeliau pan ddwedais fy mod i'n mynd at Rhiannon.

'Fe af i draw â ti ac fe ddof i dy nôl di. Ond, *er mwyn popeth*, paid â gwneud i mi fynd i siarad â'r fenyw ofnadwy yna!' meddai Dad. 'Felly beth am Sara, dy ffrind newydd di? Ydy hi'n mynd at Rhiannon hefyd?'

Ochneidiais. Roedd hi'n gwbl amhosibl egluro'r sefyllfa gymhleth hon i Dad. Doeddwn i ddim wir eisiau iddo wybod popeth, beth bynnag. Mae'n debyg na fyddai e'n dweud dim byd, heb sôn am ddweud y drefn ond byddwn i'n teimlo'n wael. Roeddwn i'n teimlo'n wael wael wael fel ag yr oedd hi.

Es i hongian fy nghrys-T pinc a'r jîns pen-blwydd arbennig dros sedd y siglen achos doedd dim lein ddillad yn yr ardd gefn. Roeddwn i'n gobeithio y byddai awel oer y nos yn rhoi persawr ffres a hyfryd iddyn nhw erbyn y bore.

Pan ddihunais, clywais sŵn pitran-patran ar y ffenest. Roedd hi'n bwrw glaw'n drwm!

'O na!' Taflais fy nghot law dros fy mhyjamas, gwthio fy nhraed i'r esgidiau glaw a rhuthro allan i'r ardd gefn.

Roedd fy nillad yn wlyb stecs. Roedd y jîns wedi cwympo oddi ar y sedd ac roedden nhw'n fwd i gyd ar lawr. Roedd y crys-T wedi troi rownd a rownd fel rholyn jam. Roedd fel petai rhyw greadur bach wedi ei ddefnyddio fel cwilt yn ystod y nos.

'Lwcus?' galwais yn obeithiol ar y gath, i gael peidio meddwl am Drychineb y Dillad Gwlyb.

Roeddwn i'n *ysu* am ei chael hi i aros gyda ni. Pan oedd hi wedi dod yng nghanol y nos, roeddwn i wedi rhoi tun cyfan o diwna a soser o laeth iddi. Roedd hi wedi mewian yn ddiolchgar. Roedd hi hyd yn oed wedi fy llyfu. Roeddwn i wedi cwtsio wrth ei hochr a rhoi anwes iddi, o'i phen bach twt hyd at flaen ei chynffon. Roedd hi wedi symud yn hapus a dechrau canu grwndi. Roeddwn i'n meddwl ei bod hi eisiau dangos yn glir y byddai hi'n hoffi byw gyda fi. Ond pan geisiais ei chodi'n ofalus a'i chario i'r tŷ, dechreuodd grio, gwingo a chrafu. Roedd rhaid i mi adael iddi fynd. Neidiodd oddi wrtha i, a chuddio y tu ôl i'r biniau olwynion.

Ceisiais symud un o'r biniau er mwyn mynd ati. Ond mewiodd yn grac a gwasgu'i hunan i'r gornel bellaf y tu ôl i'r bin mwyaf.

'Gad lonydd iddi, Fflos,' meddai Dad. 'Efallai ei bod hi eisiau aros yn yr awyr agored.'

'Ond mae hi'n dywyll a drewllyd wrth y biniau. Fe fyddai hi'n llawer hapusach y tu mewn. Fe allai hi rannu fy stafell wely. Fe allwn i wneud stafell yn ddiogel a chysurus iddi,' meddwn i.

'Mae'n anodd ei gorfodi hi os nad yw hi eisiau dod,' meddai Dad. 'Nid ein cath ni yw hi.'

'Ond dwi eisiau iddi fod yn gath i ni.'

'Wel, gad lonydd iddi am y tro. Fe gaiff hi hongian o gwmpas os yw hi'n teimlo fel gwneud. Fe gaiff *hi* benderfynu a yw hi eisiau bod yn gath i ni ai peidio.'

'Ein Lwcus ni,' meddwn i.

Roeddwn i wedi mynd i chwilio amdani ddeg munud yn ddiweddarach. Syllais y tu ôl i bob bin. Edrychais rhwng y darnau beic. Chwiliais drwy'r ardd gefn i gyd. Ond doedd dim sôn am Lwcus.

'Wedi mynd i grwydro mae hi, Fflos. Dyna beth mae cathod yn ei wneud,' meddai Dad.

'Ond ddaw hi 'nôl?'

'Wel. Siŵr o fod,' meddai Dad. 'Pan fydd hi'n barod.'

'Dydy "siŵr o fod" ddim yn ddigon pendant!' llefais. 'O Lwcus, ble rwyt ti? Fe ddoi di 'nôl, gobeithio? Rwyt ti wir eisiau bod yn gath fach ddu lwcus i ni, on'd wyt ti?'

Gwrandewais yn astud am sŵn mewian. Os oedd Lwcus yn gallu fy nghlywed, roedd hi'n cadw'n dawel.

Roeddwn i wedi chwilio drwy'r ardd gefn y noson ganlynol, ond doedd dim sôn amdani o hyd. Perswadiais Dad i agor tun arall o diwna ac fe wnes i arllwys llond soser arall o laeth ac aros yn nerfus, am oriau.

Daeth cwrcath enfawr heibio ond cuddiais de blasus Lwcus rhag iddo ei fwyta. Ddaeth Lwcus ei hunan ddim yn agos. Gadewais fwyd allan iddi dros nos ac erbyn y bore roedd y cyfan i gyd wedi diflannu, bron. Ond allwn i ddim dweud ai Lwcus ei hunan oedd wedi'i fwyta, neu a oedd y cwrcath wedi dod 'nôl.

Ddydd Gwener roedd Dad wedi dweud yn dyner y dylen ni beidio â chymryd yn ganiataol y byddai Lwcus yn dod 'nôl.

'Efallai ei bod hi wedi mynd 'nôl at ei pherchnogion go iawn. Neu efallai ei bod hi'n hapus yn gofalu amdani ei hun, ar y stryd.'

'Fe fyddai hi'n llawer hapusach gyda ni,' meddwn i. 'Fe ddaw hi 'nôl, Dad, pan fydd hi'n barod, fel y dywedaist ti.'

Os *oedd* hi wedi dod 'nôl yn ystod y nos ac wedi bod yn cysgu'n glyd yn fy nghrys-T, doedd hi ddim wedi aros i ddweud helô wrtha i'r bore 'ma.

Codais y jîns a'r crys-T gwlyb a cherdded sgwish-sgwish 'nôl i'r tŷ. Roedd Dad yn y gegin yn ei ŵn gwisgo. Roedd e'n dylyfu gên ac yn ymestyn.

'Fflos? Wyt ti wedi bod allan yn chwarae a hithau'n arllwys y glaw?' meddai. Cododd fy nillad. 'Er mwyn popeth! Rhaid i ti eu rhoi nhw 'nôl yn y golch yn syth. Fe ddylet ti fod wedi'u cadw nhw'n lân i fynd i weld Rhiannon.'

Pwysais yn erbyn bwrdd y gegin, a bwyta creision ŷd yn syth o'r pecyn. 'Efallai bod Lwcus wedi bod yn yr ardd gefn neithiwr,' meddwn i.

160

'Hmm. Wel, fe allen ni wneud y tro ag ychydig o lwc ar hyn o bryd,' meddai Dad, ac edrych drwy'r post.

Roedd llond llaw o filiau ac un amlen wen frawychus â'r gair PWYSIG wedi'i ysgrifennu arni mewn llythrennau mawr coch. Agorodd Dad hi, a'i darllen hi'n gyflym. Yna, gwthiodd hi i boced ei ŵn gwisgo ac eistedd wrth fy ochr. Rhoddodd ei law yn y pecyn creision ŷd i gael rhywbeth i'w fwyta. Roedd ei law'n crynu a dyma'r creision ŷd yn arllwys dros lawr y gegin.

'Beth sy'n bod, Dad?' Roeddwn i'n crawcian achos bod fy ngwddf mor sych. Llyncais yn galed ond roedd y creision ŷd yn fy ngheg yn gwrthod mynd i lawr.

'Rydyn ni wedi cael rhybudd i adael,' meddai Dad. Anadlodd allan. Anadlodd mor galed nes bod y pecyn creision ŷd yn gwegian a bron â chwympo drosodd. 'Fe ysgrifennais i atyn nhw, yn egluro 'mod i nawr yn gofalu am fy merch yn llawn amser. Roeddwn i'n meddwl y byddai hynny'n gwneud iddyn nhw ailfeddwl. Pa fath o fwystfilod calongaled fyddai'n gwneud plentyn bach, diniwed yn ddigartref? Wel, dwi'n gwybod nawr. Mae pythefnos gyda ni, Fflos. Pythefnos – ac wedyn mae'n rhaid i ni roi'r allweddi iddyn nhw neu fe fyddan nhw'n anfon y dynion caled i mewn.' Plygodd Dad ymlaen, a gorffwys ei ben ar y bwrdd.

'Dad?' sibrydais.

Plygais fy mhen innau, a syllu arno. Roedd ei lygaid ar gau.

'Plîs, Dad! Eistedda i fyny. Fe fydd popeth yn iawn,' meddwn i, gan anwesu'i ben.

Ochneidiodd Dad. 'Dwi wedi dy siomi di, cariad.'

'Nac wyt ddim! Dere, Dad, gad i mi wneud paned o de i ti.'

Rhuthrais o gwmpas yn berwi'r tegell ac yn nôl mŵg a llaeth a sachau te. Roeddwn i'n gwybod y byddai Dad yn codi'i ben i edrych pan fyddwn i'n arllwys y dŵr berwedig, rhag ofn i mi fod yn esgeulus. Yn ôl y disgwyl, eisteddodd i fyny'n syth yr eiliad y diffoddodd y tegell.

'Dere, fe wnaf i fe nawr,' meddai Dad, ac ochneidio.

Gwnaeth baned o de i ni'n dau ac yna eisteddodd yn sipian ei baned e, a syllu o gwmpas y gegin. Edrychodd ar y waliau seimllyd a'r hen stôf a'r cypyrddau anniben a'r teils leino wedi hollti ar y llawr. Safodd ar ei draed a rhedeg ei law dros hen luniau dwl roeddwn i wedi'u gwneud yn y dosbarth meithrin. Roedd person coch ag wyneb hapus ar bob un, a'r un teitl: *Dad*. Cododd fy modelau cwningod clai ar y sil ffenestr a'r blwch llwch plastr cam a'r plât roeddwn i wedi peintio pansis pinc drosto achos bod Dad wedi dweud mai dyna'i hoff flodyn.

'Fy nhrysorau i,' meddai Dad, fel petai'r gegin yn llawn dop o hen bethau drud.

'Fe baciwn ni bopeth a mynd â nhw gyda ni, Dad,' meddwn i.

'I addurno ein bocs cardfwrdd?' meddai Dad. Ysgydwodd ei ben. 'Mae'n ddrwg gen i, mae'n ddrwg gen i, dwi'n dechrau drysu. Na, fe ddown ni i ben. Efallai bydd un o fy hen ffrindiau moto-beics yn fodlon i mi gysgu yng nghornel ei lolfa am dipyn, i mi gael rhoi trefn ar bethau.'

'Fyddan nhw'n fodlon i mi gael cornel hefyd, Dad?' gofynnais yn bryderus.

'Dwyt ti ddim yn mynd i orfod cysgu ar y llawr, cariad. Nac wyt, fe arhosa i tan heno, pan fydd hi'n fore yn Awstralia, ac yna fe fydda i'n ffonio dy fam. Fe gei di wibio draw i Sydney.'

'Na, Dad!'

'Ie, Fflos,' meddai Dad yn bendant. 'Nawr, cer i chwilio am ddillad sych i ti dy hunan ac anghofia'r holl ffwdan am y tro. Fe gei di ddiwrnod hyfryd gyda Rhiannon.'

Doeddwn i ddim yn siŵr iawn am hynny. Gwisgais fy hen jîns a hen grys-T streipiog, ar ôl claddu fy mhen ynddyn nhw i weld a oedden nhw'n drewi. Roedd hi mor anodd dweud, achos roedd arogl coginio ar *bopeth*.

Brwsiais fy ngwallt a brwsio fy nannedd a brwsio fy esgidiau. Brwsiais yn drylwyr iawn. Wrth ddefnyddio'r brws bob tro, gwnes ddymuniad y byddai ein lwc ni'n newid a rhywsut neu'i gilydd y

163

byddai Dad yn gallu dal ati i goginio ei fytis sglods am byth.

Daeth Seth y Sglods i ofalu am y caffi tra oedd Dad yn mynd â fi draw at Rhiannon. Roedd y papur newydd yn ei law.

'Dere nawr, Fflos fach, dewisa geffyl sy'n mynd i ennill,' meddai.

'O Mr Sglods, dwi'n anobeithiol am ddewis ceffylau da. Roedd Pen-blwydd Hapus yn anobeithiol, a Bynsen Eisin yn waeth fyth.'

'Rho gynnig arall arni, cariad.'

'Beth, tri chynnig i Gymro, chi'n meddwl?' meddwn i.

'Ie!' meddai Seth y Sglods. 'Edrycha! Mae Tri Chynnig i Gymro'n rhedeg yng Nghas-gwent! Rhaid i fi fentro arian arno fe nawr. Beth amdanat ti, Cledwyn? Wyt ti eisiau mentro ceiniog neu ddwy arno fe?'

'Does dim ceiniog neu ddwy gyda fi i'w mentro, fachgen. Dwi'n meddwl mai gwastraffu dy arian fyddi di, beth bynnag. Edrycha ar yr ods. Does dim gobaith gyda fe.'

BREICHLED

BREICHLED

CWARTS RHOSYN

GYFEILLGARWCH

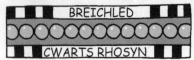

12

Roedd Rhiannon yn arbennig o neis wrtha i. Roedd hi bron fel yr *hen* Rhiannon, cyn iddi ddechrau meddwl bod Marged yn wych. Ac roeddwn i bron yn teimlo fel yr hen Fflos, pan oedd dau gartref gyda fi a phan oeddwn i'n gallu gweld Mam pryd bynnag roeddwn i eisiau.

Aethon ni i chwarae yn ystafell wely las, hyfryd Rhiannon. Roeddwn i'n teimlo mor *dawel* wrth orwedd ar ei chwilt blodeuog, meddal a gweld y paent gwyn glân a'r llenni glas hyfryd. Roeddwn i'n teimlo fel petawn i'n hofran i'r awyr. Fe roddodd Rhiannon ganiatâd i mi siglo pob un o'r pelenni eira a weindio blwch cerddoriaeth Sinderela a newid y sianelau ar ei theledu bach, gwyn hi ei hunan.

Cefais wisgo ei dillad mwyaf cŵl i gyd. Cefais gerdded yn ei bŵts newydd sbon gyda sodlau go iawn arnyn nhw. Doedd hi ddim eisiau gwisgo'r jîns a'r crys-T oedd amdanaf i, felly cafodd wisgo'r freichled cwarts rhosyn a roddodd hi'n anrheg pen-blwydd i mi yn lle hynny. Roedd yn edrych yn hyfryd ar ei harddwrn tenau gwyn hi. Gofynnais iddi ble roedd fy mreichled gyfeillgarwch i.

'Dwi ddim yn gwybod,' meddai a chodi'i hysgwyddau. 'Dwi'n credu 'mod i wedi'i cholli hi.'

'O. Wel. Paid â phoeni,' meddwn i. 'Fe wnaf i un arall i ti os wyt ti eisiau. Beth am ddefnyddio'r cit gefaist ti'n anrheg gen i a gwneud breichledau cyfeillgarwch i'n gilydd nawr.'

Crychodd Rhiannon ei thalcen. 'Diflas, fel!' meddai. 'Na, rydyn ni'n mynd i siopa – fe *ddwedais* i. Mae Mam yn mynd â ni i'r Ganolfan Newydd.'

Gyrrodd mam Rhiannon ni yn ei Range Rover mawr. Penliniodd Rhiannon a finnau yn y cefn a thynnu wynebau ar y bobl yn y ceir y tu ôl i ni.

'Dwi'n siŵr y byddet ti'n hoffi cael car mawr fel ein Range Rover ni,' meddai Rhiannon.

'Wel, mae e'n hyfryd – ond a dweud y gwir, mae fan Dad yn fawr hefyd,' meddwn i.

'Ydy, ond, fel, dim ond fan yw hi,' meddai Rhiannon.

Roedd hi'n amlwg nad oedd cymhariaeth, felly caeais fy ngheg. Roeddwn i'n dechrau teimlo braidd yn sâl. Doeddwn i ddim wedi sylweddoli bod y ganolfan siopa newydd mor bell. Symudais o gwmpas ar fy sedd a syllu'n syth o'm blaen. Roedd fy jîns yn dechrau teimlo'n rhy fach i fi. Roedden nhw'n gwasgu'n anghyfforddus o dynn ar fy stumog. Caeais fy llygaid, a gweddïo na fyddwn i'n codi cywilydd arna i fy hun.

'Hei, paid â mynd i gysgu, Fflos!' meddai Rhiannon.

'Na, na, gad hi i fod, cariad,' meddai mam Rhiannon. 'Mae hi'n edrych fel gallai hi wneud y tro ag ychydig o gwsg. Does dim golwg rhy dda arni hi, druan fach. Dwi'n gwybod bod ei thad yn gwneud ei orau, ond dwi'n siŵr nad yw e'n gwneud iddi fynd i'r gwely'n brydlon.'

Roeddwn i eisiau ateb 'nôl. Ond ro'n i'n gwybod petawn i'n eistedd i fyny ac agor fy ngheg, y byddwn i'n dechrau chwydu. Arhosais yn llonydd fel delw. Roedd fy llygaid ar gau, fy stumog yn dynn. Ar ben popeth, roedd chwys yn llifo i lawr y tu mewn i'r crys-T wrth i mi geisio cadw fy mrecwast yn ei le.

Roedd hi'n teimlo fel petai blynyddoedd wedi mynd heibio erbyn i ni gyrraedd y ganolfan siopa a pharcio'r car. Rhuthrais i'r tai bach agosaf. Pan gaeodd y drws a finnau'n cael llonydd oddi wrth Rhiannon a'i mam, chwydais mor dawel ag y gallwn i.

'O, cariad, rwyt ti'n edrych yn wan a bregus,' meddai mam Rhiannon yn llawn cydymdeimlad pan faglais allan. 'Dwyt ti ddim wedi bod yn sâl, wyt ti?'

'Nac ydw!' meddwn i'n bendant rhag iddi ddechrau sôn am fytis sglods Dad. Yn sydyn, roeddwn i'n gweld eisiau Mam yn fawr. Byddai hi'n gwybod yn iawn sut i drin mam Rhiannon. Roeddwn i'n casáu bod yn ferch fach sâl, druenus, yn enwedig pan oeddwn i'n *teimlo* mor fach a sâl a thruenus.

Roeddwn i eisiau siarad â hi ar y ffôn. Roedd Dad yn mynd i'w ffonio hi heno i ddweud wrthi ei fod e'n meddwl y dylwn i fynd i Awstralia. Dechreuodd fy stumog gorddi eto. Roeddwn i eisiau Mam, ond roeddwn i eisiau Dad hefyd. Allwn i ddim dioddef meddwl am ei adael. Roedd wedi dweud y byddai'r dynion caled yn dod i mewn. Doeddwn i ddim wir yn gwybod beth oedd dynion caled. Dychmygais fyddin o ddynion enfawr â gwallt fel pigau draenog a wynebau cochion. Gwelais nhw'n pwnio Dad druan ac yna'n ei gicio allan o'r caffi â'u hesgidiau mawr, trwm fel petai'n fag o sbwriel. Gwelais Dad yn eistedd yn y gwter, yn cropian i mewn i'w focs cardfwrdd.

Roedd rhaid i mi redeg yn syth 'nôl i doiledau'r menywod a chwydu unwaith eto. Ond doedd dim byd ar ôl i'w chwydu erbyn hyn; dim ond bustl – stwff melyn, ffiaidd. Allwn i ddim twyllo Rhiannon a'i mam y tro hwn. Am yr hanner awr nesaf, cefais bregeth am fwyta'n iach, er i mi ddweud y gwir wrthyn nhw – mai dim ond powlen o rawnfwyd roeddwn i wedi'i gael i frecwast.

'Mae Marged yn cael diodydd hyfryd pinafal a mango i frecwast. Fe wnaethon ni nhw ein hunain. Roedd e *mor* cŵl,' meddai Rhiannon.

'Pryd cest ti frecwast gyda Marged?' gofynnais i.

'Pan fues i draw yn cysgu dros nos,' meddai Rhiannon yn ddidaro.

Roeddwn i wedi fy synnu. Roeddwn i wedi ofni cymaint y byddwn i'n ypsetio Rhiannon drwy wahodd Sara draw i de. A nawr dyma hi'n dweud wrtha i'n hollol ddidaro ei bod hi wedi *treulio'r nos* draw yn nhŷ Marged!

'Beth?' meddai Rhiannon, wrth weld yr olwg ar fy wyneb. 'O Fflos, paid â bod mor ddifrifol. Mae popeth yn *iawn*. Does dim rhaid i ti fod, fel, yn *eiddigeddus*.' Chwarddodd arna i hyd yn oed.

'Dwi *ddim* yn eiddigeddus,' meddwn i o dan fy anadl.

'Paid â phoeni, cariad. Rwyt ti'n dal i fod yn ffrind arbennig i Rhiannon,' meddai mam Rhiannon.

Ddwedodd hi ddim ffrind 'gorau'. Roedd 'arbennig' yn gwneud i mi swnio fel rhywun oedd braidd yn embaras ac yn anghenus. Yr un fach roedd rhaid i chi fod yn garedig wrthi achos eich bod chi'n teimlo trueni drosti.

Roeddwn i'n teimlo fy mochau'n llosgi. Doeddwn i ddim *eisiau* Rhiannon yn ffrind mwyach – yn ffrind gorau nac yn ffrind arbennig. Trueni trueni trueni nad oeddwn i wedi dod yn ffrindiau go iawn â Sara.

Allwn i ddim dianc rhag Rhiannon a'i mam. Cerddon ni i fyny ac i lawr pob arcêd yn y ganolfan siopa. Fe fyddwn wedi mwynhau petawn i wedi bod yno gyda Mam. Fe fydden ni wedi edrych ar bethau gyda'n gilydd a gwisgo gwahanol bethau. Fe fydden ni wedi cerdded fel modelau ffasiwn a dweud wrth ein gilydd ein bod ni'n edrych yn gwbl wych.

Roedd Rhiannon a'i mam yn cymryd eu siopa nhw *o ddifrif*. Roedden nhw'n rhoi cynnig ar un wisg ar ôl y llall, a darllen yr enwau ar y labeli fel petaen nhw'n swyn hudol.

'Rhaid i ti drio unrhyw beth rwyt ti'n ei ffansïo hefyd, Fflos,' meddai mam Rhiannon. 'Dwi'n benderfynol o brynu rhywbeth neis i ti. Dydyn ni ddim eisiau i ti grwydro o gwmpas fel bwgan brain, trist.'

Prynodd hi sanau gwyn newydd i mi. Roedd hi eisiau prynu esgidiau newydd i mi hefyd. Ond dywedais wrthi mai anrheg ben-blwydd arbennig oddi wrth fy mam oedd yr esgidiau chwaraeon a 'mod i eisiau eu gwisgo nhw drwy'r amser.

'Maen nhw'n dechrau edrych braidd yn anniben yn barod, cariad,' meddai mam Rhiannon, ond phwysodd hi ddim arna i.

Ond *mynnodd* hi fy mod i'n dewis dillad newydd. *Ddwedodd* hi ddim byd cas am y jîns a'r crys-T oedd amdanaf i. Ond siglodd ei phen ac ochneidio, felly roedd hi'n amlwg beth roedd hi'n meddwl amdanyn nhw.

Doeddwn i ddim eisiau iddi brynu dim i mi. Doeddwn i ddim eisiau'r sanau hyd yn oed, er bod angen rhai arna i'n druenus. Ond doedd dim modd gwrthod heb ymddangos yn ddigywilydd ac anniolchgar. Ceisiais ddewis y jîns a'r top rhataf oedd ar y rheilen bargeinion fel y bydden nhw'n costio cyn lleied â phosibl, ond doedd hynny ddim yn plesio Rhiannon na'i mam.

'O'r nefoedd, Fflos, dwyt ti ddim yn hoffi'r hen grys-T diflas 'na? Mae e'n edrych fel rhywbeth o stondin yn y farchnad,' meddai Rhiannon. 'A'r jîns 'na! Fyddwn i ddim yn gwisgo'r rheina dros fy nghrogi. Edrycha ar doriad y goes. Maen nhw, fel, *mor* hen ffasiwn.'

'Does dim llawer o ddiddordeb gyda ti mewn ffasiwn, oes e, cariad?' meddai mam Rhiannon. 'Paid â phoeni, mae Rhiannon wedi bod ar y blaen erioed. Roedd hi'n gallu adnabod dillad label arbennig pan oedd hi'n dal yn ei bygi. Fe rown ni ychydig o help i ti, cariad. Does dim rhaid i ti wisgo'r dillad merched bach 'na er dy fod ti mor fach. Fe ddown ni o hyd i rywbeth â thipyn o wmff ynddo fe.'

Doeddwn i ddim yn gwybod beth oedd wmff. Doedd e ddim yn swnio'n rhy dda.

Roeddwn i'n gall i fod yn amheus.

Rhuthrodd Rhiannon o gwmpas yn casglu llond côl o ddillad, gan gynnwys gwisg ddenim a diemwntau ffug arni, a chap i fynd gyda hi.

'O, cariad, mae honna mor bert. Hei, chwilia am

un mewn maint llai i Fflos. Dwi'n siŵr y bydd hi'n edrych yn wych ynddi hi.'

Roedd Rhiannon yn edrych yn *eithaf* gwych yn y sgert bitw, dynn a'r siaced fach a'r fest befr oedd yn dangos ei bola. Rhoddodd y cap am ei phen ar ongl a sefyll fel model, fel petai miliwn o gamerâu'n fflachio.

Doeddwn i ddim yn edrych yn wych o gwbl. Roedd y sgert fach yn edrych yn rhyfedd ar fy nghoesau tenau. Roeddwn i'n ofni symud rhag ofn dangos fy nicers. Roedd y siaced yn hongian yn rhyfedd arna i ac roedd y fest yn edrych fel petai wedi pannu yn y golch. Doedd y cap ddim yn aros ar fy mhen oni bai fy mod i'n ei wasgu i lawr yn galed dros fy ngwallt cyrliog.

'Rwyt ti'n edrych mor annwyl, Fflos,' meddai mam Rhiannon, gan dynnu ar y cap a symud y siaced. 'Dyna ni, i'r dim. Rwyt ti a Rhiannon yn edrych fel dwy chwaer. Rhaid i ni brynu'r wisg i ti.'

'Na, wir. Rydych chi'n garedig iawn ond mae'n llawer rhy ddrud,' protestiais. Roedd hynny'n ddigon gwir. Byddai pris y ddwy wisg wedi talu am ddillad denim cyffredin i bob plentyn mewn cartref plant amddifad. Beth bynnag, roeddwn i'n casáu'r holl wisg. Ond allwn i ddim dweud hynny pan oedd Rhiannon a'i mam yn meddwl ei bod hi mor wych.

Gadewais iddyn nhw ei phrynu i mi. Diolchais iddynt dro ar ôl tro. Gwisgodd Rhiannon a finnau

174

ein dillad newydd yn y fan a'r lle. Bu Rhiannon yn cerdded yn osgeiddig o gwmpas y ganolfan siopa a phawb bron yn troi a gwenu a syllu arni. Buon nhw hefyd yn syllu a gwenu arna i. Ond roedden nhw'n codi eu haeliau yn ogystal. Roedd hi'n union fel petai swigod meddwl yn codi o'u pennau nhw. Wrth edrych ar Rhiannon, roedden nhw'n meddwl *Dyna ferch hardd*. Wrth edrych arna i, roedden nhw'n meddwl *Dyna ferch fach druenus*.

Roeddwn i'n gobeithio ein bod ni wedi gorffen. Ond doedden ni ddim. Aethon ni i fwy o siopau *eto* cyn mynd i gael cinio yn yr Ogof. Roedd popeth yn wyrdd yno – cadeiriau melfed, gwyrdd a charped gwair ffug a chreigiau yn lle waliau, a dŵr go iawn mewn rhaeadr. Archebodd mam Rhiannon Ddiod Arbennig yr Ogof i Rhiannon a minnau (lemonêd a sudd leim gyda darnau o leim go iawn a blodau bach gwyrdd wedi'u torri o giwcymbr ac ymbarél gwyrdd bach bach ar bob un).

'Mae hi'n iawn i ti fwyta'r leim a'r ciwcymbr, ond gad yr ymbarél i fod!' meddai mam Rhiannon, fel petawn i'r un oedran â Teigr. 'Nawr, beth hoffet ti ei gael i fwyta, cariad? Dwi'n gwybod dy fod ti'n hoffi sglodion, ac maen nhw *yn* gwneud sglodion tenau neis iawn yma. Ond dwi'n meddwl y bydd Rhiannon a fi'n cael Salad Arbennig yr Ogof. Hoffet ti gael yr un peth?'

Felly dyna beth gefais i. Roedd e'n dod ar blât

gwydr gwyrdd â phatrwm letys arno. Roedd y bwyd wedi'i osod allan yn hardd fel blodyn, gyda mefus yn y canol, petalau grawnffrwyth pinc a dail letys.

'Dyna ni! Rwyt ti wir yn mwynhau, on'd wyt ti?' meddai mam Rhiannon, fel petawn i heb fwyta salad erioed o'r blaen.

'Mae'n flasus tu hwnt,' meddwn i, mor llipa â'r letys.

'Beth sy'n *bod* arnat ti?' meddai Rhiannon, a rhoi cic i mi o dan y ford.

Doeddwn i ddim yn gwybod yn iawn. Petawn i wedi bod yn treulio'r dydd gyda Rhiannon, fy ffrind gorau, fis yn ôl, yn cael dillad newydd a phryd hyfryd o fwyd, byddwn i wedi bod wrth fy modd, ar ben fy nigon. Ond nawr roeddwn i eisiau bod yn rhywle arall. Roeddwn i eisiau bod yn Awstralia gyda Mam a Steve a Teigr. Roeddwn i eisiau bod gartref yn y caffi gyda Dad a Seth y Sglods a Teifi Tew a Miss Davies. Roeddwn i eisiau chwarae ar fy siglen gyda Sara.

O, Sara.

Edrychais ar Rhiannon. Sylweddolais nad oeddwn i wir yn ei hoffi hi mwyach.

'Beth?' meddai Rhiannon, gan droi ei chap ar ongl bertach eto. Roedd fy mreichled cwarts rhosyn yn llithro'n hardd i fyny ac i lawr ei braich. 'Pam rwyt ti'n edrych arna i fel 'na? Wir, Fflos, rwyt ti, fel, mor bwdlyd weithiau.'

'Nawr, Rhiannon,' meddai mam Rhiannon. 'Beth ddwedais i wrthot ti am fod yn garedig wrth Fflos? Dychmyga sut byddet ti'n teimlo petawn i'n mynd â'th adael di.'

'Nid fy *ngadael* i wnaeth Mam. Mae hi'n dod 'nôl mewn chwe mis – ychydig dros *bum* mis – a dwi'n teimlo'n *iawn*. Mae Dad gyda fi,' meddwn i.

'Ydy, cariad,' meddai mam Rhiannon, ond roedd golwg ar ei hwyneb fel petai hi'n gwrthod credu gair.

Agorodd Rhiannon ei cheg yn ddiog a chodi cylchgrawn. 'O waw! Edrycha! Mae Porffor 'ma!' meddai.

'Beth porffor?' meddwn i.

'Porffor! Y band bechgyn gorau erioed, yn enwedig Garmon. Mae e, fel, yn wych,' meddai Rhiannon. Cusanodd flaen ei bys a'i wasgu ar wefusau Garmon ar y llun.

'Fe fentra i fod Marged yn ei hoffi fe,' meddwn i.

'Mae hi newydd gael tocynnau ar gyfer eu taith newydd nhw! Mae ei thad yn mynd â hi, ac mae hi'n gallu dewis ffrind i ddod hefyd ac mae hi'n dweud ei bod hi eisiau i mi ddod yn lle Ffion.'

'Beth am Fflos? Gaiff hi ddod hefyd?' meddai mam Rhiannon.

'Does dim diddordeb gan Fflos mewn bandiau cŵl fel Porffor. Doedd hi ddim hyd yn oed wedi *clywed* amdanyn nhw,' meddai Rhiannon. 'Hei, gawn ni fynd i siop HMV, Mam? Gaf i eu disg ddiweddaraf nhw? *Plîs*!'

'Pa fath o gerddoriaeth rwyt *ti*'n hoffi, Fflos?' meddai mam Rhiannon.

Codais fy ysgwyddau. Roeddwn i'n hoffi'r hen ffefrynnau roedd Dad yn aml yn eu chwarae ar radio'r fan, a ninnau'n eu canu gyda'n gilydd. Yn aml byddai Dad yn canu caneuon y merched, gan wneud llais uchel, a chanu www ac aaa. Byddwn i'n canu rhan y dynion, gan chwyrnu'n isel. Fydden ni byth yn gallu canu unrhyw gân hyd y diwedd am ein bod ni yn ein dyblau'n chwerthin.

Byddai Rhiannon yn *sicr* yn ei dyblau'n chwerthin petawn i'n dweud pa ganeuon roeddwn i'n eu hoffi. Felly wnes i ddim ond codi f'ysgwyddau, fel petawn i'n gwneud ymarferion.

'Rhiannon, fe ddylet ti ddweud popeth wrth Fflos am y bandiau bechgyn yma,' meddai mam Rhiannon. 'Paid â phoeni, Fflos, fe ddysgwn ni bopeth i ti.'

Roeddwn i'n teimlo fel petawn i'n mynd yn llai ac yn llai a'u bod nhw'n fy ngwasgu rhwng eu dwylo. Doeddwn i ddim *eisiau* cael fy nhroi'n ail Rhiannon.

'Nawr, cariad, beth hoffet ti ei wneud yn fwy na dim byd arall?' meddai mam Rhiannon.

Mynd *adref*! Dyna roeddwn i'n ysu am ei ddweud. Ond roeddwn i'n gwybod y byddai hynny'n swnio'n ddigywilydd iawn, yn enwedig gan ei bod hi'n ceisio bod mor garedig wrtha i. Felly dywedais yr hoffwn i fynd i HMV hefyd a gwenodd Rhiannon arna i a dweud 'Ie!'

Treulion ni weddill y prynhawn yn y ganolfan siopa'n gwneud popeth roedd Rhiannon yn ei hoffi. Roeddwn i'n dda am awgrymu'r mannau gorau i gyd. Aethon ni i lawer o siopau dillad eraill a siop bersawr arbennig. Buon ni'n chwistrellu persawr hyd nes ein bod ni'n drewi. Yna, treulion ni oesoedd wrth y cownteri yn Boots yn rhoi cynnig ar wahanol golur.

Gydol yr amser, roeddwn i'n chwarae gêm yn fy mhen yn dewis y mannau yr hoffwn i a Sara fynd iddyn nhw. Bydden ni'n dwy eisiau treulio oesoedd yn y siop lyfrau, ac efallai y bydden ni'n hoffi'r siop gelf hefyd. Ac *efallai* na fyddai Sara'n chwerthin petawn i eisiau mynd i Siop y Tedis. Fyddai dim rhaid i ni wario ceiniog. Bydden ni'n cael hwyl yn dewis ein hoff lyfrau a'n hoff set o greonau. Hefyd bydden ni'n dewis tedi ac yn rhoi enw iddo a dewis gwisgoedd gwahanol iddo.

Gallwn restru ein dewis o lyfrau a chreonau a dillad tedi a gallai Sara gyfri'r cyfan yn ei phen. Bydden ni'n mynd i'r tŷ bwyta mwyaf smart ac esgus dewis pryd arbennig i ddathlu. Ond cyn archebu'r pryd, byddai Sara'n dweud, 'Ti'n gwybod, mae'r bwyd yma'n swnio'n hollol flasus ond dwi'n gwybod beth dwi *wir* yn ffansïo?' a byddwn i'n dweud, 'Mm, ie, dwi'n gwybod, dim ond un dewis posibl sydd'. Ac yna bydden ni'n dwy'n chwerthin a gweiddi, 'BYTIS SGLODS'!

Ond fyddai Sara byth eisiau dod 'nôl i'r caffi gyda ni i gael bytis sglods oherwydd roeddwn i wedi'i bradychu hi. Roedd Dad yn cael ei daflu allan o'r caffi beth bynnag. Fyddai e ddim yn gallu gwneud ei fytis sglods arbennig.

Allwn i ddim atal y dagrau rhag cronni yn fy llygaid. Plygais fy mhen a chau ac agor fy llygaid sawl gwaith, ond gwelodd Rhiannon fi. Daeth hi'n agos iawn ata i fel na fyddai ei mam yn clywed.

'*Babi!*' hisiodd yn fy nghlust.

Snwffiais a cheisio peidio â llefain. Weithiodd hynny ddim.

'O Fflos, paid â chrio,' meddai mam Rhiannon. 'Dere 'ma, cariad bach.' Rhoddodd ei breichiau amdanaf i a rhoi cwtsh mawr i mi. Roedd hi'n defnyddio'r un persawr â Mam. Dechreuais feichio crio.

'O diar annwyl. Gwell i ni fynd â ti adref nawr, dwi'n credu,' meddai.

Roeddwn i'n dal braidd yn ddagreuol pan gyrhaeddon ni 'nôl. Rhwbiais fy llygaid yn galed a sythu'r hen gap twp.

'Diolch yn fawr iawn am y diwrnod hyfryd,' meddwn i mor gwrtais ag y gallwn i. 'A diolch am y salad hyfryd a'r sanau a'r dillad gwych hefyd.'

'Croeso, cariad. Fe fyddwn i'n falch petait ti'n gadael i mi wneud mwy drosot ti.'

Parciodd mam Rhiannon y car y tu allan i'r caffi. Edrychodd i fyny ar yr arwydd CAFFI LEDWYN ac ochneidio.

'Fe ddof i gael gair bach â dy dad, dwi'n meddwl,' meddai.

'O na, peidiwch, plîs. Fe fydd e'n rhy brysur gyda'r holl gwsmeriaid,' meddwn i'n gyflym, er fy mod i'n gwybod mai dim ond Seth y Sglods, Teifi Tew a Miss Davies fyddai yno, yn sipian eu te wrth fyrddau gwahanol.

'O wel . . .' meddai mam Rhiannon yn amheus.

'Hwyl, Rhiannon,' meddwn i, a dringo allan o'r car.

Cododd Rhiannon ei llaw. Llithrodd y freichled cwarts rhosyn o dan lawes ei siaced denim.

'Fy mreichled i –' meddwn i, ac yna caeais fy ngheg.

'O, Rhiannon, rho'r freichled ben-blwydd 'nôl i Fflos fach, druan,' meddai mam Rhiannon.

'Na, mae'n iawn. Dwi eisiau i Rhiannon ei chadw hi,' meddwn i.

'Ond anrheg oddi wrthon ni oedd hi,' meddai mam Rhiannon, yn swnio braidd yn grac.

'Dwi wedi cael llawer gormod oddi wrthoch chi. Fe all Rhiannon ei chadw hi nawr. Fe gollodd hi'r freichled arall roddais iddi.'

'Pa freichled?' gofynnodd mam Rhiannon. 'Doeddwn i ddim yn gwybod dy fod ti wedi rhoi breichled i Rhiannon.'

'Dim ond rhyw hen linyn o beth oedd hi,' meddai Rhiannon. 'Wyt ti'n *siŵr* y galla i gadw'r freichled cwarts rhosyn?'

'Ydw,' meddwn i.

Doedd arna i mo'i heisiau hi nawr. Doeddwn i ddim yn poeni chwaith fod Rhiannon ddim yn hoffi'r freichled gyfeillgarwch wnes i. Roedd hi wedi cymryd oriau i mi ei gwneud hi, ac roeddwn i wedi dewis hoff liwiau Rhiannon, pinc a glas a phorffor, ac wedi defnyddio calon fach arian i'w chau hi. Doedd dim pwynt cael breichled gyfeillgarwch os nad oeddech chi eisiau bod yn ffrindiau rhagor.

13

Cerddais i'r caffi. Roeddwn i'n gwybod yn syth fod rhywbeth rhyfedd wedi digwydd. Doedd dim cwsmeriaid newydd yno, ond roedd Seth y Sglods, Teifi Tew a Miss Davies i gyd yn eistedd wrth yr un bwrdd. Doedden nhw ddim yn sipian te. Roedden nhw'n yfed o wydrau bach twt, ac yn eu llenwi o botel werdd fawr. Siampên!

Roedd llond gwydryn gan Dad hefyd. Cododd ei wydryn pan welodd fi. Bu bron â gollwng ei siampên pan welodd y dillad oedd amdana i.

'O Fflos, beth mae'r fenyw 'na wedi'i wneud i ti? Dere 'ma, cariad, dere i gael dy ddiferyn bach cyntaf o siampên.'

'Beth rydyn ni'n ei ddathlu, Dad?' gofynnais.

'Seth annwyl, fe sy'n dathlu!' meddai Dad a chodi ei wydryn i Seth y Sglods.

'Ydy hi'n ben-blwydd arnoch chi, Mr Sglods?' gofynnais, a chymryd llymaid bach o wydryn Dad.

Aeth y swigod i fyny fy nhrwyn a gwneud i mi chwerthin.

'Peidiwch â rhoi'r ddiod gadarn i'r plentyn. Edrychwch arni, mae hi'n feddw'n barod!' meddai Miss Davies.

'O, paid â bod mor lletchwith, yr hen golomen. Fe fyddai hi'n gwneud lles i ti feddwi am unwaith,' meddai Teifi Tew.

'Dydy hi ddim yn ben-blwydd arna i, cariad,' meddai Seth y Sglods. 'Ond mae'n teimlo felly. Fe roddais i arian ar Tri Chynnig i Gymro yn ras hanner awr wedi pedwar yng Nghas-gwent. Roedd yr ods yn bum deg i un, a ti'n gwybod beth? Fe hedfanodd y ceffyl bach adref ac ennill y ras!'

'O da iawn!' meddwn i, a churo fy nwylo. 'O Dad, wnest *ti* roi arian ar y ceffyl hefyd?'

'Roeddwn i'n meddwl 'mod i'n gall drwy beidio â gwneud,' meddai Dad, ac ysgwyd ei ben. 'Ond, dwi'n falch iawn dros Seth, ac yn ddiolchgar iddo fe hefyd.'

'Fi ddylai fod yn ddiolchgar i Fflos fach fan hyn. Fe brynaf i ddoli neu dedi mawr i ti'n anrheg ben-blwydd hwyr – a gwneud ffafr fach i dy dad yn y fargen.'

'Mae Mr Sglods yn gwneud ffafr fawr â ni, Fflos,' meddai Dad gan sipian ei siampên. Tynnodd fy nghap i ffwrdd a rhoi ei law drwy fy ngwallt. 'Dyna welliant! Efallai fy mod i'n hen ffasiwn, ond dwi ddim wir yn hoffi dy weld di mewn gwisg ffasiynol fel 'na, cariad.'

'Dwi'n ei chasáu hi, Dad. Doeddwn i ddim eisiau iddi hi ei phrynu o gwbl. Paid â phoeni, wisga i mohoni hi byth byth byth eto. *Ond beth yw'r ffafr fawr?*'

'Wel, rwyt ti'n gwybod am y sefyllfa drist gyda'r caffi –' dechreuodd Dad.

'O Dad, o Dad! Ydy Mr Sglods yn mynd i roi peth o'r arian i ti fel ein bod ni'n gallu cadw'r caffi?' meddwn i'n uchel.

'Wrth gwrs nad yw e, Fflos! Mae gormod o ddyled gyda ni. Dwi'n ofni y bydd rhaid i ni adael erbyn wythnos i ddydd Llun. Ond mae rhywle gyda ni i fynd nawr. *A* dwi wedi cael gwaith am yr ychydig wythnosau nesaf!' Gwenodd Dad ar Seth y Sglods. 'Rwyt ti'n garedig iawn, Seth. Rwyt ti'n ffrind a hanner.'

'Paid â sôn, Cled. Ti yw'r un sy'n gwneud ffafr â fi, yn gofalu am y fan ac yn cadw llygad arni tra bydda i'n teithio.' Nodiodd Seth y Sglods arna i. 'Dwi'n mynd i Awstralia, Fflos fach. Dwi'n mynd i wario'r arian enillais i ar docyn i fynd i weld fy mab draw 'na. Alla i ddim aros!'

'On'd yw hynna'n wych, Fflos! Fe gei di deithio gyda Seth, a chadw cwmni i'ch gilydd.'

'Dwi'n aros gyda ti, Dad,' meddwn i'n bendant, er bod fy mol yn crynu fel jeli.

'Na, Fflos, mae hynny'n gwbl hurt ac rydyn ni'n dau'n gwybod hynny'n iawn.'

'Wel, dwi'n gwbl hurt 'te,' meddwn i, a thynnu wyneb dwl.

Chwarddodd pawb, ac ysgydwodd Dad ei ben.

'Felly, rwyt ti'n mynd i redeg fan sglodion Seth y Sglods, Dad?'

'Dyna ti, cariad bach.'

'Ac ai dyna lle rydyn ni'n mynd i fyw . . . yn y fan sglods?' meddwn i. Ceisiais ddweud hynny'n ddidaro, ond aeth fy llais yn wichlyd i gyd wrth i mi wneud.

Chwarddodd Dad lond ei fola. Chwarddodd Seth y Sglods hefyd, a chododd gwrid i'w wyneb gwelw. Rhuodd Teifi Tew. Dechreuodd Miss Davies chwerthin yn dawel; roedd hi'n swnio fel y colomennod roedd hi'n hoffi eu bwydo.

'Fyddai dim llawer o le i chi, cariad,' meddai Seth y Sglods. 'Dwi ddim yn credu y gallet ti wasgu dy wely bach di hyd yn oed i mewn i fy fan i. Na, fe fyddi di a dy dad yn aros yn fy nhŷ i. Fe gewch chi ofalu am y tŷ – a bwydo'r cathod hefyd. Mae dy dad yn dweud dy fod ti'n hoffi cathod. Ydy hynny'n iawn, Fflos?'

'Ydw, yn enwedig rhai bach tenau,' meddwn i'n hiraethus.

Doedd Dad ddim yn gadael i mi gael rhagor o siampên, felly arllwysodd lemonêd i wydryn arbennig i mi gael ymuno yn y parti hefyd.

'Mae tipyn o chwant bwyd arna i ar ôl yr holl gyffro 'ma,' meddai Seth y Sglods. 'Beth am fyti sglods, Cledwyn?'

'Fe gei di rai am ddim, fachgen,' meddai Dad. 'Hei, Fflos, dere i fy helpu i yn y gegin.'

Pan oedden ni allan yn y gegin a Dad wedi rhoi'r sglodion i ffrio, dyma fe'n plygu i lawr nes bod ei wyneb ar bwys fy un i a rhoi ei ddwylo mawr yn gwpan am fy mochau.

'Wyt ti'n siŵr dy fod ti o ddifrif eisiau aros gyda fi, cariad? Dwi wir yn meddwl y byddai hi'n well i ti fynd at dy fam. Mae cynnig Seth yn wych, ond dim ond am fis mae e'n mynd. Mae e'n dweud y cawn ni aros yn ei dŷ ar ôl iddo ddod 'nôl, ond dwi ddim yn credu bod hynny'n deg iawn. Does dim syniad gyda fi sut le yw ei dŷ fe. Fyddwn i ddim yn meddwl ei fod e'n fawr iawn.'

'Fe fydd e'n fwy na bocs cardfwrdd, Dad,' meddwn i. 'Dwi'n aros.'

Chwarddodd Dad, ond llanwodd ei lygaid â dagrau. 'Rwyt ti'n ferch fach arbennig, Fflos,' meddai. 'Felly, gwell i ni bacio dy deganau i gyd eto. Fe awn ni â'r siglen hefyd. Gobeithio y gallwn ni ei chlymu hi yng ngardd Seth yn rhywle, er na alla i addo dim. Cer ar dy siglen am dipyn, cariad, i wneud yn fawr o'r cyfle. Fe alwa i di pan fydd y sglodion yn barod.'

Es allan i'r ardd gefn, er nad oeddwn wir yn teimlo fel mynd ar y siglen. Roeddwn yn teimlo fel petawn i wedi bod ar siglen enfawr am ormod o amser. Roedd fy mhen i'n troi oherwydd yr holl newidiadau yn fy mywyd. Roedd Rhosyn yn anghywir. Rhai cas oedd yr holl newidiadau oedd wedi digwydd hyd yn hyn. Roedd hi wedi camddeall yr arwyddion lwc dda hefyd. Roedd fy nghath fach ddu, lwcus wedi mynd i fyw i rywle arall. Mae'n debyg nad hi oedd yn bwyta'r tiwna oddi ar y plât. Roeddwn i'n rhoi bwyd i'r gath fawr goch, neu wiwer neu lwynog oedd yn llyfu eu gweflau ac yn dod i nôl rhagor o fwyd yn y rhan arbennig yma o'r caffi i anifeiliaid.

Pwysais dros sedd y siglen, a gwthio fy hunan yn ôl a blaen â blaenau fy nhraed. Roedd y sedd yn galed yn erbyn fy mola. Plygais fy mhen i lawr yn isel, a syllu ar y lawnt foel. Anfonais negeseuon drwy'r byd, yr holl ffordd i lawr i Awstralia.

'Dwi'n gweld dy eisiau di'n ofnadwy, Mam,' sibrydais.

Caeais fy llygaid a meddwl am y tocyn awyren. Roedd pawb yn meddwl fy mod i'n hurt i beidio â mynd i Awstralia, hyd yn oed Dad. Byddai e'n iawn nawr. Roedd swydd a lle i fyw ganddo. Fyddwn i ddim yn ei adael e *am byth*. Mewn pum mis byddwn i 'nôl.

Byddai ystafell fy hunan gyda fi yn Awstralia, nid gwely dros dro mewn cornel yn nhŷ rhyw hen ddyn rhyfedd. Gallwn gael dillad cyfforddus a glân, nid dillad drewllyd yn rhychau i gyd neu ddillad denim smart oedd yn codi cywilydd arnaf. Gallwn wneud ffrindiau newydd a gallwn fod yn ffrind da iddyn nhw. Gallwn fynd i chwarae ar y traethau a nofio yn y môr. Gallwn fynd i'r gwylltir a gweld yr anifeiliaid i gyd, neidio gyda'r cangarŵod, rhoi cwtsh i'r eirth coala . . .

'Miaw!'

Agorais fy llygaid. Roedd Lwcus yn eistedd o'm blaen i. Roedd ei llygaid gwyrdd yn disgleirio a'i cheg fach led y pen ar agor.

'Miaw miaw miaw!' meddai. Roedd hi'n union fel petai hi'n dweud helô.

'O Lwcus!' Bues i bron â chwympo ar fy mhen oddi ar y siglen. Cydiais yn y rhaff, gwingo'n rhydd a phlygu o flaen Lwcus. Daliais fy llaw allan.

'Helô pws,' sibrydais. 'Rwyt ti wedi dod 'nôl!'

'Miaw!' meddai, a cherdded yn dawel tuag ata i nes bod ei phen bach hyfryd wrth gledr fy llaw. Cefais ei goglais o dan ei gên. Gwnaeth fwa o'i chefn ac ymestyn ei chorff i gyd. Doedd hi ddim mor denau nawr, ac roedd ei ffwr yn teimlo'n fwy meddal a thrwchus.

'Wyt ti wedi bod yn bwyta'r bwyd dwi wedi bod yn ei adael allan i ti?'

Syllodd Lwcus arna i â'i llygaid emrallt, prydferth. Roedd golwg ddireidus ar ei hwyneb.

'Hoffet ti rywbeth i'w fwyta nawr? Bwyd cathod brown, seimllyd dwi wedi'i brynu'n arbennig i ti?'

'Miaw,' meddai Lwcus. Ie, oedd hynny'n bendant.

'Felly beth wnaf i? Os af i nôl dy fwyd, wyt ti'n addo addo addo y byddi di'n aros fan hyn? Neu ddoi di i mewn i'r tŷ gyda fi? Mae caffi hyfryd gyda ni a llawer o laeth. Beth am ddod i mewn i weld y lle cyn i ni fynd? Plîs?'

Dyma Lwcus yn ymestyn, a meddwl. Wedyn pwysodd yn fy erbyn yn dawel. Llithrais fy nwylo'n dyner amdani. Y tro hwn gadawodd i fi ei chodi. Roedd ei chorff i gyd wedi ymlacio.

'O Lwcus, Lwcus, Lwcus,' meddwn i, a rhwbio fy moch yn erbyn ei ffwr meddal. Yna cerddais yn ofalus iawn i'r tŷ, a Lwcus yn dynn wrth fy mrest.

Roedd Dad yn canolbwyntio ar godi'r sglodion euraid o'r badell ffrio. 'Gefaist ti amser da ar y siglen, cariad bach?' gofynnodd.

'Do, Dad, *edrych*!'

Edrychodd Dad – a bu bron iddo ollwng y sglodion. 'O Fflos, dy gath fach di! Mae hi wedi dod 'nôl!'

'Mae hi'n fodlon dod i mewn y tro hwn, Dad! Mae hi eisiau cael te!'

'Iawn, rho rywbeth i'w fwyta iddi tra bydda i'n gwneud bytis sglods i ni i gyd.'

Roedd rhaid i mi roi Lwcus ar y llawr i lenwi un bowlen fach â bwyd cath ac un arall â dŵr.

Roeddwn i'n poeni y byddai hi'n ceisio dianc drwy'r drws cefn, ond arhosodd yn amyneddgar, a llyfu ei gwefusau wrth arogli'r bwyd.

'Bwyta, Lwcus fach,' meddwn i.

'Bwyta di hefyd, Fflos fach,' meddai Dad, a rhoi byti sglods i mi.

I ffwrdd â Dad â llond plât mawr o fytis i Seth y Sglods a Teifi Tew a Miss Davies. Arhosais yn y gegin ac eistedd ar y llawr wrth ochr Lwcus. Ar ôl i ni'n dwy orffen bwyta, aeth at y drws cefn ac edrych arna i'n ddisgwylgar.

'Wyt ti eisiau mynd yn barod?' meddwn i. 'Edrycha, dwi'n gwybod mai caffi yw hwn, ond does dim rhaid i ti ruthro i ffwrdd yn syth ar ôl i ti orffen dy fwyd.'

Chymerodd Lwcus ddim sylw. Cododd un bawen, a phwyntio at y drws fel petai hi'n gallu ei agor e.

'Iawn,' meddwn i, gan ochneidio. 'Ond fe ddoi di 'nôl? Wyt ti'n addo?'

Agorais y drws. Saethodd Lwcus allan . . . i'r llwyn agosaf. Aeth yn ei chwrcwd, yna gwasgarodd bridd dros bopeth â'i phawennau.

'Dim ond eisiau mynd i'r *tŷ bach* roeddet ti?' meddwn i.

Edrychodd Lwcus yn swil arna i, fel petai hi ddim wir eisiau sôn am y peth. Gadawodd i fi ei chodi hi a'i chario hi i'r tŷ eto. Dangosais hi i Seth y Sglods a Teifi Tew a Miss Davies.

'Dyna ni! Cath ddu lwcus. Mae hwn yn ddiwrnod a hanner, yn wir!' meddai Seth y Sglods. Llyfodd ei weflau'n ddiolchgar ar ôl bwyta darn olaf ei fyti. 'Dwi ddim yn gwybod sut rwyt ti'n gwneud sglodion mor wych, Cledwyn. Dwi wedi bod yn y busnes gydol fy oes, a 'nhad o'm blaen i. Ond dydy fy sglodion i ddim yn werth taten o'u cymharu â dy sglodion di.'

'Pryd mae fy lwc i'n mynd i newid, 'te?' meddai Teifi Tew. 'Dere Fflos, gad i mi roi anwes i'r gath fach yna i gael gweld a fydda i'n lwcus hefyd.'

Gadewais iddo anwesu Lwcus unwaith neu ddwy â'i hen fysedd cnotiog.

'Hoffech chi ei hanwesu hi hefyd, Miss Davies?' gofynnais, i fod yn gwrtais.

'Dwi ddim yn hoff iawn o gathod. Maen nhw'n lladd adar,' meddai Miss Davies. Ond fe estynnodd ei llaw a chyffwrdd blaen cynffon Lwcus yn ofalus ag un bys. 'Paid â mynd yn agos at fy ngholomennod i, gath fach.'

'Rydych chi wedi pesgi'r hen adar 'na cymaint, dwi'n credu y byddai cath fach Fflos yn troi a rhedeg am ei bywyd petaen nhw'n hedfan yn agos ati,' meddai Teifi Tew.

'Nid cath Fflos yw hi,' meddai Dad yn dyner. 'Dim ond ymweld mae hi.'

'Mae hi eisiau aros, Dad. Edrycha arni!' meddwn i.

Roedd Lwcus yn dal i gwtsio yn fy mreichiau, a'i phen yn gorffwys yn esmwyth ar fy ysgwydd. Wrth droi fy mhen i ar un ochr, gallwn weld yr olwg ar ei hwyneb. Roedd hi'n gwenu o glust i glust.

'Wel, fe gawn ni weld a yw hi eisiau aros y tro hwn.'

'Bydd, bydd!'

'Aros eiliad. *Wedyn* bydd rhaid i ni fynd o gwmpas i wneud yn siŵr nad oes neb wedi colli cath. Fe ofynnwn ni yng ngorsaf yr heddlu hefyd.'

'Ond os nad oes neb wedi dweud ei bod hi ar goll, gawn ni ei chadw hi wedyn, Dad? *Plîs?*'

'Wel, fyddwn ni ddim yn aros yma, na fyddwn, cariad bach,' meddai Dad yn drist.

'Fe gewch chi ei chadw hi draw yn fy nhŷ i. Mae dwy gath gyda fi, Wisgi a Soda. Fydd un arall ddim yn gwneud gwahaniaeth. Efallai bydd cath fach ifanc fel Lwcus yn bywiogi'r ddwy hen ledi sydd gen i,' meddai Seth y Sglods.

'Rwyt ti'n garedig iawn yn gadael i ni aros yn dy dŷ di, Seth.'

'Wel, mae'r lle braidd yn henffasiwn. Dwi'n credu bod angen i un o'r rhaglenni teledu 'na ddod draw. Ond does dim chwant gwneud unrhyw beth yn y tŷ arna i, ddim ers colli Marian.'

'A. Wel, dwi'n gwybod,' meddai Dad. 'Dwi'n gwybod yn union sut rwyt ti'n teimlo, Seth.'

'Wyt, ond rwyt ti'n dal yn ifanc, fachgen, nid yn hen foi fel fi. Beth am i ti chwilio am fenyw arall, Cledwyn?'

'O ha ha! Pwy fyddai eisiau rhywun fel fi, dwed?' meddai Dad.

'Fi!' meddwn i.

'Ie, ond ti yw fy nhywysoges arbennig i – a dwyt ti ddim yn ddiduedd,' meddai Dad. 'Na, dwi ddim eisiau menyw arall, beth bynnag. Mae popeth yn iawn fel mae hi, dim ond Fflos a fi, yntê?'

'Fe fydd Fflos wedi tyfu ac wedi mynd cyn i ti sylweddoli,' meddai Seth y Sglods. 'Mae bywyd yn gallu bod yn unig iawn ar dy ben dy hunan, Cledwyn.'

'Dwi'n cytuno â hynny,' meddai Teifi Tew. 'On'd yw hynny'n gywir, Miss D?'

'Miss Davies. A dwi byth yn unig. Dwi'n cadw fy hunan yn llawer rhy brysur,' meddai Miss Davies. 'Mewn gwirionedd, fe ddylwn i fod yn mynd i fwydo'r adar yr eiliad hon.' Cododd ar ei thraed a dechrau codi ei bag o hadau adar. Snwffiodd yn sydyn. 'Fe fydda i'n gweld eisiau fy mhaned o de a'r egwyl fan hyn pan fydd y caffi'n cau. Dwi wedi edrych o gwmpas y caffis modern eraill i gyd ac maen nhw'n *llawer* mwy drud.'

'Ac allwch chi ddim prynu byti sglods dda yn unrhyw un ohonyn nhw,' meddai Teifi Tew. 'Na, fe fydd rhaid i ni droi'n adar y nos, Miss D, a mynd i weld Cledwyn yn fan Seth.'

'Miss *Davies*. A dwi ddim yn mynd i unman ar ôl iddi dywyllu, diolch yn fawr iawn. Mae'n llawer rhy beryglus – hen lanciau gwyllt o gwmpas y dref i gyd.'

'Fe allwn i fynd â chi, Miss D,' meddai Teifi Tew.

Chwarddodd Miss Davies. Doedd hi ddim yn siŵr a ddylai hi ei gymryd o ddifrif ai peidio. Ond wrthododd hi ddim, a ddywedodd hi ddim wrtho am ddweud ei henw'n llawn y tro hwn.

Bu Dad yn glanhau'r caffi ar ôl i'r parti ddod i ben. Bues i'n gwneud gwely meddal iawn i Lwcus drwy blygu fy nghwilt ar lawr fy ystafell wely.

'Felly o dan beth rwyt *ti*'n mynd i gysgu?' meddai Dad, a rhoi ei law dros fy ngwallt.

'O, fe fydda i'n iawn o dan hen flanced neu rywbeth,' meddwn i.

'Beth am roi'r flanced i'r gath?' meddai Dad. 'Mae angen dy gwilt arnat ti, cariad.'

'Oes, ond dwi eisiau i Lwcus fod yn gyfforddus. Dad, beth arall hoffai hi ei gael yn ei hystafell wely? Cath fach yw hi o hyd. Hoffai hi gael tegan meddal, wyt ti'n meddwl? Fe allwn i roi ci neu eliffant Mam-gu iddi gwtsio gydag e. Neu efallai gallwn i ofyn i Mam-gu wau llygoden i mi. Fe fyddai Lwcus yn hoffi hynny.'

'O gofio am broblem dy fam-gu gyda maint pethau, mae'n debyg y byddai hi'n gwau llygoden enfawr maint carw a chodi ofn ar Lwcus. Dwi'n credu ei bod hi'n well i ni adael llonydd i dy fam-gu. Does dim angen teganau meddal ar Lwcus – rwyt ti gyda hi, cariad.'

Gwylion ni wrth i Lwcus roi cynnig ar ei chwilt,

gan chwarae ag ef am funud a rholio o gwmpas fel cath fach go iawn. Yna, dyma hi'n golchi ei hunan, agor ei cheg, ymestyn a gorwedd ar ei hochr â'i phawennau wedi'u hestyn. Rhoddais anwes bach i'w chefn a dechreuodd ganu grwndi. Aeth y sŵn ychydig yn uwch, ychydig yn arafach – sŵn chwyrnu bach.

'Dad? Ydy hi'n *chwyrnu*?' sibrydais.

'Ydy wir, chwarae teg iddi,' meddai Dad. 'Dere, gad i ni roi ychydig o lonydd iddi. Mae'r holl sylw wedi gwneud iddi flino. Wyt ti wedi blino hefyd, Fflos?'

'Ddim o gwbl. Mae'n llawer rhy gynnar i mi fynd i'r gwely, Dad.'

'Felly ro'n i'n meddwl hefyd. Wel, gan fod Lwcus yn hapus, beth am i ni fynd allan am dro? Dwi'n credu bod eisiau ychydig o hwyl arnon ni'n dau. Beth am fynd i'r ffair, ie?'

'O ie! Gaf i fynd ar Perl eto?'

'Wrth gwrs y cei di.'

'A gaf i gandi-fflos arall?'

'Wrth gwrs.'

'Wedi'i brynu oddi ar stondin Rhosyn?'

'Ble arall?'

Oedais. 'Dad, wyt ti'n hoffi Rhosyn?'

'Wrth gwrs fy mod i. Mae hi'n fenyw garedig iawn.'

'Dwi'n credu ei bod hi'n hoff iawn ohonot ti, Dad.'

'Sothach,' meddai Dad, ond edrychodd arna i'n obeithiol. 'Wyt ti wir yn credu hynny?'

'Yn bendant!'

'Tynnu fy nghoes i rwyt ti,' meddai Dad, ond roedd e'n edrych i lawr ar ei hen siwmper a'i drowsus loncian. 'Hei, dwi'n edrych yn anniben tost. Gwell i mi newid o'r hen ddillad hyn.'

'Wel, dwi'n mynd i newid *i* fy hen ddillad i,' meddwn i. 'Dwi'n edrych yn dwp yn y wisg yma, on'd ydw i, Dad?'

'Rwyt ti'n edrych yn bert iawn, cariad, ond nid fel fy merch fach *i*. Felly, cer di i newid hefyd.'

Gwisgodd Dad ei jîns a'i grys glas, gorau a gwisgais innau fy hen jîns a chrys-T streipiog. Es i weld Lwcus – sawl gwaith – a gadael powlen o fwyd ar ei phwys hi a blwch o bapur newydd iddi gael mynd i'r tŷ bach.

Yna i ffwrdd â Dad a fi i'r ffair.

Doedd hi ddim yno!

Doedd dim ond cae gwag ac olion olwynion mwdlyd a sbwriel yn chwythu yn y gwynt. Dyma'r ddau ohonon ni'n sefyll a syllu, gan obeithio y byddai'r ffair yn ymddangos o flaen ein llygaid ni. Ond doedd dim faniau, dim ceffylau bach, dim reidiau, dim stondin candi-fflos.

Caeodd Dad ei lygaid ac ysgwyd ei ben. 'O'r annwyl! Wrth gwrs. Mae'r ffair wedi symud i rywle arall. Dyna mae ffeiriau'n ei wneud. Dyna ffŵl ydw i. Mae'n ddrwg gen i, Fflos.'

'I ble mae hi wedi mynd, Dad?'

'Dim syniad. Does dim posteri na dim. Druan â ti, rwyt ti wedi colli'r cyfle i gael reid ar Perl.'

'A chael candi-fflos.'

'Wyt. Mae'n ddrwg gen i.'

'Allwn ni ddim . . . allwn ni ddim mynd i chwilio amdani yn rhywle arall?'

'Wel, ble, cariad?' meddai Dad mewn anobaith. Edrychodd o'i gwmpas ac yna sylwodd ar dafarn ar gornel y stryd. 'Gad i ni fynd i ofyn fan hyn a oes syniad gyda nhw ble mae'r ffair wedi mynd.'

Dyma ni'n rhuthro i'r dafarn. Arhosais wrth y drws tra aeth Dad i mewn a gofyn. Daeth allan gan ysgwyd ei ben yn drist.

'Does dim syniad gan neb. O wel. Does dim i'w wneud. Edrycha, mae gardd gyda nhw yn y cefn. Hoffet ti gael diod fach, cariad?'

Cafodd Dad gwrw a chefais i lemonêd. Eisteddodd y ddau ohonon ni gyda'n gilydd ar y dodrefn pren. Roedd llithren blastig fach a thŷ bach twt yn yr ardd, yn addas i Teigr. Meddyliais tybed beth roedd e'n ei wneud yn Awstralia? Efallai y byddai wedi anghofio popeth amdanaf i ymhen chwe mis. Mae'n siŵr fod Steve *eisiau* anghofio amdanaf i. Ond roeddwn i'n gwybod bod Mam yn hiraethu amdanaf i. Roedd hi'n ffonio o hyd ac o hyd. Unwaith neu ddwy roedd hi'n swnio fel petai hi'n crio.

'Dad, beth wnawn ni pan fydd Mam yn ffonio? Wnawn ni roi rhif Seth y Sglods iddi?'

'O'r annwyl, dwi ddim yn gwybod. D . . . doeddwn i ddim yn mynd i ddweud wrthi ein bod ni'n symud a dweud y gwir. Dwi'n gwybod na fydd hi'n meddwl ei bod hi'n addas i ni fyw gyda Seth.' Rhoddodd Dad ei wydryn cwrw i lawr, ac ochneidio. 'Pwy ydw i'n ei dwyllo? Dyw hi *ddim* yn addas i ti gael dy lusgo i dŷ rhyw hen ddyn rhyfedd. Duw a ŵyr ym mha gyflwr mae'r tŷ. Roedd e'n poeni ychydig am y peth, on'd oedd e? O'r nefoedd, Fflos, gobeithio bydd popeth yn iawn.'

'Wrth gwrs bydd popeth yn iawn, Dad.' Rhoddais fy ngwydryn innau i lawr a rhoi fy llaw yn fy jîns i chwilio am fy mhwrs arian poced. 'Fy nhro i yw hi nawr, Dad. Beth wyt ti eisiau, cwrw arall?'

Chwarddodd Dad a rhoi ei law dros fy ngwallt. Ond gwrthododd adael i mi dalu. Prynodd beint arall iddo fe'i hunan, lemonêd arall i mi, a phecyn o greision yr un.

Cerddon ni adref law yn llaw. Pan ddaethon ni at y tŷ, dyna lle roedd Lwcus yn mewian yn gysglyd i'n croesawu ni adref. Roedd hi'n union fel petai hi wedi bod gyda ni erioed.

14

Pan gyrhaeddais yr ysgol fore dydd Llun roedd Rhiannon yn cerdded o gwmpas y buarth gyda Marged a Ffion. Roedden nhw fraich ym mraich, a'u pennau'n agos at ei gilydd. Penderfynais hofran o gwmpas. Doeddwn i ddim yn siŵr a ddylwn i redeg atyn nhw ai peidio.

'Mae hi, fel, *mor* ddiflas nawr,' meddai Rhiannon. 'Ond mae Mam yn dweud bod rhaid i mi fod yn garedig wrthi, er nad ydw i'n gweld *pam*. Fe brynon ni, fel, y dillad *mwyaf* hyfryd iddi achos bod ei dillad hi, fel, mor ofnadwy.'

'A phlentynnaidd,' meddai Marged.

'A drewllyd,' meddai Ffion.

Chwarddodd y tair.

'Ond roedd y cyfan, fel, yn wastraff amser achos doedd hi ddim yn ddiolchgar o gwbl!'

Dechreuais grynu. Dyma fi'n rhedeg o'u cwmpas nhw a gweiddi, 'Diolch diolch diolch!' yn wyneb Rhiannon. Cafodd hi dipyn o sioc.

'Hei, gan bwyll, Fflos!' meddai Rhiannon a chwerthin yn ansicr.

'Do'n i ddim eisiau'r wisg ddenim. Do'n i ddim eisiau mynd gyda ti ddydd Sadwrn! Ro'n i eisiau gweld Sara a trueni trueni trueni na wnes i!' gwaeddais.

Diflannodd y wên oddi ar wyneb Rhiannon. Aeth ei hwyneb yn galed, ac roedd ei haeliau bron yn cwrdd yn y canol. 'Ydy, mae hynny'n gwneud synnwyr. Ti a Sara'r Swot. Pâr bach da. Rydych chi'n haeddu'ch gilydd. Bydd yn ffrind iddi hi, 'te, y Sglodsen Ddrewllyd.'

Roeddwn i *eisiau* bod yn ffrindiau i Sara, ond doeddwn i ddim yn siŵr a oedd hi'n dal i eisiau bod yn ffrind i mi. Gwelais hi yn y pellter ym mhen draw'r buarth. Roedd hi'n cerdded ar ei phen ei hunan, ac yn taro pob rhan o'r ffens. Rhuthrais ati ond gwelodd fi'n dod a rhedodd i mewn i'r ysgol.

'Sara! Aros! Plîs, dwi eisiau siarad â ti,' gwaeddais, ond throdd hi ddim i edrych hyd yn oed.

Rhedais at fynedfa'r ysgol a rhuthro i ystafell gotiau'r merched, lle roedden ni wedi bod yn cwrdd o'r blaen. Bwrais i mewn i ddwy ferch yn giglan gyda'i gilydd.

'Beth sy'n bod ar Fflos?'

'Efallai bod dolur rhydd arni!'

Dechreuon nhw hollti eu boliau'n chwerthin wrth i mi redeg 'nôl ac ymlaen yn y toiledau. Roedd pob tŷ bach yn wag. Doedd dim sôn am Sara.

I ffwrdd â fi i lawr y coridor, rhuthro rownd y gornel a rhedeg i mewn i Mrs Huws. Bues i bron â'i bwrw hi i'r llawr.

'O, mae'n ddrwg gen i, Mrs Huws,' meddwn i.

'Mae'n braf gweld dy fod ti'n brysio i ddod i'r ysgol ar fore dydd Llun, Fflos,' meddai Mrs Huws. Daliodd fi led braich oddi wrthi. 'Ond dwyt ti ddim yn edrych yn rhy hapus. Does neb yn rhedeg ar dy ôl di, oes e?'

'Nac oes, nac oes. Dwi'n ceisio rhedeg *at* rywun,' meddwn i.

'Wel, gobeithio y doi di o hyd iddyn nhw,' meddai Mrs Huws. Oedodd. 'Os mai Sara yw rhywun, dwi'n credu i mi ei gweld hi'n mynd i'r llyfrgell.'

'O *diolch*, Mrs Huws.'

'Paid â threulio gormod o amser yn chwilio amdani. Fe fyddwn ni'n cofrestru mewn pum munud.'

I ffwrdd â fi am y llyfrgell. Roedd Sara'n sefyll wrth y silffoedd. Roedd hi'n byseddu'i ffordd ar hyd y rhes gyntaf o lyfrau fel petai hi'n canu'r piano.

'Sara!'

Neidiodd, a rhedeg i ochr draw'r silffoedd llyfrau.

'Sara, alli di ddim rhedeg oddi wrtha i o hyd fel hyn! Fe fydda i'n eistedd y tu ôl i ti mewn pum munud. Gwranda. Mae'n ddrwg gen i na ddwedais i'r gwir i gyd am ddydd Sadwrn. Ro'n i'n dwp a dwi'n teimlo'n ofnadwy nawr. Dwi ddim wir yn gwybod pam es i at Rhiannon. Ches i ddim amser da o gwbl. Dwi ddim eisiau bod yn ffrind iddi rhagor. Dwi eisiau bod yn ffrind i ti. Wnei di faddau i mi, plîs? Wnei di ddod draw ddydd Sadwrn nesa i ni gael hwyl a bwyta bytis sglods Dad?'

Syllodd Sara arna i wrth i mi siarad, a symud ei bysedd. Ddwedodd neb ddim byd am ychydig ar ôl i mi orffen siarad.

'Wyt ti'n gwybod, fe ddwedaist ti gant o eiriau'n union,' meddai'n hollol ddidaro.

'Sara, plîs, fuest ti'n *gwrando* ar yr hyn ddwedais i?'

'Do, fe fues i'n gwrando. Rwyt ti eisiau bod yn ffrind i mi nawr achos bod Rhiannon wedi mynd at Marged a Ffion.'

'Nage! Wel, ydy, mae hi *wedi*, ond *fi* ddwedodd nad o'n i eisiau bod yn ffrind iddi, wir i ti.'

'Ie, wel, beth bynnag. Ond y broblem yw, Fflos, dwi ddim wir eisiau bod yn ffrind ail orau i ti.'

'Na, dwi eisiau i ti fod yn ffrind *gorau* i mi. *Wnei* di ddod ddydd Sadwrn?'

Cododd Sara ei hysgwyddau. 'Dwi'n credu bod rhywbeth ar y gweill ddydd Sadwrn.' Oedodd. 'Dwi'n gorfod mynd i ryw gynhadledd gyda fy rhieni. Beth am y dydd Sadwrn wedyn?'

'Ond fydd hynny'n *werth dim*. O Sara, fydd y caffi ddim gyda ni. Plîs paid â dweud wrth neb, ond dydy Dad ddim wedi bod yn talu'i ddyledion. Rhaid i ni symud o'r caffi a mynd i aros yn nhŷ Seth y Sglods, ond mae'n swnio'n rhyfedd, ac mae Dad yn mynd i redeg ei fan sglodion wrth yr orsaf, ac fe fydd hynny'n rhyfedd hefyd. A beth fydda i'n ei wneud pan fydd Dad allan y gweithio, a dwi braidd yn ofnus am y peth, ond dwi ddim wedi hoffi dweud dim achos bod Dad yn poeni cymaint am bopeth.'

'O Fflos!' meddai Sara, a rhoi'i breichiau amdanaf.

Dechreuais grio a rhoddodd ei llaw'n ysgafn ar fy nghefn.

'Ddwedi di *ddim* wrth neb, na wnei?'

'Wrth *gwrs* na wnaf i! Ddwedaf i ddim gair. Dwi'n siŵr y bydda i'n gallu dod ddydd Sadwrn. Dwi ddim *eisiau* mynd gyda fy rhieni i'r gynhadledd o gwbl. Hei Fflos, wyt ti'n gwybod dy fod ti wedi dweud cant o eiriau'n union *eto*. Rhaid bod dawn arbennig gyda ti! Cant yw fy rhif lwcus i hefyd.'

'Felly rydyn ni'n ffrindiau nawr?'

'Ffrindiau gorau,' meddai Sara, a rhoi cwtsh i mi. 'Roeddwn eisiau bod yn ffrind gorau i ti ers i fi ddod i'r ysgol hon. Ond wyt ti'n siŵr fod popeth yn iawn? Efallai bydd Rhiannon yn troi'n elyn pennaf i ti nawr.'

'Does dim ots gyda fi,' meddwn i, er i 'nghalon ddechrau curo fel gordd wrth feddwl am y peth. 'Trueni bod rhaid i mi eistedd ar ei phwys hi.'

'Paid â phoeni,' meddai Sara. 'Os bydd hi'n

dechrau ar ei thriciau eto, fe fydda i'n troi rownd a'i thynnu oddi ar ei chadair eto.'

'Wel, fe gafodd hi syndod mawr pan laniodd hi ar ei phen-ôl,' meddwn i a chwarddodd y ddwy ohonon ni.

'Fe fydd hi'n fwy creulon a chas pan ddaw hi i wybod bod Dad a fi'n gadael y caffi i fynd i fyw gyda Seth y Sglods. Dwi ddim yn gwybod beth wnawn ni pan ddaw e 'nôl o Awstralia. Mae Dad yn dweud y dylwn i fynd yno i mi gael bod gyda Mam, ac mae rhan ohono i eisiau mynd. Ond alla i ddim gadael Dad, neu fydd neb gyda fe. Wel, mae Lwcus gyda fe, ond fi biau hi. Wel, rhaid gweld a oes perchennog gyda hi gyntaf ond dwi'n gobeithio mai fy nghath i fydd hi.'

Roedd Sara'n cyfrif ar ei bysedd wrth i mi siarad. Syllodd arnaf mewn rhyfeddod. 'Dyna gant *arall*! Rwyt ti'n gwbl anhygoel, Fflos.'

'Yn gwbl beth?'

'Anhygoel. Mae'n golygu ei bod hi'n anodd credu neu goelio.'

'Anhyloeg?' Ceisiais fy ngorau ond allwn i ddim dweud y gair yn iawn.

Dechreuais ddrysu Sara hefyd, fel nad oedd un ohonon ni'n gallu ei ddweud e heb chwerthin yn ddwl.

'Ond o ddifrif,' meddwn i, a sychu fy llygaid. 'Fyddet ti'n dweud ei fod e'n arwydd da?'

'Ydy, wir!'

'Mae Dad a finnau'n disgwyl i'n lwc ni newid. Wel, mae *rhai* pethau da'n digwydd, ond y peth gorau fyddai petai Dad yn cael cadw'i gaffi. Na, y peth gorau oll fyddai petai Mam a Dad yn mynd 'nôl at ei gilydd, ond does dim gobaith i hynny ddigwydd. Trueni bod pobl yn cael ysgariad. Pam na all pobl aros gyda'i gilydd a bod yn hapus?'

'Wel, mae pobl yn newid,' meddai Sara. 'Fel ffrindiau. Mae fy rhieni i wedi ysgaru.'

'*Ydyn* nhw? Felly wyt ti'n byw gyda dy fam neu dy dad?'

'Gyda'r ddau. Na, maen nhw'n briod â'i gilydd nawr, Mam a Dad, ond ro'n nhw'n arfer bod yn briod â phobl wahanol. Mae llawer o hanner brodyr a chwiorydd gyda fi. Mae fy nheulu i braidd yn gymhleth.'

'Ond petai dy fam a dy dad yn gwahanu, gyda phwy fyddet ti'n byw wedyn?'

Meddyliodd Sara am y peth. Gallwn weld ei hymennydd yn ceisio datrys y broblem, fel petai hi'n sym gymhleth. Gwgodd. 'Dwi ddim yn gwybod! Rhaid ei bod hi'n anodd iawn i ti, Fflos.'

'Fe ddes i'n gyfarwydd â chael dau gartref, ond nawr mae tŷ Mam yn cael ei osod i bobl ddieithr ac mae caffi Dad yn mynd i gael ei gymryd drosodd, felly fydd dim cartref o *gwbl* gyda fi, wir. Mae Dad a fi'n gwneud jôc am fyw mewn bocs cardfwrdd fel pobl ar y stryd. Ro'n i'n arfer eistedd mewn bocs cardfwrdd pan o'n i'n fach ac esgus mai tŷ bach twt oedd e. Dyna fy hoff gêm i am oesoedd. Ro'n i'n arfer gwasgu clustog i mewn i'r bocs a stôf goginio blastig fach a set o lestri doli a'r tedis i gyd.' Gwelais fod Sara'n cyfrif eto a chydiais yn ei bysedd. 'Paid â chyfrif y geiriau, mae'n gwneud i mi deimlo'n rhyfedd.'

'O'r gorau. Wnaf i ddim. Sori. Dwed ragor wrtha i am y tŷ bach twt cardfwrdd.'

'Ro'n i'n meddwl bod to coch go iawn arno, a simdde, a bod gwyddfid yn tyfu dros y waliau. Ceisiais dynnu llun gwyddfid â chreon ond roedd e'n edrych fel sgribls. Roedd drws ffrynt glas a rhywbeth i guro'r drws. Os byddai Dad yn chwarae gyda fi, ro'n i'n gwneud iddo fe guro'r drws pan oedd e'n galw. Roedd e'n rhy fawr i ddod i mewn i'r bocs ata i – fe fyddai wedi gwneud i'r waliau blygu – felly roedd yn dweud ei fod e eisiau eistedd yn yr ardd ar gadair gynfas. Fe fyddwn i'n nôl tywel streipiog a'i roi e wrth y bocs, ac fe fyddai Dad yn gorwedd arno. Fe fyddwn i'n gwneud cwpaned o de iddo. Ddim *wir* – dim ond dŵr mewn cwpan plastig oedd e, gyda *Smarties* brown ynddo. Mae'n siŵr ei fod e'n blasu'n ofnadwy ond fe fyddai e bob amser yn yfed pob diferyn, â'i fys bach yn yr awyr i wneud i mi chwerthin. Roeddwn i'n *dwlu* ar chwarae tŷ bach twt gyda fy nhad.'

'Dwi'n gweld pam rwyt ti eisiau aros gyda dy dad nawr. Doedd Dad byth yn chwarae fel 'na gyda fi,

210

ddim mewn ffordd hwyliog. Roedd e'n chwarae cardiau ac yn darllen ac yn fy nysgu sut i chwarae gwyddbwyll, ond doedd e byth yn chwarae o gwmpas. Ro'n i'n chwarae ar fy mhen fy hunan, fel arfer. Do'n i ddim yn arfer dychmygu pethau, fel ti. Dydy fy meddwl i ddim yn dda am wneud hynny, ond fe fues i'n chwarae â bocsys cardfwrdd bach. Gwnes i res o dai bocsys esgidiau yn fy ystafell wely unwaith, ac yna dechreuais wneud strydoedd cyfan gyda bocsys o frics, a llawer o lyfrau hefyd – maen nhw'n gwneud adeiladau da iawn.'

'Dangosa i fi,' meddwn i, a rhoi llond côl o lyfrau llyfrgell iddi.

Eisteddon ni ar lawr y llyfrgell tra oedd Sara'n adeiladu tŷ llyfrau i mi. Gwnes innau dŷ yr un peth, ac yna dechreuon ni wneud bloc o fflatiau tal. Defnyddion ni ein bysedd i fod yn bobl oedd yn cerdded rhwng y tai a dringo'r grisiau i do'r fflatiau. Yna'n sydyn, dyma ddrws y llyfrgell yn agor ac fe gawson ni'n dwy gymaint o ofn hyd nes i ni neidio. Symudodd y bloc fflatiau o lyfrau a chwympo i'r llawr yn swnllyd.

Dyna lle roedd Miss ap Gwyn yn rhythu arnon ni. Miss ap Gwyn, y dirprwy bennaeth a'r athrawes fwyaf brawychus a llym yn yr ysgol i gyd!

'Beth yn y *byd* rydych chi'n ei wneud, chi'ch dwy? Llyfrgell yw hon, nid dosbarth meithrin. Nid dyna sut mae trin llyfrau! Pam nad ydych chi yn eich

211

ystafell ddosbarth? Dechreuodd y wers gyntaf ugain munud yn ôl! Nawr rhowch y llyfrau 'nôl y funud hon – yn ofalus! – ac yna dewch gyda fi. Yn nosbarth Mrs Huws rydych chi, yntê?'

Nodion ni. Roedden ni'n ofni dweud gair. Martsiodd Miss ap Gwyn gyda ni ar hyd y coridor ac yna gwthiodd ni i mewn i'r ystafell ddosbarth fel petaen ni'n wartheg. Edrychodd pawb arnon ni, yn gegrwth. Roedd llygaid Rhiannon yn disgleirio'n fuddugoliaethus. Syllais ar Mrs Huws yn llawn cywilydd. Roedd hi wedi rhoi rhybudd caredig i mi ac roeddwn i wedi'i siomi'n ofnadwy.

'Eich disgyblion chi yw'r rhain, dwi'n credu, Mrs Huws,' meddai Miss ap Gwyn. 'Fe ddes i o hyd iddyn nhw yn y llyfrgell. Roedden nhw'n adeiladu tai â'r llyfrau, os gwelwch chi'n dda! Dwi'n synnu na wnaethoch chi anfon rhywun i chwilio amdanyn nhw. Maen nhw wedi bod ar goll o'r wers am hanner awr, bron!'

O na, dyma fi wedi cael Mrs Huws i helynt hefyd! Efallai byddai rhaid i ni'n tair sefyll y tu allan i swyddfa Miss ap Gwyn, â'n dwylo ar ein pennau – Sara, Mrs Huws a fi.

Ond roedd Mrs Huws yn gwenu'n dawel. 'Ro'n i'n gwybod ble roedd y merched, Miss ap Gwyn. Roedden nhw'n cymryd rhan yn fy mhrosiect cyd-dynnu arbennig.'

Gwgodd Miss ap Gwyn. 'Does dim sôn am

brosiectau cyd-dynnu yn y cwricwlwm cenedlaethol ar gyfer Cyfnod Allweddol 2.'

'Dwi'n gwybod hynny, Miss ap Gwyn, ond weithiau mae'n rhaid i rywun ddefnyddio ychydig o grebwyll i wella deinameg yr ystafell ddosbarth.'

Doeddwn i ddim yn deall gair o'r hyn ddywedodd Mrs Huws. Efallai nad oedd Miss ap Gwyn yn deall chwaith. Rhythodd ar Sara a mi.

'Pam na wnaethoch chi egluro, y merched dwl?' meddai. Ac i ffwrdd â hi, *stomp, stomp, stomp*, fel petai hi'n dychmygu mai chwilod oedden ni a hithau'n ein sathru â'i hesgidiau call.

Syllodd Sara a finnau'n llawn edmygedd ar Mrs Huws. Cododd ei haeliau a symud ei dwylo i ddangos y dylen ni fynd i'n seddau. Felly dyna wnaethon ni.

'Beth yn y *byd* ro't ti'n ei wneud, y Sglodsen Ddrewllyd?' meddai Rhiannon yn gas.

Anwybyddais hi. Prociodd fi â'i phenelin esgyrnog. Symudais i ymyl fy sedd, i fod cyn belled â phosibl oddi wrthi. Trodd Sara a gwenu'n gyfeillgar arna i. Gwenais innau 'nôl. Gallai Rhiannon fy mhrocio'n dwll a fyddai dim gwahaniaeth gen i, dim ond i Sara fod yn ffrind i mi.

Sglodsen
Ddrewllyd
a
Sara'r Swot

15

Ffoniodd Mam yn gynnar y bore canlynol. Eisteddais ar y llawr yn anwesu Lwcus wrth iddi ddweud yr holl bethau hyn wrtha i:

1. Roedd lliw haul hyfryd ganddi'n barod.
2. Roedd y siopau yn Arcêd Victoria'n wych.
3. Roedden nhw wedi bod mewn cyngerdd yn y tŷ opera.
4. Roedden nhw wedi cerdded dros Bont yr Harbwr.
5. Roedden nhw wedi gweld eirth coala a changarŵod (ond dim ond yn Sw Sydney).
6. Roedd Steve yn gwneud gwaith rhyfeddol yn y gangen newydd ac yn cael tîm gwych at ei gilydd.
7. Roedd Teigr wedi dechrau cerdded yn sigledig ac wedi dysgu dweud 'G'day'.

'Mae cymaint wedi digwydd, Fflos!' meddai Mam. 'Felly, cariad, beth amdanat ti? Pa newydd sydd gyda ti?'

Tynnais anadl ddofn. Roedd hi'n anodd gwybod ble i ddechrau.

'Wyt ti'n iawn, Fflos? O'r nefoedd, beth sy'n bod? Ydy Dad yn gofalu amdanat ti'n iawn?'

Roedd Dad yn edrych arna i'n bryderus wrth iddi siarad. Gwenais arno a chodi fy mawd.

'Mae Dad yn gofalu amdana i'n wych, Mam,' meddwn i.

'Beth sy'n bod, 'te? Sut mae pethau yn yr ysgol? Wyt ti'n dilyn y gwersi'n iawn? Ydy Rhiannon yn dal yn gyfeillgar?'

'Mae popeth yn iawn yn yr ysgol. Mae Mrs Huws yn arbennig o garedig. Mae Rhiannon yn arbennig o *gas,* ond does dim gwahaniaeth achos mae Sara a finnau'n ffrindiau gorau nawr. Mae hi'n dod draw i chwarae ddydd Sadwrn.'

'Sut bydd Dad yn gofalu amdanoch chi'ch dwy a'r caffi ar yr un pryd? Sut *mae'r* caffi? Oes rhagor o gwsmeriaid yn dod?'

Meddyliais yn ofalus. Doeddwn i ddim eisiau dweud celwydd wrth Mam ond doeddwn i ddim eisiau dweud y gwir i gyd wrthi chwaith. 'Mae Dad yn ymdopi,' meddwn i. 'Ac mae e'n disgwyl rhagor o gwsmeriaid cyn hir.'

'Breuddwyd gwrach yw hynny,' meddai Mam yn

angharedig. 'O dyna ni, Fflos. Cymer ofal, cariad bach. Fe ffonia i'r wythnos nesaf, o'r gorau?'

Rhoddais fy llaw dros y ffôn a dweud wrth Dad. 'Sut all Mam ffonio'r wythnos nesaf? Fyddwn ni ddim yma!'

Cymerodd Dad y ffôn oddi wrtha i. 'Helô, Sali. Dwi'n falch bod popeth yn mynd yn dda. Nawr gwranda, dwi'n gwneud rhai newidiadau yn y caffi. Fe fydd rhif ffôn newydd gyda ni. Fe rof i wybod i ti. O, dim ond newidiadau cyffredinol, i fod yn fwy ffasiynol, denu cwsmeriaid gwahanol. Ie, ie. Ydy, wrth gwrs bod Fflos yn gwisgo sanau glân bob dydd – ac ydy, mae hi'n golchi'i gwallt. Torri ei gwallt? Dwi'n meddwl bod ei gwallt cyrliog hi'n edrych yn bert. Gwranda, Sali, mae'n rhaid i ni fynd nawr, neu fe fydd hi'n hwyr yn cyrraedd yr ysgol. Hwyl!'

Rhoddodd y ffôn i lawr a sychu'i dalcen. 'Ffiw!' meddai, ac eistedd 'nôl yn ei gadair fel petai rhywun wedi gollwng yr awyr ohono. Es ato a dringo i'w gôl. Dwedodd 'Ff-i-i-i-i-w' eto, a finnau'n giglan.

'Mae bai arna i,' meddai Dad. 'Fe ddylwn i ddweud yn union beth sy'n digwydd wrth dy fam. Ond os gwnaf i hynny, fe fydd hi'n mynnu dy fod ti'n mynd ati i Awstralia. Wrth gwrs, dylwn *i* fynnu dy fod ti'n gwneud hynny. A dweud y gwir, dwi *yn* mynnu. Fe ffoniwn ni dy fam 'nôl a dweud y gwir wrthi.'

'Na na na na na! Fe gei di fynnu os wyt ti eisiau, Dad, ond dwi'n aros, o'r gorau?' Edrychais ar y cloc. 'Ond mae'n well i mi fynd yr eiliad hon neu fe fydda i'n hwyr yn cyrraedd yr ysgol. Roedd Mrs Huws mor garedig wrtha i a Sara ddoe, a dwi ddim eisiau ei siomi hi.'

Gadawodd Dad fi i lithro oddi ar ei gôl ond daliodd afael yn f'ysgwyddau. 'Beth yw hyn am Rhiannon yn gas wrthot ti?'

'O, mae'n rhyfedd weithiau, dyna i gyd,' meddwn i. *Celwydd golau'r ganrif!*

Enghreifftiau o Ymddygiad Hynod Gas, Annheg a Chreulon gan Rhiannon (mewn un diwrnod yn unig!):
1. Bu'n eistedd ar ymyl ei sedd a dal ei thrwyn bob tro roeddwn i'n symud.
2. Galwodd fi'n Sglodsen Ddrewllyd dro ar ôl tro, a dweud wrth hanner y dosbarth am wneud hynny hefyd.
3. Galwodd Dad yn Sglodyn Drewllyd Boliog.
4. Dwedodd wrth bawb fod Mam wedi fy ngadael i am byth.
5. Dwedodd hi fy mod i wedi ymbil ar ei mam i brynu dillad newydd pan aethon ni i'r ganolfan siopa. A dwedodd hi na ddwedais i diolch yn fawr pan wariodd hi ffortiwn arna i.
6. Ysgrifennodd *Sglodsen Ddrewllyd a Sara'r Swot/ Twpsen Ddrewllyd a Sara'r Sbot* dros waliau toiledau'r merched. Ysgrifennodd bethau eraill

hefyd – pethau rhy ofnadwy i'w cynnwys yn y rhestr hon!

7. Roedd hi'n symud y bwrdd bob tro roeddwn i'n dechrau ysgrifennu.

8. Cipiodd f'ysgrifbin jel gorau, gwasgu'r blaen ar y bwrdd, a'i ddifetha.

9. Bwriodd fy mhecyn bwyd i'r llawr, drwy ddamwain *fwriadol*.

10. Rhwygodd y clawr oddi ar fy llyfr Mathemateg a sgriblan ynddo.

Gallwn i ychwanegu rhagor o bethau at y rhestr, gan gyrraedd rhif 50. Na, rhif 100!

Ond dyma restr arall *hyfryd*:

Enghreifftiau o Ymddygiad Hynod Annwyl a Charedig gan Sara:

1. Bu'n troi ac yn gwenu arna i drwy'r gwersi i gyd.

2. Dwedodd hi mai parot diflas oedd Rhiannon am ei bod hi'n ailadrodd yr un geiriau twp dro ar ôl tro.

3. Dwedodd hi ei bod hi'n edrych ymlaen at gwrdd â Dad ddydd Sadwrn nesaf.

4. Dwedodd hi ei bod hi eisiau cwrdd â Mam pan fyddai hi'n dod 'nôl o Awstralia.

5. Dwedais wrthi am y wisg ddenim ddrud a dwedodd hi ei bod hi'n swnio'n erchyll.

6. Ceisiodd rwbio 'Sglodsen Ddrewllyd a Sara'r

Swot/Twpsen Ddrewllyd a Sara'r Sbot' oddi ar y wal yn nhoiledau'r merched. Roedd hi'n anodd eu rhwbio nhw gan fod Rhiannon wedi defnyddio beiro, felly aeth Sara i nôl ei ysgrifbin jel mwyaf trwchus i sgriblan drosto.

7. Gwthiodd ei chadair yn ôl at ein bwrdd ni i'w gadw'n wastad.

8. Benthyciodd hi ei ysgrifbinnau jel i mi.

9. Llwyddon ni i achub y fanana a'r afal a'r Kit-Kat, ond roedd fy mrechdanau caws a salad (roedd Dad yn gwneud ei orau i wneud Bwyd Iach) dros y llawr i gyd. Roedd y caws wedi'i falu a'r darnau tomato a'r dail letys bach yn faw i gyd. Rhannodd Sara ei brechdanau tiwna a chorn melys â fi, ac roedden nhw'n flasus iawn. Hefyd rhoddodd hanner ei iogwrt bricyll i mi (llond llwy bob yn ail) ac ychydig o rawnwin du. Mynnais ei bod hi'n cael hanner y Kit-Kat a hanner y fanana a hanner yr afal. Yn y diwedd cawson ni wledd.

10. Ar ôl cinio defnyddiodd Sara dâp gludiog i drwsio'r llyfr Mathemateg ac fe dynnais i lun o ddwy ferch, un yn edrych yn ddifrifol gyda gwallt brown sgleiniog a sbectol ac un yn gwenu gyda gwallt cyrliog golau gwyllt. Roedden nhw'n ysgrifennu sym syml ar ddarn enfawr o bapur: 1 + 1 = 2 FFRIND GORAU.

Gludiais fy llun dros sgriblan Rhiannon ac roedd fy llyfr Mathemateg fel newydd. *Ac yn well.*

Pan gyflwynais fy ngwaith dosbarth Mathemateg i'w farcio, gwenodd Mrs Huws ar y llun ac ysgwyd ei phen. Rhoddodd hyn hyder i mi.

'Mrs Huws, dwi wedi bod yn meddwl,' meddwn i'n awyddus.

'Trueni na fyddet ti'n meddwl mwy am dy Fathemateg, Fflos,' meddai Mrs Huws, a rhoi *croes croes croes* wrth bob sym.

'O diar,' meddwn i. 'Na, Mrs Huws, tybed a allwn i symud desgiau er mwyn eistedd ar bwys Sara? Fyddai hynny ddim yn tarfu gormod ar bethau, achos does neb yn eistedd ar bwys Sara ar hyn o bryd.'

'Beth am Rhiannon?' meddai Mrs Huws.

'Dwi'n credu y byddai hi'n falch iawn iawn o *beidio* â 'nghael i'n eistedd ar ei phwys hi,' meddwn i.

'Byddai, ro'n i'n deall eich bod chi wedi bod yn cweryla,' meddai Mrs Huws. 'Ferched, wir! Mae hi fel *Pobol y Cwm* yma, rhyw ddrama bob dydd, bron.'

'Felly, ydy hynny'n iawn?' meddwn i.

'Fe fydd rhaid i mi feddwl am y peth. Os bydda i'n gadael i chi newid desgiau fe fydd y merched i gyd eisiau symud. A hanner y bechgyn hefyd, mae'n siŵr.'

'O plîs, Mrs Huws.'

'Edrycha, dwi wedi gwneud ffafr fawr iawn â ti a

Sara ddoe. Allwch chi ddim cymryd mantais o'r ffaith mai chi yw fy hoff ddisgyblion i, ti'n gwybod.'

'Ie?'

'Dwi'n athrawes dda iawn ac rydyn ni i gyd yn gwybod nad oes hoff ddisgyblion gan athrawon da iawn. Ond fe fyddech chi'ch dwy'n agos ati petai rhai gen i. Nawr, cer 'nôl i dy sedd. Fe feddylia i amdanat ti a Sara a'r trefniadau eistedd. Yn y cyfamser, gad i ni weld a yw hi'n well athrawes Fathemateg na fi!'

Gwnaeth Sara ei gorau i ddangos pethau i mi ond roeddwn i'n methu canolbwyntio'n iawn. Fe fydden ni'n dechrau gwneud sym am chwe dyn yn palu twll mewn cae. Fe fyddwn i'n dechrau meddwl *pam* roedden nhw'n palu'r twll. Ai pwll nofio oedd e? Roeddwn i'n eu dychmygu nhw mewn jîns bawlyd, yn palu'n wyllt, ac yna aeth un ohonyn nhw i nôl piben ddŵr a llenwi'r pwll â dŵr disglair. Ac wedyn tynnon nhw eu dillad a neidio i mewn, gan fwrw dŵr dros ei gilydd a thasgu dŵr fel morfilod.

'Felly beth yw'r ateb, 'te, Fflos?' gofynnodd Sara.

Syllais arni, achos roeddwn i wedi anghofio popeth am y cwestiwn.

Ochneidiodd Sara a rholio'i llygaid, i ddynwared Mrs Huws. 'Allet ti ganolbwyntio, Fflos?'

'Fe fyddai'n well gen i ganolbwyntio arnat ti'n dod draw ddydd Sadwrn nesaf, Sara. Fe fydd tipyn o lanast achos mae Dad a finnau'n symud ddydd Sul.'

Roedd hi'n dal yn anodd *credu*'r peth. Y dyddiau hyn roeddwn i'n teimlo bod fy mywyd gartref wedi troi'n freuddwyd hir a rhyfedd. Roeddwn i'n teimlo fel cwch oedd wedi colli'i angor ac roeddwn i'n mynd allan i'r môr a'r tonnau'n mynd yn gryfach o hyd. Roedd popeth yn teimlo'n saffach pan oeddwn i yn yr ysgol, achos bod pethau wedi aros yr un fath, fwy neu lai.

Roeddwn i *yn* hwyr yn cyrraedd yr ysgol y bore hwnnw. Deg munud cyfan. Roedd rhaid i mi gropian i mewn i'r dosbarth ac ymddiheuro'n dawel wrth Mrs Huws. Doedd hi ddim *wir* yn grac, ond ysgydwodd ei phen ac ochneidio arna i. Roeddwn i'n teimlo'n wael.

'Ti yw ffefryn yr athrawes, y Sglodsen Ddrewllyd,' meddai Rhiannon yn gas. 'Fe fyddai hi wedi dweud y drefn wrth unrhyw un arall. Ond mae Mrs Huws yn teimlo *trueni* drosot ti. Dyna pam mae pawb yn garedig wrthot ti. Dyna pam gorfododd Mam fi i'th wahodd di draw ddydd Sadwrn. Do'n i ddim *eisiau* i ti ddod. Dwyt ti ddim yn hwyl. Rwyt ti'n anobeithiol, yn union fel dy dad, y Sglodyn Drewllyd Boliog.'

'Cau dy hen geg am Dad,' meddwn i'n gas.

Ond chaeodd hi mo'i hen geg. Dwedodd hi'r un peth eto. Ychwanegodd bethau eraill, a dechrau fy mhrocio i â'i phren mesur. Dyma fi'n gwylltio'n gacwn. Cydiais yn y pren mesur a'i phrocio'n galed, yn ei hasennau.

'Aaaw!' sgrechiodd Rhiannon.

Safodd Mrs Huws ar ei thraed. 'Er mwyn popeth! Paid â sgrechian, Rhiannon!'

'Dwi wedi cael fy *nhrywanu*,' gwichiodd Rhiannon.

'Gad i fi weld,' meddai Mrs Huws, gan ochneidio. Daeth hi draw at ein desg ni ac edrych ar Rhiannon. Gwasgodd yn ofalus o gwmpas gwasg Rhiannon i gyd.

'Dwi ddim yn credu y byddi di'n marw ar ôl yr ymosodiad ffyrnig yna, Rhiannon,' meddai. Cododd y pren mesur. 'Dwi'n cymryd mai dyma'r arf?'

'Fe wnaeth e ddolur i fi!' meddai Rhiannon.

'Do, siŵr iawn,' meddai Mrs Huws. Edrychodd arna i. 'Ti oedd yn gyfrifol, Fflos?'

Nodiais fy mhen. Meddyliais y byddai Mrs Huws yn ysgwyd ei phen ac ochneidio arna i a dweud y drefn wrthon ni'n dwy, ond dim byd *difrifol*. Ond ysgydwodd hi mo'i phen ac ochneidiodd hi ddim chwaith. Rhoddodd ei dwylo ar ei chluniau ac edrych yn ddifrifol dros ben.

'Fflur Bowen, mae cywilydd arna i,' meddai'n oeraidd. 'Dwi'n siomedig iawn dy fod ti'n ymddwyn mor wael y dyddiau hyn.'

'Mae'n ddrwg gen i, Mrs Huws,' sibrydais.

'Dydy "mae'n ddrwg gen i" ddim yn ddigon da. Alla i ddim creu esgusodion drosot ti o hyd. Dyma ti'n cyrraedd y dosbarth ddeg munud yn hwyr, a dwyt ti ddim yn canolbwyntio'n iawn pan fyddi di yma. Fe fydd rhaid i mi feddwl am gosb ddifrifol.'

Plygais fy mhen. Roeddwn i'n teimlo fel petawn i'n llosgi. Roeddwn i eisiau rhoi fy mhen ar y ddesg a llefain. Roeddwn i'n teimlo'n ofnadwy. Allwn i ddim deall pam roedd Mrs Huws mor hynod o gas wrtha i.

'Plîs, Mrs Huws, dwi'n credu bod Fflos wedi cael ei phryfocio,' meddai Sara.

'Bydd ddistaw, Sara. Ofynnodd neb am dy farn di,' meddai Mrs Huws, a'i dirmygu hi'n llwyr.

Roedd Rhiannon yn dal i riddfan yn ddramatig, a rhwbio'i hasennau. Ond roedd ei llygaid yn disgleirio. Roedd hi'n mwynhau ein gweld ni'n cael ein cywilyddio.

'Druan â Rhiannon,' meddai Mrs Huws. 'Dwi ddim yn mynd i oddef dy weld di'n tynnu ei choes hi a'i phoeni hi rhagor, Fflur. Felly, rho dy lyfrau a phopeth arall yn dy fag, os gweli di'n dda, a saf ar dy draed.'

Rhythais ar Mrs Huws. Oedd hi'n fy anfon i at y pennaeth am y diwrnod? Oedd hi'n fy *atal i rhag dod i'r ysgol*? Oedd hi'n FY ANFON I ADREF AM BYTH?

Roedd y dosbarth cyfan yn dawel, wedi'u syfrdanu. Roedd hyd yn oed Rhiannon yn edrych yn syfrdan. Stwffiais fy mhethau i'r bag ysgol. Roedd fy nwylo'n crynu i gyd. Sefais ar fy nhraed, yn ofnus ac yn sigledig.

'Iawn. Dwi'n mynd i dy symud di'n bell oddi wrth Rhiannon. Dwyt ti ddim yn gallu ymddwyn yn iawn wrth ei hochr hi. Nawr, ble galla i dy roi di?' Roedd Mrs Huws fel petai'n chwilio o gwmpas y dosbarth am sedd wag. Dim ond un sedd wag oedd ar gael. Edrychodd Mrs Huws ar fwrdd Sara. Pwyntiodd ato.

'Wel, Fflur, mae'n well i ti eistedd fan hyn am y tro. Sara, symuda'r bwrdd ymlaen gymaint ag y gelli di, i ffwrdd oddi wrth Rhiannon. Dyna ni. Fe fydd y ddwy ohonoch chi ar bwys fy nesg i, lle galla i gadw llygad arnoch chi. Iawn. Eistedda ar bwys Sara, Fflur.'

Eisteddais fel sach o datws ar y sedd wrth ochr Sara – a rhoddodd Mrs Huws winc fach gyfrinachol i mi.

Galileo

Elen

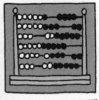

SARA
13116
FFLUR
63691

$$9\overline{)30^36}\,\frac{34}{}$$

Pawen

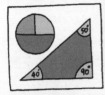

Un, dau, tri

Mam yn dal pry

Theatr

16

Roedd yr ysgol yn hyfryd nawr a minnau'n eistedd wrth ochr Sara. Roeddwn i hyd yn oed yn mwynhau Mathemateg. Wel, doeddwn i ddim yn ei *fwynhau* e wir, ond roedd rhywbeth braf am gael Sara'n mynd drwy bob sym gyda mi a dweud wrtha i beth i'w wneud.

Hefyd dechreuon ni brosiect am rifau gyda'n gilydd mewn llyfr nodiadau â chant o ddudalennau. Ysgrifennodd Sara am Fathemategwyr enwog fel Galileo a Pythagoras. Chwiliais i am wybodaeth am rifoleg, ac ysgrifennais fy enw i ac enw Sara a chwilio am y rhifau sy'n cyfateb i bob llythyren. Gwelon ni ein bod ni'n addas i'n gilydd (ond roedden ni'n gwybod hynny'n barod, beth bynnag). Ysgrifennodd Sara enghreifftiau taclus o adio, tynnu, lluosi a rhannu. Ychwanegodd hi bethau anodd dros ben roedd ei thad wedi eu dysgu iddi, fel algebra a geometreg. Lliwiais i'r cylchoedd a'r trionglau oedd ganddi i gyd. Ysgrifennodd Sara am yr abacws. Lluniais i bos dot-i-ddot. Gwnaeth Sara ddiagram gwych o gyfrifiannell. Copïais i rigymau rhifo fel *Un, Dau, Tri, Mam yn dal pry.*

Dywedodd Mrs Huws ei fod e'n ardderchog ac y byddai'n bendant yn rhoi deg allan o ddeg iddo. Dywedodd Rhiannon o dan ei hanadl y tu ôl i ni, *'Un Dau Tri, Maen nhw'n troi arna i.'*

Ond doedd dim gwahaniaeth gyda ni! Dechreuais wneud rhestr o'r holl bethau y gallai Sara fod eisiau eu gwneud ddydd Sadwrn. Roedd y caffi'n cau am byth ddydd Gwener felly byddai Dad ar gael i fynd â ni i unrhyw le. Meddyliais am yr holl ddiwrnodau allan roeddwn i wedi'u cael gyda Mam a Steve.

Ddydd Sadwrn byddwn i a Sara'n gallu:

1. Mynd i Barc Oakwood yn fan Dad a mynd ar bob un o'r reidiau, hyd yn oed y rhai brawychus.

2. Mynd i lan y môr yn fan Dad a chael hufen iâ ac adeiladu castell tywod enfawr.

3. Mynd i gefn gwlad yn fan Dad a cherdded i ben mynydd a chael picnic a phadlo mewn nant.

4. Mynd i Gaerdydd yn fan Dad a mynd lawr i'r Bae ac i Techniquest.

5. Mynd i Ynys Sgomer yn fan Dad ac mewn cwch i weld y palod.

6. Mynd i Ogofâu Dan yr Ogof yn fan Dad.

7. Mynd i Aberystwyth yn fan Dad a cherdded ar hyd y prom a chael hufen iâ yn y pier.

8. Mynd i Ogledd Cymru am y dydd yn fan Dad. Mynd i'r Ganolfan Dechnoleg Amgen ger Machynlleth ac i chwarel Llechwedd ym Mlaenau Ffestiniog.

9. Mynd i Amgueddfa Sain Ffagan yn fan Dad i weld Ysgol Maestir a Siop Gwalia a'r hen ffermdai to gwellt.

10. Mynd i Ganolfan y Mileniwm yn fan Dad a gweld sioe a mynd i gael pitsa wedyn.

Nodyn: Dydyn ni *ddim* eisiau mynd i siopa mewn canolfan siopa.

Dangosais y rhestr i Dad pan oedd e'n dweud nos da'r noson honno.

'Beth am fynd i ben yr Wyddfa yn fan Dad?' meddai. 'Mynd am daith o gwmpas y byd yn fan Dad? Hedfan i'r lleuad yn fan Dad?'

'Efallai fy mod i wedi mynd i dipyn o hwyl,' meddwn i. Roeddwn i'n teimlo fel cicio fy hunan. Roeddwn i wedi anghofio faint fyddai'r diwrnodau allan hyn yn ei gostio.

'Doeddwn i ddim o *ddifrif*, Dad. Dim ond gwneud rhestr ddwl roeddwn i. Rwyt ti'n gwybod sut un ydw i. Na, beth am fynd am daith fer yn y fan, efallai i gael picnic? Neu beth am fynd i'r parc? Efallai y byddai'n well peidio â rhoi bwyd i'r hwyaid; mae'n bosib fod Sara'n meddwl ei bod hi'n rhy hen i hynny, er fy mod i'n dal wrth fy modd, wrth gwrs. O Dad, trueni nad yw'r ffair yma o hyd! Fe fyddai hynny'n wych. Fe allen ni fynd ar y ceffylau bach. Fe allai Sara a fi fynd ar Perl gyda'n gilydd ac fe allen ni gael candi-fflos yr un o stondin Rhosyn. Efallai y byddai hi'n ein gwahodd ni i'w charafán. Fe fyddai hynny mor hyfryd.'

'Byddai wir,' meddai Dad. 'Ond dyw'r ffair ddim yma rhagor. Ac mae arna i ofn nad oes arian gyda fi i fynd ar drip. Dwi'n gorfod bod yn ofalus gyda'r petrol hefyd. Fe fydd rhaid i ni wneud sawl taith i gario'n pethau i dŷ Seth, a dwi wedi addo mynd ag e i'r maes awyr hefyd.' Oedodd Dad. 'Es i draw i dŷ Seth heddiw, Fflos. Mae e braidd yn . . . mae e braidd yn . . . '

Edrychais ar Dad. 'Mae e braidd yn beth, Dad?'

Gwnaeth Dad ryw ystum aneglur, ac agor ei freichiau. 'Wel, fe gei di weld dy hunan. Fe wnaf i fy ngorau glas i wneud ystafell wely bert i ti. Fe fydd popeth yn iawn. Dwi'n gobeithio'r gorau.' Syllodd o gwmpas fy ystafell wely. Edrychodd ar y papur wal tylwyth teg a hwnnw wedi pylu – roedd e wedi bod yno ers pan oeddwn i'n fabi. Edrychodd ar y llenni'n cwympo oddi ar y rheilen, y gist ddroriau a'i hanner wedi ei pheintio'n arian, a'r carped pinc, oedd yn llwyd erbyn hyn.

Ochneidiais. Meddyliais am yr adeg pan oedd

popeth yn newydd sbon a glân. Roedd Mam a Dad yn arfer dod i ddweud nos da gyda'i gilydd ac yn cymryd tro i adrodd storïau am y tylwyth teg oedd yn hedfan i fyny'r wal.

Ochneidiodd Dad hefyd. 'Does dim llawer o siâp arna i'n addurno'r tŷ, oes e, Fflos?'

'Dim ots, Dad.'

'Does dim llawer o siâp arna i'n gwneud *dim*, oes e?'

'*Paid*, Dad. Mae popeth yn iawn. Fe fyddwn ni'n iawn, ti a fi a Lwcus.' Codais hi a'i dal hi'n dynn. 'Welaist ti gathod Seth y Sglods, Dad? Sut rai ydyn nhw?'

'Wel, maen nhw'n anferth o'u cymharu â Lwcus fach.'

'O na! Wyt ti'n meddwl y byddan nhw'n ei bwlio hi?'

'Nac ydw. Dwi'n meddwl eu bod nhw'n llawer rhy hen a thew i wneud dim ond cysgu.' Agorodd Dad ei geg. 'Fel dy hen dad. Dwi wedi ymlâdd, Fflos, ond mae'n rhaid i mi ddechrau pacio. Mae'n ddrwg gen i, cariad, ond dwi'n mynd i fod yn brysur drwy ddydd Sadwrn, fwy neu lai. Dwi'n credu y bydd rhaid i ti a Sara ddiddori eich hunain.'

'Ond fe wnei di fytis sglods i ni?'

'Fe wnaf i fytis sglods sy'n ddigon da i'r frenhines. Wel, i ddwy dywysoges fach, beth bynnag.'

Rhoddodd Dad gusan fawr i mi ar fy ngwallt a

chusan fawr i Lwcus ar ei ffwr ac yna lapiodd ni'n dwy'n glyd, fi yn fy ngwely a Lwcus yn ei nyth o gwilt. Swatiais innau gyda'r Ci a'r Eliffant. Bues i'n troi trwnc yr Eliffant am fy mysedd a rhoi clust lipa'r Ci dros fy nhrwyn. Roeddwn i'n dechrau dod yn hoff iawn ohonyn nhw. Doeddwn i ddim wir yn *chwarae* â nhw, ond roedden nhw'n dechrau dod yn gymeriadau bach. Elen oedd enw'r Eliffant. Roedd hi'n hoffi dangos ei hunan a chwyrlïo'i thrwnc yn yr awyr. Pawen oedd enw'r Ci. Roedd e'n crynu os oedd symudiad neu sŵn annisgwyl. Roedd e'n gwneud ei orau i beidio ag edrych fel llygoden pan oedd Lwcus ar ei bwys.

Allwn i ddim penderfynu a ddylwn sôn wrth Sara amdanyn nhw. Fyddai hi ddim yn tynnu fy nghoes fel Rhiannon, ond efallai y byddai hi'n meddwl *yn dawel bach* fy mod i'n fabi.

'Oes teganau meddal gyda ti, Sara?' gofynnais mor ddidaro ag y gallwn i ar fore dydd Gwener.

'Tedis rwyt ti'n meddwl? Nac oes; dwi'n credu bod un arfer bod yn fy nghot pan oeddwn i'n fach, ond does dim un gyda fi nawr.'

'O,' meddwn i, a phenderfynu cuddio Elen a Pawen o dan fy ngwely.

'Does dim byd gyda fi *yn erbyn* tedis. Ond dwi ddim yn hoffi teimlo'r ffwr, dyna i gyd. Mae teganau eraill sydd ddim yn rhai meddal gyda fi. Mae un ar ddeg o eliffantod bach pren gyda fi, un jiráff pren,

234

un pâr o grocodeilod sydd â chegau sy'n agor a
chau, a thair cwningen borslen – un binc, un las ac
un fawr werdd sy'n fwy na'r anifeiliaid eraill i gyd,
hyd yn oed yr eliffantod.'

'Ond rhyw fath o addurniadau ydyn nhw. Wyt ti'n
chwarae gyda nhw?'

'Sut gallwn i chwarae gyda nhw, yn union?'
gofynnodd Sara.

'Fe allet ti roi enwau iddyn nhw a gwneud iddyn
nhw fod yn ddoniol neu'n ddrwg neu'n swil. Neu
beth am fynd â nhw allan i'r ardd i chwarae jyngl?
Fe allet ti droi powlen golchi llestri dy fam yn llyn a
gwneud mynydd pridd iddyn nhw ei ddringo.'

'Mae hynny'n swnio'n llawer mwy o hwyl na
thynnu'r llwch oddi arnyn nhw,' meddai Sara. 'Rwyt
ti'n cael syniadau da iawn, Fflos.' Oedodd. 'Fyddai
gwahaniaeth mawr gyda ti petaen ni ddim yn mynd
ar un o'r tripiau arbennig ar dy restr di ddydd
Sadwrn? Maen nhw i gyd yn swnio'n hyfryd, ac os
dyna beth rwyt ti eisiau ei wneud, mae hynny'n
iawn, ond fe fyddai hi'n well gyda fi dreulio'r amser
gyda'n gilydd yn chwarae. Ydy hynny'n iawn?'

'Wrth gwrs!' meddwn i. Roedd hynny'n rhyddhad
enfawr i mi.

Oedodd Sara eto. 'Edrycha, Fflos, dwi'n gwybod
'mod i'n ddigywilydd yn gofyn, ond . . . allwn i
ddod yn y bore hefyd, allwn i? Dwi eisiau i ni gael
digon o amser gyda'n gilydd – a hefyd mae Mam a

Dad i fod i fynd i'r gynhadledd addysg yma drwy'r dydd. Mae'r ddau'n cyflwyno papurau ac ro'n i i fod i fynd hefyd a darllen llyfr mewn cornel yn rhywle. Ond petai hi'n bosibl, fe allwn i fod gyda ti.'

'Addysg? Athrawon yw dy dad a dy fam?'

'Rhyw fath o athrawon. Maen nhw'n dysgu athrawon i fod yn athrawon. Roedden nhw'n arfer gweithio yng Nghaerdydd ond nawr maen nhw wedi cael swyddi'n agos i fan hyn.'

'Ydyn nhw'n bobl grand?' meddwn i, a gwrido wedyn am fod y cwestiwn yn swnio mor dwp.

'Fe fydden nhw'n marw petai unrhyw un yn meddwl eu bod nhw'n grand,' meddai Sara. 'Ond maen nhw'n bobl grand – er eu bod nhw'n ceisio ymddwyn fel pawb arall.'

Doeddwn i ddim wir yn deall hyn. Roedd mam Rhiannon – ac efallai hyd yn oed fy mam *i* – yn bobl gyffredin. Ond eto roedden nhw'n gwneud eu gorau i esgus eu bod nhw'n bobl grand. Roedd hi'n beth newydd fod mam a thad Sara'n esgus bod yn bobl gyffredin.

'Wel, dydy Dad a finnau'n bendant *ddim* yn grand,' meddwn i. 'Ac fe fydden ni wrth ein boddau petait ti'n gallu dod yn gynnar – fe fyddai hynny'n wych. Ond fe fydd y lle'n llanast llwyr. Fe fydd Dad a finnau'n pacio popeth. Roedden ni wedi gobeithio cael popeth yn barod cyn i ti ddod.'

'Gaf i helpu? Dwi'n wych am bacio pethau achos rydyn ni wedi symud tŷ filoedd o weithiau.'

'Iawn 'te, os nad oes ots gyda ti.'

'Dyna pam mae ffrindiau gyda ti,' meddai Sara.

'Oedd ffrind gorau gyda ti yn yr ysgol arall?'

'Nac oedd, ddim wir,' meddai Sara. 'Mae dechrau mewn ysgol newydd yn ofnadwy achos rwyt ti'n wahanol i bawb. Ac mae pobl yn tueddu i bigo arna i o hyd. Mae Rhiannon yn meddwl ei bod hi *mor* wreiddiol, ond roedden nhw'n fy ngalw i'n Sara'r Swot yn yr ysgol arall hefyd! Efallai y dylwn i newid fy enw i rywbeth sydd ddim yn dechrau gyda 'S'!'

'Roedd Mam eisiau i mi newid fy nghyfenw pan wahanodd hi a Dad. Roedd hi eisiau i mi gael cyfenw dwbl drwy ychwanegu cyfenw Steve ato. Ond gwrthod wnes i. Nid fy nhad *i* ydy e, a dyw e'n ddim i'w wneud â fi. Dim ond partner newydd Mam ydy e.'

'Yr holl bartneriaid yma!' meddai Sara. 'Fe geisiais i wneud cart achau ond aeth popeth yn gymhleth dros ben. Ysgrifennais enw pawb yn fy llawysgrifen orau, mewn inc coch. Ond wedyn roedd rhaid i mi groesi enwau allan achos bod pobl yn gwahanu o hyd. Wedyn dechreuodd cyn-bartner mam gael babis newydd gyda'i bartner newydd e, fel bod ochr yna'r cart achau'n rhy lawn. Yn y diwedd roedd cymaint o lanast fel 'mod i wedi'i rwygo a'i daflu. Dyna pam dwi'n hoffi Mathemateg. Dyw'r rhifau ddim yn symud o gwmpas a newid. Fe alli di adio neu dynnu neu luosi neu rannu, beth bynnag. Ond rwyt ti bob amser yn cael yr ateb rwyt ti eisiau.'

'Dim ond ti sy'n llwyddo i wneud hynny. Mae fy rhifau *i*'n symud dros bob man a dwi byth yn cael yr ateb cywir heb gopïo dy waith di,' meddwn i. 'O'r gorau, Sara, dere draw mor gynnar ag yr hoffet ti ddydd Sadwrn.'

17

Roedd 'cynnar' Dad a fi ychydig yn wahanol i 'gynnar' Sara. Doedd Dad a finnau ddim wedi codi hyd yn oed pan ganodd cloch y drws. Baglon ni i lawr y grisiau, y fi yn fy ngŵn nos a Dad yn gwisgo hen drowsus pyjamas a chrys-T dros ei ben e. Dyma ni'n agor y drws. Dyna lle roedd Sara *a*'i thad.

Syllon ni arnyn nhw, wedi cael sioc. Rhedodd Dad ei fysedd yn wyllt drwy ei wallt anniben. Rhwbiais fy llygaid a thynnu gwaelod fy ngŵn nos i lawr, gan *obeithio* y byddai hi'n edrych fel ffrog.

Ond roedd tad Sara wedi sylwi.

'Mae'n ddrwg gen i. Mae'n amlwg ein bod ni wedi eich deffro chi. Dyna ofnadwy!' meddai.

Roedd yn llawer hŷn na Dad, yn fwy fel tad-cu. Ond roedd wedi gwisgo'n ifanc, mewn crys-T du a jîns a siaced denim gyda'r llewys wedi'u torchi. Roedd ei wallt yn edrych fel petai angen rhedeg crib drwyddo hefyd. Byddai Mam wedi dweud ei fod e'n

241

anniben tost. Ond er ei fod e'n gwneud ei orau glas i swnio'n gyffredin, roedd ei lais yn swnio'n grand iawn.

'Ydy, dwi'n cytuno, mae'n ofnadwy ein bod ni wedi cysgu mor hwyr. Chlywais i mo'r cloc larwm, mae'n rhaid. Mae pethau wedi bod fel ffair yma'n ddiweddar. Dyna fel mae hi, yntê, mêt,' meddai Dad.

'Na, na, *ni* sy'n ofnadwy, yn cyrraedd mor annioddefol o gynnar . . . mêt,' meddai tad Sara. 'Diolch i chi am adael i Sara ddod atoch am y dydd. Dwi'n deall mai hi wahoddodd ei hunan. Ond dwi'n gweld nad yw hi'n adeg gyfleus i chi.' Pwyntiodd at y bocsys cardfwrdd oedd dros y cyntedd i gyd, fel blociau adeiladu plentyn bach.

'Mae croeso *mawr* i Sara,' meddai Dad, a gwenu arni. 'Ond gobeithio na fydd gwahaniaeth ganddi fod yng nghanol y llanast.'

'O, mae hi'n ddigon cyfarwydd â hynny gartref,' meddai tad Sara, a gwasgu ysgwydd Sara. 'Rwyt ti'n gwybod beth yw rhif fy ffôn symudol i a ffôn Mam, on'd wyt ti? Ffonia os oes problem. Fel arall fe ddown ni i dy nôl di tua saith. Ydy hynny wir yn iawn?'

Roedd e'n edrych ar Dad. Nodiodd Dad a gwenu. Nodiodd Sara a gwenu. Nodiais innau a gwenu hefyd.

'Diolch yn fawr. Mae arnon ni ddyled fawr i chi. Efallai y byddai Fflos yn hoffi dod draw aton ni ddydd Sadwrn nesaf.'

'O ie, plîs!' meddai Sara a finnau gyda'n gilydd. Chwarddodd y ddau dad.

Wedyn cododd tad Sara ei law a cherdded i'w gar, a chicio dau gan i'r gwter. Gallwn weld mam Sara'n eistedd yn sedd flaen y car. Roedd gwallt llwyd gyda hi wedi'i godi'n anniben ar ei phen a sbectol fach gron fel un Sara. Roedd hi'n gwisgo blows goch tywyll a mwclis melyn. Cododd hi ei llaw. Codais innau fy llaw'n swil hefyd.

'Iawn,' meddai Dad. 'Gwell i mi ymolchi a gwisgo'n syth, ac wedyn fe gawn ni frecwast. Wyt ti wedi cael brecwast, Sara? Dwi'n siŵr y galli di fwyta brecwast arall, beth bynnag.'

'O da iawn! Gawn ni fytis sglods?' gofynnodd Sara'n eiddgar.

Chwarddodd Dad. 'Fe gei di fyti sglodion i ginio. *Efallai* y cei di un arall i swper. Ond dwi'n credu y byddai'n well i ni beidio â chael bytis i frecwast. Beth am gael grawnfwyd?'

Daeth Lwcus i lawr y grisiau'n araf. Doedd hi ddim yn siŵr pwy oedd yr ymwelydd newydd yma.

'Wwww, mae hi mor hyfryd,' meddai Sara. Aeth yn ei chwrcwd a dal ei llaw allan. Oedodd Lwcus ac yna camodd ymlaen ar ei phawennau twt, yn barod i ddod yn ffrindiau.

'Rwyt ti mor lwcus bod cath gyda ti,' meddai Sara. 'Mae alergedd i ffwr cathod gan Dad. Wel, dyna mae e'n ddweud, beth bynnag. Ac mae Mam yn poeni am eu crafangau nhw. Mae llawer o lyfrau wedi'u rhwymo mewn lledr gyda ni ac mae hi'n dweud y byddai cath yn eu defnyddio nhw i grafu.'

'Wel, rydyn ni'n hoffi ffwr Lwcus. Fe fyddai'n well gen i ei lapio hi am fy ngwddf yn y gaeaf yn lle sgarff i gadw'n gynnes braf. Ac mae popeth sydd gyda ni wedi'i grafu, beth bynnag,' meddai Dad. 'Dwi'n hoffi crafu fy hunan, erbyn meddwl.' Plygodd ei goesau fel mwnci a chrafu ei frest.

'Dad!' meddwn i.

'Wwps! Sori. Mae'n well i mi fynd i gael cawod nawr. I gael gwared ar y llau.'

'*Dad!*' meddwn i.

Rhedodd Dad i fyny'r grisiau a gwneud synau mwnci. Rholiais fy llygaid a chwarddodd Sara.

'Gad i ni roi brecwast i Lwcus,' meddwn i.

Roedd bwyd cath Lwcus yn edrych yn eithaf ych a fi – rhyw stwff gludiog, llawn lympiau. Ond roedd hi'n ei hoffi. Bwytaodd y cyfan, cnoi ei bisgedi sych ac yfed llymaid o'i phowlen ddŵr wrth i ninnau'n dwy fwynhau ei gwylio. Wedyn defnyddiodd ei phadell newydd i wneud ei busnes. Edrychodd Sara a finnau draw.

Dangosais i Sara beth i'w wneud ag e.

'Mae e braidd yn dröedig, ond ddim hanner cynddrwg â newid clwt Teigr,' meddwn i. 'O diar, mae'n rhyfedd iawn. Dwi hyd yn oed yn gweld eisiau Teigr, er nad ydw i'n gweld eisiau ei newid e!

Efallai y bydd e'n defnyddio'r tŷ bach fel bachgen mawr pan ddaw e 'nôl o Awstralia!'

Golchon ni ein dwylo a llyfodd Lwcus ei phawennau. Yna gosodon ni'r pethau brecwast ar y ford. Daeth Dad aton ni wedyn. Roedd ei wallt yn wlyb ac yn sefyll ar ei ben ar ôl cael cawod. Roedd e'n gwisgo ei grys-T wyneb hapus a'i drowsus loncian. Byddwn i wedi marw petai e'n eu gwisgo nhw o flaen Rhiannon, ond roeddwn i'n teimlo'n ddiogel gyda Sara.

Cafodd y ddwy ohonon ni bowlen fawr o rawnfwyd i frecwast. Arllwysodd Sara ei rhai hi i'w phowlen ac yna dechreuodd gyffwrdd â phob un â blaen ei llwy.

'Beth wyt ti'n ei wneud?' meddai Dad.

Aeth Sara'n goch i gyd. 'Dim ond gweld sawl un sydd gyda fi,' meddai'n dawel.

'Mae digon o rawnfwyd yma, cariad. Mae pecyn arall yn y cwpwrdd,' meddai Dad.

'Na, Dad, mae Sara'n hoffi cyfrif pethau.' Gwenais ar Sara. 'Rwyt ti siŵr o fod yn cyfrif i weld a oes cant yn union gyda ti.'

'Dwi'n siŵr bod cant gyda ti,' meddai Sara.

'Wel, pam na wnewch chi arllwys y grawnfwyd ar blât, y ddwy dwpsen? Fe fyddan nhw'n llawer haws i chi eu cyfrif nhw wedyn. Wyt ti eisiau paned o de, Sara? Wyt ti'n cymryd siwgr? Gobeithio nad wyt ti'n mynd i gyfrif yr holl ronynnau siwgr – fe gei di lygaid croes.'

Gwnaeth Dad lygaid croes ei hunan, a thynnu wyneb doniol. Chwarddodd Sara a thynnu wyneb doniol 'nôl.

'Dwi'n *hoffi* dy dad,' sibrydodd pan aethon ni lan lofft.

'Dw i'n hoffi dy dad *di*,' meddwn i'n gwrtais.

'Mae dy dad di'n fwy o sbri. A does dim gwahaniaeth gyda fe 'mod i'n cyfrif pethau. Mae Dad yn mynd yn wyllt. Mae e'n dweud mai ymddygiad gorfodaeth obsesiynol yw e ac y dylwn i fynd i gael help.' Oedodd Sara. 'Wyt ti'n meddwl fy mod i dipyn bach yn rhyfedd, Fflos?'

'Ddim o gwbl. Efallai bod dy dad di'n glyfar dros ben ond dyw e ddim yn gwybod popeth. Rwyt ti'n hoffi rhifau. A dwi'n hoffi gwneud rhestrau. *Iawn 'te*, beth am i ni wneud rhestr o'r holl bethau mae'n rhaid i ni eu gwneud heddiw,' meddwn i, a mynd i'r ystafell wely.

Gwnes dipyn o ffws wrth chwilio am lyfr nodiadau a phensil. Doeddwn i ddim eisiau i Sara orfod chwilio am rywbeth neis i'w ddweud am fy ystafell wely. Roedd hi'n edrych yn llai, ac yn fwy anniben nag arfer gyda'r holl focsys cardfwrdd ym mhobman. Cwtsiodd Sara ar y cwilt yn y cornel.

'Efallai bydd ychydig o ffwr arno fe. Dwi'n gadael i Lwcus gysgu arno ar hyn o bryd,' meddwn i.

'Fe geisia i gael ffwr drosta i er mwyn gweld a fydd Dad yn tisian,' meddai Sara.

Cododd ei llaw at fy nghlustog. Roedd Elen a Pawen yn cuddio'n swil oddi tano, ond roedd eu pawennau gwlanog yn y golwg.

'Pwy ydyn nhw?' gofynnodd, a rhoi ei llaw arnyn nhw.

Gwnes i Elen wneud pirwét, a chwifio'i thrwnc. Aeth Pawen yn swil iawn a bu'n cuddio am amser hir. Ond yn y diwedd llwyddon ni i'w berswadio i ddod allan.

'Maen nhw mor hyfryd,' meddai Sara. 'Ond does dim dillad gyda nhw! Gad i ni wneud dillad yn nes ymlaen. Dyna rywbeth i'w roi ar dy restr, Fflos.'

'O ie! Wyt ti'n gallu gwnïo go iawn, Sara?'

'Ydw, mewn ffordd.'

'Dy fam ddangosodd i ti, ie?' gofynnais yn hiraethus.

'Nage, dyw Mam ddim yn gallu gwnïo botymau, hyd yn oed. Mae Dad yn gwnïo ychydig bach. Fe weithiais i allan sut i wneud gwahanol bwythau er mwyn rhoi darnau at ei gilydd. Ond dwi ddim yn gwnïo'n dda iawn bob amser.'

'Rwyt ti'n *glyfar*, Sara.'

'Dwi ddim yn glyfar am ddychmygu pethau fel ti,' meddai hi. 'Rwyt ti'n gallu chwarae esgus mor dda, mae fel rhywbeth go iawn. Fel Elen a Pawen. Oes doliau a thedis eraill gyda ti?'

'Nac oes,' meddwn i'n drist. 'Fe fues i'n ffôl iawn. Fe daflais i'r cyfan achos bod Rhiannon yn gwneud i mi deimlo 'mod i'n fabi. Dwi'n casáu meddwl eu bod nhw'n pydru'n drist ar ryw domen sbwriel yn rhywle. Trueni na roddais i angladd go iawn iddyn nhw. Hei, fe fyddai hynny wedi bod yn cŵl mewn rhyw ffordd ryfedd – angladd doli! Fe allen nhw fod wedi cael arch bocs esgidiau yr un. Fe fyddai'n union fel petai trychineb fawr wedi taro gwlad y doliau. Efallai bod rhyw degan robot dwl wedi bod yn saethu a lladd yr holl ddoliau Barbie oedd gyda fi!'

'Fe allen ni wneud gwasanaeth coffa. Mae hynny'n digwydd ychydig fisoedd ar ôl yr angladd. Aeth Mam i un i brifathro'r coleg lle roedd hi'n gweithio. Mae pawb yn canu emynau ac yn adrodd cerddi am y person sydd wedi marw. Fe allen ni wneud hynny ar gyfer y doliau.'

'Fe rown ni hynny ar y rhestr! Gwasanaeth coffa a gwneud dillad i Elen a Pawen. A dwi'n gwybod am rywbeth arall y byddwn i wir yn hoffi ei wneud. Wyt ti erioed wedi gwneud breichled gyfeillgarwch, Sara?'

'Nac ydw, ond fe fyddwn i'n dwlu cael gwneud un. Fe wnaf i un i ti, ie?'

'Ac fe wnaf i un i ti. Dwi wedi gwneud un i Dad; un las yr un lliw â'i jîns e.'

Clywson ni Dad yn cerdded yn drwm i fyny ac i lawr y grisiau, yn symud bocsys.

'Awn ni i'w helpu fe?' meddai Sara.

'Ie, gwell i ni wneud. Dyna'r peth cyntaf ar y rhestr. RHIF UN: PACIO PETHAU'R TŶ.'

Ysgrifennais hyn mewn llythrennau bras. Ond haws dweud na gwneud. Roedd hi'n ddigon hawdd pacio fy mhethau i achos bod Mam wedi chwynnu popeth yn barod. Llenwodd Sara a finnau un bocs ag esgidiau, dillad isaf, dillad nos a phethau ymolchi. Llenwon ni focs arall â fy nillad gartref a dillad ysgol a'r ffrog dywysoges. Roeddwn i'n gwisgo'r dillad brynodd Mam i mi ar fy mhen-blwydd. Gadewais y dillad denim â diemwntau ffug yn y cwpwrdd dillad tan y diwedd.

'Beth yw *hwn*?' meddai Sara, a gwisgo'r cap.

Diolch byth, roedd y cap yn edrych yn ddwl arni hithau hefyd. Atgoffais hi am fam Rhiannon.

'Mae'n siŵr mai bod yn garedig oedd hi – ond dwi'n casáu'r dillad. Dwi'n edrych yn ffŵl ynddyn nhw,' meddwn i.

'Wel, does dim rhaid i ti eu gwisgo nhw,' meddai Sara. 'Efallai y dylwn ni olchi popeth mewn dŵr berwedig yn y peiriant golchi. Wedyn byddan nhw'n mynd yn fach ac yn ffitio Elen.'

'Ie, fe fydd hi'n edrych yn annwyl iawn ynddyn nhw, ac fe fyddai'r cap yn gweddu i'w chlustiau mawr.' Gwasgais y dillad yn fach a'u stwffio nhw yn y bocs. Roedd hynny'n deimlad braf, fel petawn i'n stwffio Rhiannon yn y bocs hefyd.

'Alla i ddim dioddef Rhiannon nawr,' meddwn i. 'Hi oedd fy ffrind gorau, ond nawr hi yw fy ngelyn pennaf! Hi a Marged.'

Doedd Rhiannon ddim yn gallu pigo arnon ni yn y dosbarth mwyach achos ein bod ni wedi symud y bwrdd y tu hwnt i'w chyrraedd. Ond roedd hi a Marged a Ffion yn dal i lechu yn y coridorau amser cinio. Roedden nhw'n galw enwau twp arnon ni ac yn dweud pethau cas a chwerthin yn uchel wedyn. Roedd Marged yn gwisgo'r freichled cwarts rhosyn nawr. Rhaid bod Rhiannon wedi'i rhoi hi iddi. Doedd dim ots gyda fi o gwbl!

Roedd hi'n ymddangos mai Rhiannon a Marged oedd y ffrindiau gorau nawr. Roedd Ffion yn dal i fynd o gwmpas gyda nhw, yn dweud jôcs gwael. Ond roedd Rhiannon a Marged yn gwenu ac yn ei hanwybyddu hi.

'Dwi'n teimlo trueni dros Ffion, braidd,' meddwn i. 'Hi yw'r unig un sydd heb ffrind gorau go iawn nawr.'

'Paid â theimlo trueni drosti. Mae hi wedi bod yn gas iawn wrthot ti a fi,' meddai Sara. 'Hi ddechreuodd yr holl fusnes Sara'r Swot – *a'r* Sglodsen Ddrewllyd.'

Oedais. Plygais fy mhen, a dechrau ffroeni'r dillad yn y bocs yn dawel bach. Wedyn, claddais fy mhen yn fy mrest ac anadlu'n ddwfn, i geisio fy ffroeni *i*.

'Wyt ti'n gwneud *ioga*, Fflos?' meddai Sara.

'Nac ydw, nac ydw, dwi'n . . . Clyw, Sara, *ydw* i'n drewi o sglodion? Dwedodd Mrs Huws y dylwn i hongian fy nillad yn yr awyr iach. Ond dydy hynny ddim yn hawdd, oni bai bod lle i roi'r pegiau wrth y siglen. Dyna'r peth gorau. Fe fydd rhaid i mi gael Dad i dynnu'r siglen yn rhydd. Fe gymerodd hi *oesoedd* iddo fe'i gosod hi yn y lle cyntaf.'

'Dwi'n *dwlu* ar siglenni. Beth am roi "mynd ar y siglen" ar y rhestr?' awgrymodd Sara.

'Wel, dwyt ti ddim yn gallu siglo'n *iawn*. Mae hi'n mynd yn gam, braidd. Ond wrth gwrs y gallwn ni fynd ar y siglen. Fe newidiaist ti'r pwnc yn gynnil iawn fan'na. Dwi *yn* drewi o sglodion, on'd ydw i?'

'Wyt, rwyt ti yn. Rwyt ti'n arogli'n flasus iawn. Ac os nad wyt ti'n ofalus, fe fydda i'n dy fwyta di bob tamaid,' meddai Sara. Cydiodd yn Elen a Pawen. 'Iym iym iym!' meddai, a gwneud i'w cegau bach gwlanog fy nghnoi i.

Chwarddais lond fy mola – roedden nhw'n fy ngoglais i. Wedyn, rhoddais gwtsh cyflym i Sara. 'Ti yw'r ffrind gorau yn y byd, Sara,' meddwn i. 'Beth am fod yn ffrindiau gorau am byth?'

'Ie, am byth bythoedd,' meddai Sara, yn ddifrifol. 'Gawn ni fod yn ffrindiau drwy'r gwyliau haf i gyd?'

'Wrth gwrs y gallwn ni. Fe allwn ni chwarae gyda'n gilydd drwy'r amser.'

'Fe fyddai hynny'n hyfryd – ond fe fyddwn ni'n treulio peth o'r amser yn ein tŷ ni yn Ffrainc. Ond fe ysgrifenna i a ffonio hefyd yn aml, iawn? Wyt ti'n fodlon bod yn ffrind i mi o hyd?'

'Wrth gwrs hynny. A hyd yn oed os bydd Dad a

finnau'n symud i fyw i rywle arall ar ôl aros yn nhŷ Seth y Sglods, wyt ti'n fodlon bod yn ffrind i mi o hyd?'

'Wrth gwrs. Hyd yn oed os byddi di'n mynd i Awstralia i fyw gyda dy fam yn y diwedd. Mewn gwirionedd, fe ddof i i ymweld â ti a chwarae gyda'r eirth coala.'

'A beth os bydda i'n symud i'r lleuad? Wnei di ddod i ymweld â fi yn dy siwt ofod a dawnsio gyda fi yn dy esgidiau lleuad?'

Dechreuais ddawnsio fel petawn i ar y lleuad, yn bownsio'n araf. Daeth Sara i ddawnsio hefyd. Dawnsion ni rhwng y bocsys cardfwrdd ac o'u cwmpas nhw.

Rhoddodd Dad ei ben o gwmpas y drws a chwerthin arnon ni. Rhoddodd focs cardfwrdd gwag am bob troed a dechrau baglu o gwmpas yn dawnsio'n ddwl, fel pe bai ar y lleuad. Wedyn buon ni i gyd yn ein dyblau'n chwerthin ar lawr.

'Dwi ddim yn gwybod pam dwi'n chwarae fan hyn. Mae cymaint i'w wneud o hyd,' meddai Dad.

'Dim ond pacio'r llyfrau a'r creonau a phethau yn fy nghês pinc ag olwynion sydd ar ôl. Wedyn fe ddown ni i roi help llaw i ti, Dad,' meddwn i.

'Fe allwn ni roi rhif ar bob blwch ac ysgrifennu beth sydd ynddo fe,' meddai Sara.

'Rwyt ti'n amlwg yn ferch sy'n hoffi cael trefn ar bethau,' meddai Dad.

252

Roedd Sara'n wych am gael trefn arnon ni'n dau. Daeth hi o hyd i hen dâp gludiog brown i selio pob bocs. Felly roedden ni'n gallu rhoi un ar ben y llall.

Gorffennon ni bacio fy ystafell i, er i ni adael dillad glân allan ar gyfer yfory, ac Elen a Pawen a'r set wnïo a chwilt Lwcus. Doedd hi ddim yn rhy hoff o'r holl symud o gwmpas yma ac aeth i ganol y cwilt. Dim ond ei thrwyn a'i wisgers oedd i'w gweld.

Dechreuodd Dad bacio yn ei ystafell wely ac aethon ni i ddechrau ar y gwaith yn y lolfa. Doedd dim llawer iawn i'w bacio yno. Pacion ni:

1. Y cloc cwcw (er nad oedd e'n gweithio). Mam-gu oedd wedi ei roi e'n anrheg briodas i Mam a Dad. Roedd y bysedd yn sownd ar bedwar o'r gloch ers blynyddoedd maith. Roedd y gwcw'n pwdu yn ei thŷ, er ei bod hi'n bosibl ei gweld hi wrth agor y drysau bach.

2. Y calendr moto-beics. Roedd Dad wedi tynnu llun sêr a wynebau'n gwenu bob penwythnos gyda *Fflos* mewn ysgrifen glwm. Y mis diwethaf roedd e wedi ysgrifennu *Fflos! Fflos! Fflos!* ym mhob blwch.

3. Y ffotograff o Mam a Dad a fi'n fach ar lan y môr, yn eistedd ar y tywod ac yn bwyta hufen iâ. Roeddwn i'n cofio'r diwrnod hwnnw – y tywod twym a'r hufen iâ oer yn diferu ar fy mol.

'Roeddet ti'n annwyl iawn pan oeddet ti'n ferch fach, Fflos. Edrycha ar dy gyrls fflyfflyd di,' meddai Sara. 'Roedd dy fam yn bert iawn hefyd. Mae hi'n edrych mor ifanc!'

Roedd Mam yn eistedd yn agos at Dad yn y ffotograff, ac yn llyfu ei hufen iâ e yn lle ei hufen iâ ei hunan. Roedd Dad yn esgus bod yn grac, ond roedd hi'n hawdd gweld ei fod e yn ei charu hi'n fawr.

Ochneidiais. 'Trueni nad oes modd i mi droi'r cloc yn ôl i'r adeg pan oedden ni i gyd yn hapus gyda'n gilydd,' meddwn i. Snwffiais yn drist.

Rhoddodd Sara ei llaw ar fy ysgwydd i gydymdeimlo. 'Mae angen swigod lapio arnon ni a dweud y gwir,' meddai. 'Dim ots, fe wnaiff papur newydd y tro yn iawn.'

Roedden ni'n gadael y teledu ar ôl achos doedd e ddim yn gweithio'n iawn, beth bynnag. Paciais fy hoff ffilmiau (rhif 4 ar y rhestr), yn y gobaith bod chwaraewr fideo gan Seth y Sglods. Ond o gofio am ei hen set radio, doedd hi ddim yn edrych fel petai'r offer trydanol diweddaraf ganddo.

Roedden ni'n gadael y bwrdd a'r cadeiriau. Roedd cylchoedd mygiau coffi dros y bwrdd i gyd ac roedd y brwyn ar sedd y cadeiriau'n dechrau dod yn rhydd ac yn eich pigo. Ond eisteddais ar bob un, a chofio'r adeg pan oedden ni'n deulu: Mam, Dad a finnau, gydag un gadair dros ben i'r tedis a'r doliau Barbie.

Roedden nhw o hyd yn cwympo oddi arni; roedd y tedis yn rhy lipa i eistedd yn iawn a'r doliau Barbie'n cwympo i'r llawr â'u coesau yn yr awyr. Byddai Mam yn gwylltio, ond byddai Dad bob amser yn fy helpu i'w rhoi 'nôl ar y gadair. Weithiau byddai'n rhoi ychydig o ffa pob neu sglodyn ar bob un o blatiau'r tŷ dol i'r teulu bach aflonydd.

'Felly doedd dy dad byth yn chwarae gêmau esgus gyda ti pan oeddet ti'n fach, Sara?' gofynnais.

'Roedd e'n darllen i mi ac yn gwneud lleisiau rhyfedd. Ac roedd e'n arfer chwarae gêmau pwyso a mesur a dyfalu geiriau ar ddarnau o gerdyn, ond rhyw fath o wersi oedd y rheiny. Roedd Mam weithiau'n chwarae cerddoriaeth ac roedd rhaid i mi actio beth oedd yn digwydd. Weithiau roedden ni'n esgus mai merch fach o Ffrainc o'r enw Suzanne oeddwn i. Ond dim ond rheswm i ddysgu cyfrif i gant yn Ffrangeg oedd hynny.'

'Rwyt ti mor glyfar, Sara,' meddwn i.

'Paid, wir!' meddai Sara, fel petawn i wedi'i sarhau hi.

'Dwi'n dy ganmol di! Rwyt ti'n llawer, llawer mwy clyfar na fi.'

'Dyw bod yn glyfar iawn ddim yn bwysig,' meddai Sara. Eisteddodd ar y soffa, ac ochneidio.

Es innau i eistedd ar ei phwys. Roedd pant mawr yn y soffa a'r defnydd melfaréd yn sgleinio. Roedd sawl staen mawr tywyll lle roedd Dad wedi colli coffi neu gwrw. Roedden ni'n gadael y soffa ar ôl hefyd ond roeddwn i eisiau mynd â hi gyda ni. Nid dim ond am mai dyna lle roedd Dad a fi'n cwtsio i weld y teledu. Pan oeddwn i'n fach, roedd y soffa'n gastell hud ac yn drên mawr ac yn bont dros y crocodeilod cas oedd yn cropian dros y carped.

'Tybed a allen ni fynd ag un o glustogau'r soffa?' meddwn i, a thynnu wrth un ohonyn nhw.

'Mae e'n edrych braidd . . . yn flinedig,' meddai Sara, mor garedig ag y gallai. 'Ac fe fyddai un glustog yn llenwi un bocs cyfan.'

'Byddai, mae'n debyg,' meddwn i, a rhoi mwythau i'r soffa fel petai'n anifail anwes anferth.

'Beth am fynd i weld sut mae dy dad yn dod ymlaen â'r pacio?' meddai Sara, gan dynnu fy sylw at rywbeth arall.

Roedd problemau tebyg gan Dad. Roedd e'n eistedd yn swp ar erchwyn y gwely, a'i ddillad wedi'u gwasgaru dros y cwilt. Felly roedd hi'n edrych fel petai ugain Dad yn gorwedd wrth ei ochr. Roedd pethau'n perthyn i Mam yno hefyd, dillad roeddwn i wedi anghofio amdanynt yn llwyr. Hen ŵn gwisgo pinc o ddefnydd tywel, ffrog ddisglair i fynd allan gyda'r nos, hen siaced wlân â choler ffwr, pâr o sliperi Tsieineaidd, sidan â gwaith gwnïo drostyn nhw, ond bod un o'r pili palod yn datod.

'Dad?' meddwn i, a mynd i eistedd ar ei bwys, tra oedd Sara'n hofran yn gall yn y drws. 'O ble ddaeth

pethau Mam i gyd?' Codais un o'r sliperi, a rhwbio
fy mys dros y sidan. Cofiais fel roeddwn i'n arfer
eistedd a gwylio'r teledu oesoedd yn ôl. Roeddwn i'n
arfer pwyso yn erbyn coesau Mam ac anwesu ei
sliperi sidan, gan redeg fy mysedd dros y brodwaith.

'Fe adawodd dy fam nhw yn ei hanner hi o'r
cwpwrdd dillad pan aeth hi gyda Steve. Doedd hi
mo'u heisiau nhw. Fe ddylwn i fod wedi cael gwared
arnyn nhw ar y pryd, ond allwn i ddim.'
Ochneidiodd Dad ac ysgwyd ei ben ar ei hunan.
'Dwi'n dwp, on'd ydw i, Fflos?'

'Dwyt ti ddim yn dwp o gwbl, Dad.'

'Wel, mae'n bryd gwneud rhywbeth â nhw nawr.'

'Fe alli di eu cadw nhw. Fe baciwn ni nhw mewn
bocs cardfwrdd.'

'Na, na. Mae'n bryd eu taflu nhw allan. Ac yn
bryd taflu hanner fy mhethau innau hefyd.' Cododd
Dad y jîns oedd wedi cael eu rhwygo yn y ffair a
gwneud i'r coesau symud.

'Ro'n i'n meddwl dy fod ti'n mynd i'w cadw nhw
fel trowsus i'w wisgo wrth addurno'r tŷ.'

'Pwy ydw i'n ei dwyllo, dwed? Pryd bues i'n
addurno'r tŷ ddiwethaf, er mwyn popeth?'

'Fe fuest ti'n peintio fy nghist droriau i'n arian.'

'A gadael ei hanner hi heb ei pheintio.'

'Dwi'n dal i'w hoffi hi. Gaf i fynd â'r gist i dŷ Mr
Sglods, Dad? Fydd hi ddim yn cymryd llawer o le.'

'Iawn, iawn. Yn bendant, cariad bach. Felly sut

mae'r gwaith pacio'n mynd gyda chi'ch dwy yn dy ystafell wely di, Fflos?'

'Ry'n ni wedi gorffen, Dad. Mae Sara'n wych am roi trefn ar bopeth.'

'Wel, ry'n ni'n lwcus, on'd ydyn ni! Diolch yn fawr iawn, Sara, rwyt ti'n gariad. Trueni nad oedd ffrind da gyda *fi* i roi trefn arna i,' meddai Dad.

'Hoffwn i fod yn ffrind i chi hefyd, Mr Bowen,' meddai Sara. 'Fe allwn ni ddechrau rhoi trefn ar eich dillad chi nawr, os hoffech chi.'

'Rwyt ti'n garedig iawn, Sara,' meddai Dad. 'Ac fe allwn *i* ddechrau coginio rhywbeth bach i'w fwyta, a chithau wedi gweithio mor galed. Gadewch i mi weld . . . fyddech chi'n hoffi bytis sglods – neu fytis sglods – neu, yn wir, bytis sglods?'

Dyma ni'n dwy'n rhoi ein pennau at ei gilydd, i esgus meddwl am y peth. Wedyn dyma ni'n gweiddi gyda'n gilydd, '*Bytis sglods!*'

Roedd hi'n wych gweld Sara'n bwyta ei byti sglods cyntaf erioed. Rhoddodd Dad e ar y plât glas gorau, gyda salad tomato a letys a chiwcymbr. Anwybyddodd Sara'r plât a'r salad bach. Ddefnyddiodd hi mo'r gyllell a'r fforc roedd Dad wedi'u gosod wrth y plât. Cododd y byti sglods yn ei dwy law. Syllodd mewn rhyfeddod ar y rholyn bara meddal wedi'i hollti yn ei hanner ac yn llawn dop o sglodion euraidd, poeth. Agorodd ei cheg led y pen a chnoi darn mawr.

Caeodd ei llygaid wrth gnoi. Wedyn dyma hi'n llyncu ac yn gwenu.

'O diolch, Mr Bowen! Mae'n well na'r disgwyl, hyd yn oed. Dyma'r byti sglods gorau yn y byd!'

Ar ôl i ni fwyta pob tamaid o'r bytis sglods, aethon ni i roi trefn ar ddillad Dad hefyd. Gosodon ni nhw mewn tri phentwr: DA, DDIM YN RHY WAEL a TAFLU. Bu Sara'n cyfrif a finnau'n gwneud rhestr.

Dillad Dad:

DA – 12 eitem o ddillad, gan gynnwys un tei a sanau ac esgidiau a dillad isaf.
DDIM YN RHY WAEL – 20 eitem o ddillad.
TAFLU – 52½ EITEM (hen drowsus pyjamas oedd yr hanner – ddaethon ni ddim o hyd i'r siaced).

Chwarddodd Dad yn drist a dechrau taflu ei bethau'n ufudd i fag plastig mawr. Cydiodd yn hen ddillad Mam, oedi, ac yna dechrau eu taflu nhw hefyd.

'Efallai bod dim rhaid i ni daflu'r cyfan, Mr Bowen,' meddai Sara. 'Beth am i ni eu cael nhw?'

'Ydyn ni eisiau gwisgo i fyny ynddyn nhw?' gofynnais braidd yn amheus.

'Na, rydyn ni eisiau eu troi nhw'n ddillad i Elen a Pawen,' meddai Sara.

Cawson ni fenthyg siswrn cegin miniog Dad a phapur coginio i wneud patrymau. Cymerodd y cyfan *lawer* mwy o amser na'r disgwyl. Ond ar ôl dwy awr galed o waith roedd gan Elen ffrog ddawnsio ddisglair, roedd gan Pawen gôt ffwr, ac roedd gan y ddau ŵn gwisgo pinc, a sliperi pitw wedi'u clymu wrth eu pawennau ag edau gwnïo.

'Fe dorrwn ni'r coesau oddi ar jîns dy dad a gwneud siacedi denim bach iddyn nhw. Ac fe all Elen gael sgert ac fe all Pawen gael dyngarîs – fe fyddai e'n edrych yn bert!'

'A beth am gapiau?' gofynnais.

'Wel, fe allwn i roi cynnig arni. Ond i ti beidio â gwisgo dy gap di byth,' meddai Sara. Symudodd ei bysedd. 'Maen nhw'n gwneud *dolur* nawr.'

'A fy rhai i. Ond roeddwn i eisiau gwneud breichledau cyfeillgarwch hefyd.'

'Fe allwn ni eu gwneud nhw rywbryd eto,' meddai Sara. 'Fe fydd hen ddigon o amser gyda ni. Rwyt ti'n fodlon dod i'n tŷ ni, on'd wyt ti, Fflos?'

'A dwi'n siŵr na fydd gwahaniaeth gan Seth y Sglods dy fod ti'n dod i'w dŷ e. Ac wedyn . . . ' Aeth fy llais yn dawel. Doedd dim syniad gyda fi ble y bydden ni wedi hynny. Roedd hynny'n codi ofn arna i. 'Beth am fynd ar y siglen?' meddwn i'n gyflym. 'Mae hi ychydig yn gam ond mae'n dal yn bosibl mynd yn uchel os wyt ti'n cicio dy goesau'n galed.'

Allan â ni i'r ardd gefn. Daeth Lwcus gyda ni a

ffroeni o gwmpas y biniau sbwriel. Roeddwn i'n poeni pan oedd hi'n mynd o'r golwg, ond fe ddaeth hi 'nôl bob tro.

Gadewais i Sara gael y cynnig cyntaf ar y siglen, ond doedd hi ddim yn arbennig o dda. Felly, sefais ar y sedd y tu ôl iddi a thynnu ar y rhaffau a phlygu fy mhennau gliniau i gael y siglen i symud. Aethon ni ddim mor uchel â *hynny*, ond buon ni'n esgus ein bod ni'n mynd fry i'r awyr, dros y coed, yn hedfan yn bell dros y twˆr uchaf, i fyny ac i fyny ac i fyny.

'Wiiii! Rydyn ni'n mynd dros y môr nawr,' gwaeddais. 'A dyna'r tir eto! Wyt ti'n gweld yr adeiladau uchel yna? Rydyn ni dros America!'

'Mae'n fwy tebygol mai Ffrainc yw e,' meddai Sara a'i gwynt yn ei dwrn.

'Na, na, edrycha, ry'n ni'n hofran d-r-a-w ac i l-a-w-r, a dyna Awstralia! Wyt ti'n gweld y cangarwˆod? Wwps, bwmerang oedd hwnna. Pwy sy'n codi ei llaw lawr fan'na? Mam sy 'na! Helô, fi Fflos sy 'ma. Dere i gwrdd â Sara, fy ffrind gorau.'

Dyma ni'n dwy'n tynnu un llaw oddi ar raff y siglen a chwifio'n wyllt.

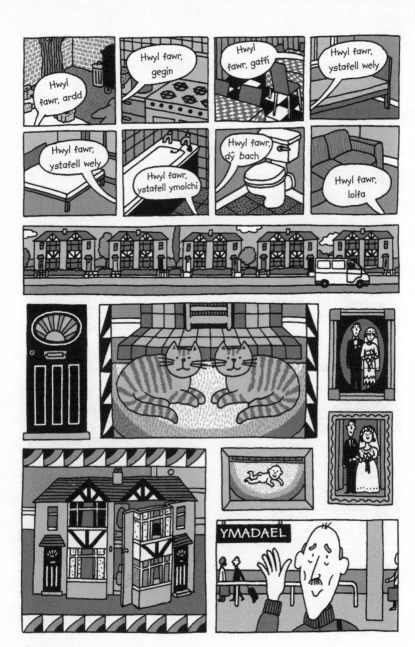

18

Fore Sul, llwythodd Dad a finnau'r bocsys cardfwrdd â'r labeli taclus yn y fan. Wedyn bu Dad yn gwthio'r gist ddroriau lliw arian a'r siglen i'r car. Hefyd, cafodd hyd i le i'w hen chwaraewr CDau a'r sosbenni a'r padelli a'r llestri a llond bocs o offer hanfodol nad oeddwn i erioed wedi'i weld yn eu defnyddio.

Bu'n loetran am dipyn yn yr ardd, yn symud y darnau beic modur. Gosododd y cyfan ar y concrit, fel petaen nhw'n ddarnau o bos jig-so i adeiladu beic Harley Davidson yn y fan a'r lle, dim ond iddo roi trefn arnynt. Symudodd y darnau o gwmpas fel petai'n edrych am ddarn o awyr neu ymyl union. Wedyn, ochneidiodd.

'Beth wnaf i â'r holl stwff 'ma, Fflos?' meddai. 'Dwi wedi bod yn casglu'r pethau yma ers blynyddoedd maith, ers pan oeddwn i yn fy arddegau.'

'Gad i ni fynd â'r cyfan gyda ni, Dad.'

'Ie, ond beth *wnaf* i ag e?'

'Adeiladu dy feic modur arbennig dy hunan, Dad. Fe fyddai hynny'n cŵl dros ben.'

'Byddai, byddai, petawn i'n ugain oed – ond dwi bron yn bedwar deg, Fflos. Dwi'n hen dad boliog. Dwi'n amau y byddwn i'n ddigon dewr i ruo ar hyd y ffyrdd ar feic, hyd yn oed petai beic gyda fi. Na, man a man i mi adael y cyfan fan hyn. Efallai byddan nhw'n ddefnyddiol i rywun arall.'

'Ond rwyt ti mor hoff ohonyn nhw, Dad. Maen nhw'n rhan ohonot ti.'

'Ti yw'r unig ran ohono i dwi eisiau ei chadw hi am byth, Fflos. Mae'n amser symud ymlaen. Rhaid dweud hwyl fawr wrth Gaffi Cledwyn.'

'Beth am fynd o gwmpas i ddweud hwyl fawr wrth bob ystafell, Dad. Fyddai hynny'n hollol wallgof?'

'Iawn, cariad, awn ni ar daith fach o gwmpas y lle.'

Dwedon ni hwyl fawr wrth y gegin a cheisio cyfrif sawl byti sglods y gallai Dad fod wedi'u gwneud, o'r dydd cyntaf pan agorodd y caffi. Roedd hi fel petai miloedd o ysbrydion bytis sglods yn hofran o'n cwmpas fel galaethau yn y gofod pell.

Wedyn dwedon ni hwyl fawr wrth y caffi ei hunan. Eisteddon ni wrth bob bwrdd a chodi gwydr o lemonêd i ddymuno'n dda i'n cwsmeriaid arbennig, Seth y Sglods annwyl, Teifi Tew a Miss Davies. Hefyd, buon ni'n meddwl am bobl roedden ni wedi cofio amdanyn nhw dros y blynyddoedd: y dyn â'r wyneb coch oedd wedi archebu deg byti sglods a'u bwyta bob un, llowc, llowc, llowc; y pâr oedd yn dal dwylo oedd wedi archebu pryd o fwyd o'r gril a dweud yn swil mai eu brecwast priodas oedd e; y fenyw a ddaeth i mewn gyda'i chi labrador ac archebu un byti sglods iddi hi ei hunan ac un i'r ci.

Yna aethon ni lan lofft a dweud hwyl fawr wrth fy ystafell wely. Dwedodd Dad wrtha i sut roedd e a Mam wedi dod â fi adref o'r ysbyty ar ôl i fi gael fy ngeni a'm rhoi'n glyd mewn basged Moses. Treulion nhw oriau ac oriau'n ceisio fy nghael i fynd i gysgu. Ac wedyn pan es i gysgu yn y diwedd, roedden nhw'n poeni cymaint fel y deffron nhw fi eto i wneud yn siŵr fy mod i'n dal i anadlu.

'Ti'n gwybod, dwi'n dal i ddod i mewn yn dawel weithiau pan fyddi di'n cysgu i wneud yn siŵr dy fod ti'n anadlu,' meddai Dad.

Dwedon ni hwyl fawr wrth ystafell wely Dad a'r ystafell ymolchi a'r tŷ bach, ac wedyn dwedon ni hwyl fawr drist iawn wrth y lolfa.

'Beth am gael cwtsh ar y soffa am y tro olaf, Fflos?' meddai Dad.

Dyma ni'n cwtsio gyda'n gilydd a chyfnewid atgofion wrth i ni wylio'r sgrin deledu wag. Roedd hi'n union fel petai ffilmiau o'n bywyd ni fel teulu ar y sgrin – adegau hapus, amser maith yn ôl, pan oedd Mam a Dad a Fflos gyda'i gilydd.

Ochneidion ni'n dau. Yna cusanodd Dad fy mhen a dweud yn dawel, 'Gad i ni fynd nawr, cariad bach.'

Roedd Lwcus yn cuddio yn ei chwilt. Roedd hi'n synhwyro bod rhywbeth ar droed. Roedd hi wedi cymryd amser i benderfynu a oedd hi eisiau dod i fyw yn ein tŷ ni, a nawr roedden ni'n disgwyl iddi adael cyn iddi ymgartrefu'n iawn. Doedd hi ddim eisiau cael ei chodi, ac roedd rhaid i mi ddal yn dynn ynddi, yn y cwilt a'r cyfan i gyd. Mewiodd yn gas arnaf i'w rhoi i lawr.

'Mae'n rhaid i mi ddal fy ngafael arnat ti'r tro yma, Lwcus. Rydyn ni'n symud i dŷ newydd nawr. Fe fyddi di'n hoffi'r lle hefyd, fe gei di weld,' meddwn i, er nad oeddwn i'n siŵr iawn am hynny chwaith.

Gyrrodd Dad ni'n araf ac yn ofalus allan o'r dref i dŷ Seth y Sglods. Roedd strydoedd hir o dai yn arddull y Tuduriaid, rhes ar ôl rhes o dai pâr yn union yr un fath, gyda phaneli du a gwyn a lawntiau bach a chloddiau taclus. Roeddwn i'n siŵr y byddwn i'n mynd ar goll gan fod pob stryd yn edrych yr un fath. Cydiais yn dynn yn Lwcus.

'Dyma ni, cariad,' meddai Dad, a pharcio y tu allan i rif pedwar, Ffordd y Deri.

Syllon ni ar y tŷ. Doedd y clawdd ddim yn daclus iawn a doedd y lawnt ddim wedi'i thorri ers tro.

'Druan â Seth. Mae'r lle'n amlwg yn mynd yn ormod iddo,' meddai Dad. 'Fe wnawn ni ein gorau i dacluso'r lle iddo fe, o'r gorau, Fflos?'

'O'r gorau, Dad,' meddwn i, mewn llais bach.

Roeddwn i'n teimlo fel Lwcus, a oedd yn dal i fewian yn druenus yn ei chwilt. Doeddwn i ddim eisiau dechrau byw yn y tŷ anniben yma. Doedd y lle ddim yn perthyn i mi o gwbl.

Meddyliais am y tocyn awyren. Roedd Dad wedi'i dynnu allan o ddrôr y gegin a'i roi i mi i ofalu amdano. Roeddwn i wedi'i blygu'n ofalus ac wedi ei roi yng nghas plastig fideo *The Railway Children*. Roeddwn i wedi agor y cas ugain a mwy o weithiau dros yr ychydig ddiwrnodau diwethaf, i wneud yn siŵr fod y tocyn yn dal yn saff.

Doeddwn i ddim yn mynd i'w ddefnyddio. Allwn i ddim gadael Dad. Allwn i ddim gadael Sara. Allwn i ddim gadael Lwcus – er fy mod i wedi gofyn yn dawel bach i Mrs Huws a oeddech chi'n cael mynd ag anifeiliaid ar awyrennau.

Estynnodd Dad ei law a dal fy llaw innau. 'Wyt ti'n iawn, Fflos fach?' meddai.

Tynnais anadl ddofn. 'Iawn, Dad mawr,' meddwn i.

Daethon ni allan o'r fan. Daliais yn dynn yn Lwcus. Roedd hi'n awyddus i mi ei rhoi ar y llawr ar ôl dod o'r fan swnllyd. Felly symudodd hi ei phawennau'n wyllt a chrafu fy ngwddf. Roeddwn i'n gwybod mai damwain oedd hi ond roedd e'n brifo, ac yn brifo fy nheimladau hefyd. Roedd rhaid i mi gau fy llygaid am eiliad a gwasgu fy ngwefusau at ei gilydd rhag i mi ddechrau crio. Roeddwn i'n gwybod bod Dad yn syllu arna i'n bryderus. Ceisiais roi gwên ar fy wyneb. Roedd Dad yn gwneud ymdrech fawr i wenu hefyd.

Curon ni ar ddrws Seth. Doedd curwr y drws

ddim yn loyw ac roedd y paent du'n plisgo, ond roedd ffenestr liw hyfryd yn y drws, haul mawr crwn a phelydrau hir – y math o haul roeddwn i'n arfer tynnu llun ohono pan oeddwn i yn y dosbarth babanod.

Agorodd y drws a dyna lle roedd Seth yn edrych yn fwy gwelw a bregus nag erioed. Ond roedd e'n edrych yn falch mewn siwt loncian neilon, ryfedd ac roedd bag arian wedi'i glymu o gwmpas ei fol tew.

'Dwi'n barod i deithio,' meddai, gan roi ei law ar y bag ac agor ei freichiau neilon ar led i ni gael ei weld. 'Beth rydych chi'n ei feddwl am y dillad newydd? Ro'n i eisiau bod yn gyfforddus ar y daith.'

'Rwyt ti'n edrych yn smart iawn, Seth. Bydd y gweinyddesau ar yr awyren yn hofran o dy gwmpas di fel gwenyn,' meddai Dad.

'O, doniol iawn,' meddai Seth, ond roedd e'n edrych yn falch. 'Wel, dewch i mewn 'te. Croeso i'ch cartref newydd. Dwi'n ofni nad yw hi'n fodern iawn yma. Dwi ddim yn hoffi newid pethau.' Agorodd y drws yn lletach ac i mewn â ni.

Arhoson ni'n llonydd ac agor ein llygaid yn yr hanner tywyllwch i syllu o'n cwmpas. Doedd y lle ddim fel cartref. Roedd yn union fel amgueddfa. Yn y cyntedd roedd bwrdd bychan a stand ymbarél a hen ffôn lliw hufen gyda deial crwn arno. Roedd mat wedi'i grosio o dan y ffôn, yn felyn gan henaint.

Roedd llawer mwy o fatiau wedi'u crosio yn lolfa Seth y Sglods. Roedd rhai ar gefn y soffa werdd, anniben ac ar bob braich hefyd. Roedd rhai tebyg ar y ddwy gadair freichiau werdd. Roedd rhagor o fatiau eto ar y set o fyrddau bach a rhagor eto fyth o dan y jygiau ar y silff-ben-tân.

Roedd mat hanner cylch mawr gwlanog o flaen y lle tân. Roedd dwy gath fawr dew yn gorwedd yn wynebu ei gilydd. Roedd eu pawennau nhw wedi'u sythu, a'u pennau wedi'u codi. Roedden nhw'n syllu arnon ni fel dau sffincs o'r Aifft. Mewiodd Lwcus yn ofnus yn fy mreichiau. Cydiais ynddi i'w hamddiffyn. Roedd cathod Mr Sglods fel teigrod mawr o'u cymharu â Lwcus fach.

Roedd rhagor o fatiau wedi'u gosod fel gêm o gardiau ar y seld hir. Roedd ffotograff ar bob un. Roedd hen ffotograffau o briodasau. Syllais ar bâr rhyfedd – dyn â mwstás bychan a choler uchel yn goglais ei ên, a'r wraig â'i gorchudd priodas dros ei thalcen.

'Mam a Dad yw'r rheina,' meddai Seth y Sglods a phwyntio atyn nhw fel petaen nhw'n bobl go iawn ac yn sefyll ar y seld. Pwyntiodd at bâr arall oedd newydd briodi, dyn ifanc tenau lletchwith a menyw eithaf tew yn hongian wrth ei fraich. 'A dyna Marian a fi.' Rhoddodd ei law'n ysgafn ar y gwydr dros fochau llawn Marian.

Roedd lluniau babi hefyd; bachgen bach noeth yn gorwedd ar yr un mat hanner cylch.

'Dyna fy mab i. Seth yw ei enw e hefyd,' meddai Seth.

'Oes fan sglodion gyda fe yn Awstralia, Mr Sglods?' gofynnais.

'Nac oes, fe wrthododd yn bendant â dod i mewn i'r busnes sglodion. Allwn i mo'i berswadio fe o gwbl. Aeth i ddysgu gweini mewn bar, a nawr mae gyda fe ei far gwin ei hunan yn Sydney. Mae'n siŵr ei fod e'n gweini sglodion fel rhywbeth bach i'w fwyta yn y bar. Ond dy'n nhw ddim yn eu galw nhw'n "sglodion" draw 'na. "French fries" neu "potato wedges" yw'r enwau ffansi arnyn nhw.' Snwffiodd Seth.

'Tybed ydy Mam a Steve yn mynd i'r bar gwin yna?' meddwn i.

'Mae Sydney'n ddinas fawr iawn, Fflos,' meddai Dad yn dyner. 'Mae dy fab wedi symud gyda'r oes, Seth,' meddai wrth Seth. 'Mae e'n ddyn clyfar. Yn llawer mwy clyfar na ti a fi.'

Doedd yr oes ddim wedi newid yn nhŷ Seth. Oedd, roedd teledu ganddo, ond roedd e hyd yn oed yn hŷn na'r un oedd gyda ni yn y caffi. Roedd hen gramoffon i'w weindio wrth ei ochr e, a phentwr o hen recordiau du mewn amlenni papur brown.

'Arswyd y byd, Seth, wyt ti wedi cadw'r rhain er pan oeddet ti'n ifanc?' meddai Dad, gan edrych drwyddyn nhw. 'Na, maen nhw'n hŷn na ti, siŵr o fod?'

'Rhai Mam a Dad oedden nhw,' meddai Seth. Pwyntiodd eto â'i hen fysedd crynedig. 'Symudon nhw yma'n syth ar ôl eu mis mêl. Roedd y tŷ yma'n newydd sbon – tŷ delfrydol Mam. Roedd e'n fodern iawn y dyddiau hynny.'

Roedd hi'n anodd meddwl am yr hen dŷ yma fel

tŷ *modern*. Ceisiais ddychmygu pâr yn dawnsio i gerddoriaeth y gramoffon, babi'n cropian ar y mat, chwerthin a gweiddi a drysau'n cau ac agor – ond arhosodd y tŷ'n ddistaw a thawel.

'Dewch i weld eich ystafelloedd,' meddai Seth.

Arweiniodd y ffordd i fyny'r carped treuliedig. Yna dangosodd bob ystafell i ni ar hyd y landin. Roedd hen fath yn yr ystafell ymolchi gyda staen rhwd o dan bob tap mawr a darnau o'r enamel wedi torri i ffwrdd.

'Dyw e ddim yn grand iawn, ond dwi'n cadw popeth yn lân,' meddai Seth.

'Mae e'n iawn, Seth, ac yn amlwg yn lân fel pìn mewn papur,' meddai Dad, a rhoi ei law yn ysgafn ar lawes neilon Mr Sglods. 'Rwyt ti'n llawer gwell na ni am gadw tŷ. Mae e'n codi cywilydd arnon ni, on'd yw e, Fflos?'

Roedd prif ystafell wely lle roedd mam a thad Seth yn arfer cysgu, wedyn Seth a Marian, a nawr dim ond Seth oedd yno. Roedd rhywbeth yn drist am y gwely mawr gwag oedd yn fy atgoffa i o ystafell wely Dad uwchben y caffi.

Roedd Dad yn amlwg yn hapus pan awgrymodd Seth y dylai gysgu yn yr ail ystafell wely. Ystafell sbâr oedd hon wedi bod erioed, gyda gwely sengl ynddi. Roedd hen rubanau pinc ar y llenni, ac roedd y matiau dros y bwrdd gwisgo'n binc golau hefyd. Roedd sgrin o flaen y tân â llun bwthyn to gwellt

271

wedi'i wnïo arno, a chwrlid pinc sidan wedi pylu ar y gwely. Roedd hi'n edrych fel ystafell i hen fenyw. Roedd Dad yn edrych yn rhy fawr ac yn rhy dew i ystafell fel hon, ond dwedodd wrth Seth ei bod hi'n hyfryd a'i fod e'n ddiolchgar dros ben.

'Fe feddyliais i y gallai Fflos fynd i ystafell Seth pan oedd e'n fach,' meddai Seth.

Dyna'r unig ystafell yn y tŷ nad oedd wedi aros yn y 1930au. Roedd hen bosteri â lluniau pêl-droedwyr arnyn nhw ar y wal a thâpiau cerddoriaeth roc ar ben ei gilydd fel blociau adeiladu. Mewn un cornel roedd hen dedi. Yn rhyfedd iawn, yng nghanol y carped, roedd tŷ dol. Tŷ dol o'r 1930au oedd e – *dau* dŷ – dau dŷ pâr yn gwneud un tŷ cyfan gyda tho teils coch, paneli du a gwyn a dau ddrws ffrynt.

Es ar fy nghwrcwd o'i flaen. Roeddwn i'n dal fy ngafael yn Lwcus o hyd. Ond wrth i mi ymgolli yn y tŷ, dyma hi'n gwasgu allan o un pen o'r cwilt a sefyll â'i chefn fel bwa, a'i chynffon yn syth. Doedd hi ddim yn siŵr iawn ble i fynd a hithau'n rhydd o'r diwedd.

'Edrycha ar y tŷ dol, Dad!' meddwn i.

Roedd bachyn ar un pen, felly codais e'n ofalus ac agorodd blaen y tŷ. Roedd dodrefn ym mhob ystafell – soffa a chadeiriau, byrddau a gwelyau bychain wedi'u cerfio o bren. Roedd clustogau bychain gwyrdd mewn un hanner o'r tŷ, a matiau bach wedi'u crosio, yr un maint â darn ceiniog.

'Eich tŷ *chi* yw e, Mr Sglods! Eich tŷ chi a'r un drws nesaf!' meddwn i'n syn. 'Ble *brynoch* chi fe?'

'Fi wnaeth e fy hunan, cariad,' meddai Seth. 'Syniad dwl oedd e, braidd. Roeddwn i'n arfer torri siapau yn y tatws wrth i mi eu crafu – cerfio wyneb neu fwnci, neu glown – beth bynnag oedd o ddiddordeb. Fe fyddwn i'n eu ffrio nhw i'r cwsmeriaid am hwyl. Ond pan oedd Seth bach ar ei ffordd, penderfynais wneud rhywbeth mwy parhaol. Roeddwn i'n siŵr mai merch fyddai e, felly dechreuais wneud tŷ dol. Syniad dwl, wir. Fyddai plant heddiw ddim eisiau chwarae â phethau fel hyn.'

'Fe fyddwn i, Mr Sglods,' meddwn i.

'Wel, mae croeso i ti chwarae ag e tra byddi di'n aros fan hyn, cariad,' meddai Seth.

'Wyt ti'n siŵr, Seth? Mae'n waith anhygoel o gain,' meddai Dad, a phenlinio o'i flaen. 'Mae Fflos yn ferch fach ofalus iawn ond dwi ddim yn siŵr a ddylai hi gael cyffwrdd ag e.'

'Na, na, popeth yn iawn, tegan yw e. Roeddwn i bob amser wedi gobeithio am ferch fach, ond dim ond mab gawson ni. Roeddwn i'n meddwl efallai y byddai *e*'n cael merch fach, ond does dim sôn am Seth yn priodi. Felly, os hoffai Fflos ei gael e, croeso mawr iddi.'

'O, Mr Sglods! Allwn i mo'i dderbyn e,' meddwn i – er 'mod i'n ysu am ei gael.

'Cymer di fe, bach. Fe addewais i anrheg ben-blwydd i ti a dyma fe. Fe gei di ychwanegu dodrefn ato fe os wyt ti eisiau. Fe wnes i rai mân bethau a Marian wnaeth y matiau. Ond roedden ni'n teimlo braidd yn ddwl pan nad oedd neb i chwarae â nhw. Felly, ti biau fe, Fflos.'

'Diolch, diolch, diolch,' meddwn i, a chodi fy mreichiau am ei wddf crychiog fel crwban i roi cwtsh iddo.

'Mae'n rhaid i ti beidio â gwneud rhagor o ffafrau i ni, Seth,' meddai Dad. 'Rwyt ti wedi bod mor dda wrthon ni.'

'Chi sy'n dda wrtha i, yn gofalu am y tŷ a'r cathod tra bydda i yn Awstralia.' Oedodd Seth. 'Dwi ddim yn rhy siŵr beth dwi'n ei wneud, yn mynd yr holl ffordd yno. Efallai na fydd y mab eisiau i mi ymweld ag e. Doedden ni ddim bob amser yn cytuno pan oedd e'n byw fan hyn. Doedden ni ddim yn ffrindiau mawr pan adawodd, chwaith.'

'Fe fydd e wrth ei fodd yn dy weld di, Seth. Mae bechgyn yn cweryla â'u tadau ac yn gadael cartref i ddilyn eu llwybr eu hunain drwy'r amser. Mae hynny'n ddigon naturiol. Ond mae e'n ddyn nawr ac fe fydd e wrth ei fodd yn cael cyfle i'th weld di.'

'Wyt ti wir yn meddwl hynny?' meddai Seth. Roedd e'n dal i swnio'n amheus.

'Mr Sglods, taswn i heb weld Dad ers blynyddoedd maith fe fyddwn i'n fodlon neidio i'r lleuad,' meddwn i.

'Taset ti'n gallu neidio i'r lleuad, fe allet ti arbed prynu tocyn,' meddai Seth, a rhoi ei law dros fy ngwallt cyrliog.

Dwi ddim yn hoffi pobl yn gwneud hynny i mi. Mae hyd yn oed yn codi fy ngwrychyn pan fydd *Dad* yn ei wneud e. Ond daliais fy nhafod a gwenu'n gwrtais. Dywedodd Mr Sglods fy mod i'n blentyn da a bod Dad yn lwcus ohono i. Wedyn dechreuodd dagrau ddod i'w lygaid. Dywedodd Dad ei fod yn gwybod hynny, ac roedd rhaid iddo sychu ei lygaid ei hunan â hances. Symudais yn aflonydd o droed i droed, yn teimlo'n dwp, braidd.

Mynnodd Seth wneud cinio dydd Sul i ni.

'Mae cyw iâr yn y ffwrn, a thatws rhost. Dwi ddim yn mynd i goginio sglodion, achos ti yw'r gorau am wneud sglodion a does dim pwynt ceisio cystadlu,' meddai Seth.

'Meistr Sglodion y Bydysawd,' meddai Dad gan guro'i fola tew a dangos ei gyhyrau.

Cafodd cathod Mr Sglods eu cinio eu hunain allan yn y gegin. Es i nôl powlen arbennig Lwcus a rhoi ychydig o fisgedi sych ynddi. Cododd Wisgi a Soda eu pennau o'u darnau pysgod nhw a llygadu powlen Lwcus. Cerddodd Wisgi draw'n araf ati. Dilynodd Soda. Llyfon nhw eu gweflau a mewian yn farus.

Roedden nhw bron yn ddwywaith maint Lwcus. Roeddwn i'n ofni y byddai un ergyd gan bawen Wisgi neu Soda'n gwneud iddi hedfan ar draws yr ystafell.

Doedd dim rhaid i mi boeni. Roedd Lwcus wedi bod yn byw ar y strydoedd. Roedd hi'n gwybod sut i amddiffyn ei thiriogaeth. Mewiodd yn gas a symud ymlaen yn sydyn, gwingo o dan eu trwynau a chladdu'i phen yn ei phowlen. Cododd ei chynffon a'i defnyddio i fwrw wynebau syn Wisgi a Soda. 'Nôl â nhw at eu powlenni eu hunain, gan esgus nad oedd gwahaniaeth ganddyn nhw.

Ar ôl iddyn nhw fwyta'u cinio, dyma Wisgi, ac yna Soda, yn gwasgu drwy'r fflap cathod i grwydro o amgylch yr ardd. Aeth Lwcus draw hefyd, a gwthio'i phen ar eu holau'n llawn chwilfrydedd. Dyma hi'n magu hyder, rhoi hwp i'r fflap a gwibio allan i'r ardd.

Rhedais at y ffenest a'i gwylio hi'n syllu o'i chwmpas mewn rhyfeddod, fel petai wedi cyrraedd gwlad hud. Aeth o gwmpas y gwely blodau yn y canol, a cheisio hela aderyn y to. Ond llwyddodd yr aderyn i hedfan o'i gafael bob tro roedd hi'n symud.

'Ydy Lwcus yn setlo'n iawn, Fflos?' meddai Dad, a dod draw at y ffenest.

'Ydy, dwi'n credu.'

'Beth amdanat ti, cariad?'

'Dwi'n credu fy mod i, Dad,' meddwn i, er nad oeddwn i wir yn siŵr.

Doeddwn i ddim *eisiau* byw yn nhŷ Seth. Ond roeddwn i'n gwybod na ddylen i fod yn meddwl fel hynny gan ei fod e mor hael a chroesawgar. Roedd y lle mor rhyfedd a henffasiwn ac roedd rhyw arogl yno, fel arogl dillad mewn siopau elusen. Roeddwn i'n gobeithio na fyddai rhyw hen arogl fel hyn arna i, yn ogystal ag arogl sglodion. Roedd Rhiannon a Marged a Ffion yn dal eu trwynau'n barod wrth sefyll ar fy mhwys.

Roedd hi'n rhyfedd – dim ond mis yn ôl, roeddwn i'n cymryd yn ganiataol bod gen i arogl powdr golchi/dillad glân/siampŵ fel pawb arall. Roedd gen i fam ac ystafell wely arbennig yn ein tŷ hardd. Roedd Rhiannon, hyd yn oed, wedi dweud mor hardd oedd y cwilt â phatrwm ceirios arno a'r llenni yn yr un defnydd. Nawr, doedd gen i *ddim byd* glân iawn na hardd.

Roeddwn i'n gwybod fy mod i'n teimlo trueni drosof i fy hun. Roedd Dad yn gwneud ei orau glas, a Mr Sglods wedi bod mor garedig yn rhoi'r tŷ dol hyfryd i mi. Ond treiglodd dau ddeigryn mawr ar hyd fy mochau heb yn wybod i mi.

Plygais fy mhen yn gyflym ond dwi'n credu bod Dad wedi gweld. Gwasgodd fy ysgwyddau'n dynn.

'Fe fyddwn ni'n iawn, Fflos.' Ychwanegodd yn dawel, 'dim ond rhywbeth dros dro yw hwn, cariad. Fe ddown ni o hyd i gartref hyfryd i ni cyn bo hir, fe gei di weld. Fe ddaw rhywbeth o rywle.'

Ceisiais ddychmygu cartref hyfryd yn dod o rywle: palas cwrel o'r môr, castell cymylau o'r awyr, caban pren hardd o'r mynyddoedd mawr. Caeais fy llygaid a llyncu'n galed i geisio atal gweddill y dagrau.

Ond arhoson nhw yn fy llwnc. Doeddwn i ddim yn gallu llyncu cinio cyw iâr Seth. Roedd wedi gwneud ei orau i wneud pryd hyfryd i ni, chwarae teg. Ond roedd y cyw iâr yn dal yn seimllyd o dan y croen. Roedd darnau bach du o'r ffwrn dros y tatws rhost. Ac roedd y bresych yn edrych ac yn arogli fel hen ddail wedi'u stiwio.

Dyma fi'n cnoi a chnoi a chnoi. Gallwn deimlo fy hunan yn mynd yn goch i gyd.

'Ydy'r cig yn iawn?' gofynnodd Seth yn bryderus.

'Mae popeth yn wych, Seth,' meddai Dad.

Teimlais e'n fy mhwnio o dan y bwrdd. Roedd e'n rhoi ei hances fawr i mi. Wedyn dechreuodd siarad â Seth am y fan sglodion a ble roedd e'n ei chadw hi a faint o'r gloch roedd e'n agor a chau gyda'r nos. Felly cefais gyfle i droi fy mhen a phoeri'r rhan fwyaf o'r pryd bwyd i'r hances, ac esgus sychu fy swch.

Pan gododd Dad i glirio'r bwrdd, llwyddodd i roi'r hances yn gyflym ar waelod bin sbwriel Seth. Edrychais arno'n ddiolchgar a chododd ei aeliau arna i.

'Beth am fynd i'r ardd gefn, Fflos?' meddai Dad. 'Cer i weld a oes coeden dda ar gyfer y siglen.'

Allan â fi drwy ddrws y gegin a cherdded ar hyd y darn lawnt yn y cefn. Roedd problem fawr. Roedd gan Seth wely blodau ar bob ochr – roedden nhw'n edrych yn debycach i welyau chwyn nawr – ond dim coed o gwbl. Roedd rhai llwyni, ond fyddai neb yn

278

gallu hongian siglen degan arnyn nhw – heb sôn am siglen go iawn.

Edrychodd Dad i fyny'n eiddgar pan lusgais fy ffordd yn ôl. Yna gwelodd yr olwg ar fy wyneb. Aeth ei wyneb yn drist hefyd.

'Popeth yn iawn, Dad. Dwi'n meddwl fy mod i'n rhy hen i fynd ar siglen nawr, beth bynnag,' meddwn i'n gyflym.

Treulion ni'r prynhawn yn gwylio'r teledu, er nad oedd neb yn canolbwyntio arno. Roedd Seth yn edrych o hyd i wneud yn siŵr fod y pasport a'r tocyn a doleri Awstralia'n ddiogel. Roedd Dad yn edrych o'i gwmpas o hyd, yn dylyfu gên ac ochneidio ac estyn ei freichiau yn yr awyr. Awgrymodd y dylwn fynd i ddadbacio fy mhethau, ond dim ond pum munud gymerodd hynny.

Plygais i lawr ac edrych ar y tŷ dol. Roedd hi'n anodd gwybod sut i chwarae ag ef – doedd dim pobl o gwbl. Ceisiais wasgu Elen a Pawen i mewn i un ystafell, ond roedd eu pennau'n taro'r nenfwd a'u coesau'n llenwi pob cornel. Felly roedden nhw'n edrych fel eliffant a chi mewn caets bach iawn.

Roedd angen gwneud pobl fach go iawn. Roedd pecyn o glai gen i. Mam Steve oedd wedi'i roi i mi'n anrheg ben-blwydd. Dyma fi'n ei agor a dechrau gwneud modelau. Gwnes fodel ohonof i fy hunan gyntaf. Rholiais beli bach o glai melyn i wneud gwallt cyrliog. Rhoddais y model ohonof i ar ochr dde'r tŷ. Gwnes fodel o Dad, ac wedyn un o Lwcus. Roedd rhaid iddi hi fod yn borffor achos dydyn nhw ddim yn gwneud clai du. Gwnes fodel o Sara hefyd. Roedd hi wedi dod draw i ymweld â ni ac yn aros yn fy ngwely i dros nos.

Wedyn gwnes fodel o Mam. Gwnes fy ngorau glas i gael Mam denau a smart, gan ddefnyddio'r pinc mwyaf llachar i wneud ffrog iddi. Dechreuais snwffian ychydig wrth ei gwneud hi ac roedd rhaid i mi stopio i chwythu fy nhrwyn yn iawn â phapur tŷ bach. Roedd hynny braidd yn boenus, achos mai papur caled oedd gan Seth yn ei ystafell ymolchi. Roedd yn rhwbio'r croen nes ei fod yn goch i gyd.

Wedyn gwnes i fodel o Steve gyda phen pinc fel bwled a chyhyrau mawr ar ei freichiau a Teigr bach yn cropian ar ei bedwar. Cawson nhw fynd i'r tŷ ar y chwith. Gwnes ddrws clai tenau bob ochr i'r ddwy lolfa fel bod y model ohonof i'n gallu rhedeg rhwng y ddau dŷ fel roedd hi eisiau.

Yna dyma fi'n eistedd yn ôl ac yn ochneidio.

'Wyt ti'n iawn, Fflos?' galwodd Dad i fyny'r grisiau.

'Ydw, dwi'n iawn, Dad,' meddwn i'n dawel.

'Wyt ti'n barod i ddod gyda fi i fynd â Seth i'r maes awyr?'

'Wrth gwrs,' meddwn i.

Codais y model clai o Mam a rhoi cusan a chwtsh mawr iddi. Roedd rhaid bod yn ofalus achos doeddwn i ddim eisiau i'w phen na'i choesau gwympo i ffwrdd.

'Dwi'n dy garu di, Mam,' sibrydais. Roeddwn i'n

meddwl am y tocyn hedfan. Dim ond diwrnod a noson, a gallwn fod gyda hi. Byddwn i'n aros mewn fflat hyfryd ac yn byw mewn dinas heulog, ffasiynol. Byddai pawb oedd yn fy adnabod yn eiddigeddus iawn a fyddai neb byth yn codi trwyn arna i nac yn tynnu fy nghoes nac yn teimlo trueni drosto i.

'Fflos?' galwodd Dad.

Codais y model clai o Dad a goglais ei fola ag ewin fy mysedd. Gwnes iddo fe chwerthin a neidio o gwmpas.

'Dwi'n dy garu di, Dad,' sibrydais. 'Paid â phoeni. Dwi'n mynd i aros gyda ti, beth bynnag sy'n digwydd.' Oedais. 'Dwyt ti byth yn gwybod. Efallai *bydd* rhywbeth yn dod o rywle.'

Aeth Dad a finnau â Seth i'r maes awyr. Parcion ni'r fan a mynd gydag e at y ddesg i gael gwared ar ei gês. Wedyn aethon ni gyda fe hyd at y gatiau ymadael. Roedd Seth yn edrych mor hen a bregus fel y gofynnodd Dad a allen ni gerdded gyda fe i ben arall y maes awyr, ond roedden nhw'n gwrthod â gadael i ni wneud hynny.

'O wel, dwi'n siŵr y byddi di'n iawn, Seth, yr hen foi. Chwilia di am y weinyddes bertaf ar yr awyren, rho dy fraich am ei braich hi a gofyn iddi am help,' meddai Dad.

'Ti yw'r un ddylai fod yn rhoi dy fraich am fraich rhywun ifanc a phert,' meddai Seth. 'O diar, mae fy stumog i'n corddi! Wel, dymuna daith dda i fi, Fflos. Ti yw'r ferch fach sy'n dod â lwc i mi.'

'Fe fyddwch chi'n ddiogel, peidiwch â phoeni. A mwynhewch, Mr Sglods!' meddwn i.

'Hmm. Dwn i ddim am hynny. Petai Duw eisiau i ni hedfan, fe fyddai wedi rhoi adenydd i ni,' meddai Seth. 'Dwi wedi byw am dri chwarter canrif heb godi mwy na chwe throedfedd yn yr awyr, a nawr dwi'n mynd ar daith a fydd yn mynd â fi chwe *milltir* i'r awyr. Croeswch eich bysedd am y pedair awr ar hugain nesaf na fyddwn ni'n syrthio i lawr yn sydyn.'

'Fe groeswn ni fysedd ein dwylo a'n traed, yr hen foi,' meddai Dad, a rhoi ei fraich am Seth.

Roedd rhaid i mi roi cwtsh iddo hefyd, a chusanu'r farf wen ar ei foch. Yna i ffwrdd ag e, gan geisio codi'i law yn hapus, er ei fod e'n simsan iawn ar ei goesau bregus.

'Gobeithio'n wir y bydd e'n cyrraedd yn ddiogel,' meddai Dad. 'Ti'n gwybod beth, Fflos, petait ti'n teithio gyda fe, ti fyddai'n gofalu am yr hen Seth, druan, nid fe'n gofalu amdanat ti.'

'Ond dwi ddim yn teithio i unman, Dad.'

'Dwi'n gwybod hynny, cariad. Ond cofia fod y tocyn yn ddiogel gyda ni.'

'Man a man i ni ei rwygo fe, Dad. Dwi ddim yn mynd i'w ddefnyddio fe,' meddwn i, a chydio yn ei law.

Ar y ffordd yn ôl o'r maes awyr, dyma Dad yn gweiddi'n uchel a phwyntio. Roedd cae mawr draw ymhell, yn olau i gyd. Roedd olwynion mawr a cheffylau bach yn y pellter.

'Y ffair yw hi!' meddai Dad.

'O waw! Beth am fynd draw! O Dad, *plîs* gawn ni fynd?'

'Wrth gwrs, cariad bach! Fe awn ni draw at y ceffylau bach ac fe gei di fynd ar gefn Perl unwaith eto.'

'Ac fe awn ni draw at y stondin candi-fflos a gweld Rhosyn!'

'Wel, fe fyddai hynny'n wych,' meddai Dad, gan droi oddi ar y ffordd fawr tuag at y ffair.

Dyma ni'n parcio'r fan a rhedeg law yn llaw, gan hercian a dawnsio a gweiddi. Ond pan gyrhaeddon ni'r cae doedd pethau ddim yn edrych yn iawn, rywsut. Roedd y faniau wedi'u gosod yn rhyfedd ac roedd y reidiau'n wahanol. Roedd llawer o geffylau bach yno wedi'u peintio'n llachar a mwng a chynffon hir gan bob un. Ond doedd dim un pinc a doedd dim un o'r enw Perl.

Chwilion ni am y stondin candi-fflos. Daethon ni o hyd i dri stondin gwahanol, ond doedd dim un â thedi pinc wedi'i glymu'r tu allan. Doedd dim un yn perthyn i Rhosyn. Roedden ni yn y ffair *anghywir*.

Buon ni'n crwydro o gwmpas am ychydig, ond doedd dim yn tycio. Doedd y lle ddim yr un peth o gwbl. Roedden ni wedi colli diddordeb. Roedden ni eisiau mynd adref . . . er mai'r cartref *anghywir* oedd hwnnw, hefyd.

19

'Beth wnawn ni â ti pan fydda i'n gweithio yn fan Seth bob nos?' meddai Dad. 'Mae'n debyg y dylwn i gael rhywun i warchod.'

'O dere, Dad,' meddwn i. 'Nid *babi* ydw i.'

'Fe allwn i ofyn i Miss Davies, efallai . . .'

'*Dad!* Fe fyddai hi'n clecian ei dannedd a rhoi brechdanau hadau adar i mi i'w bwyta!'

'Beth am Teifi Tew? Mae e braidd yn rhyfedd ond mae e'n ddigon diniwed ac mae'n meddwl y byd ohonot ti, Fflos.'

'Dwi ddim eisiau Teifi Tew'n gofalu amdanaf i. Dyw e ddim yn gallu gofalu am ei hunan.'

'Mae'n debyg y gallwn i ofyn a allet ti aros gyda Sara unwaith neu ddwy.'

'Fe fyddai hynny'n wych!'

'Ond alla i ddim gofyn iddyn nhw dy gael di draw *bob* nos.' Oedodd Dad. 'Roedd mam Rhiannon yn siarad â fi'r diwrnod o'r blaen y tu allan i'r ysgol –'

285

'Dwi ddim ddim *ddim* yn mynd i dŷ Rhiannon, Dad.'

'O'r gorau,' ochneidiodd Dad. 'Wel, beth *wnawn* ni â ti, cariad bach?'

'Does dim rhaid gwneud dim. Fe arhosa i fan hyn yn nhŷ Seth.'

'Alla i mo'th adael di ar dy ben dy hunan fach.'

'Wrth gwrs y galli di. Fe fydda i'n iawn. Fe alla i ddarllen a gwylio teledu Seth a gwnïo dillad newydd, a phan fydda i wedi blino fe af i'r gwely. Syml!'

'Ond beth os ddaw rhywun i'r drws?'

'Af i ddim i'w ateb e. Dwi ddim yn ddwl, Dad.'

'Dwi'n siŵr ei bod hi yn erbyn y gyfraith i adael plentyn o'th oedran di ar ei phen ei hunan,' meddai Dad yn bryderus.

'Pwy sy'n mynd i wybod? Dim ond ni,' meddwn i. 'Dad, *plîs* paid â gofidio amdanaf i. Fe fydda i'n iawn iawn iawn.'

Roeddwn i wedi'i ddarbwyllo fe, fwy neu lai. Roeddwn i'n meddwl fy mod i wedi fy narbwyllo fy hunan hefyd. Ond pan ddaeth hi'n amser i Dad fynd nos Lun, doeddwn i ddim mor siŵr.

'Fe fydda i'n iawn,' meddwn i o hyd.

'Byddi, wrth gwrs y byddi di'n iawn,' meddai Dad dro ar ôl tro, gan roi'r gusan olaf, y cwtsh olaf, a rhedeg ei law dros fy ngwallt am y tro olaf.

Ac yna i ffwrdd ag ef i'r gwaith. Caeodd y drws y tu ôl iddo. A dyma fi'n dechrau teimlo'n ofnus.

Roeddwn i'n gwylio ffilm ar y teledu. Ffilm ddoniol oedd hi i fod. Ond roedd dau ddyn rhyfedd yn rhedeg ar ôl plentyn bach felly roedd rhaid i mi ei diffodd yn gyflym. Eisteddais yn y tawelwch sydyn, a gwrando'n astud am ddynion rhyfedd yn torri i mewn i'r tŷ, i fynd â mi.

Roedd rhieni Seth yn gwgu arna i o lun eu priodas. Mae'n siŵr nad oedden nhw'n hoffi cael dieithryn yn eistedd ar eu hen garped treuliedig. Roedd y tŷ'n dal i fod yn llawn o'u pethau nhw. Efallai eu bod nhw yno o hyd hefyd, yn cuddio mewn cwpwrdd llychlyd, yn sibrwd wrth ei gilydd. Pan fyddai hi'n tywyllu bydden nhw'n sleifio allan i'r ystafell – ysbrydion yn cerdded ar flaenau eu traed tryloyw . . .

Roeddwn i eisiau rhoi cwtsh i Lwcus, i gael cysur. Ond roedd hi wedi mynd lan lofft i orwedd ar ei chwilt ac allwn i ddim wynebu dringo'r grisiau gwichlyd ar fy mhen fy hun. Ceisiais alw arni, ond roedd fy llais yn swnio mor denau a rhyfedd yn y tŷ distaw, a rhoddais fy llaw dros fy ngheg.

Yna dyma fi'n clywed rhywbeth! Y giât yn gwichian. Rhywun yn cerdded ar hyd llwybr yr ardd!

Dyma fi'n eistedd ar y soffa heb symud gewyn. Clywais nhw y tu allan i'r drws. Churodd neb ar y drws. Daeth sŵn crafu. Yna clywais y drws yn *agor*.

Roedden nhw'n dod i mewn!

Roedden nhw'n dod i lawr y cyntedd yn barod i *fynd* â fi . . .

'Fflos? Fflos, cariad?'

'O Dad!' meddwn i. Chwarddais fel rhywun mewn cartŵn: *Ha ha ha.* 'Hei, beth wyt ti'n ei wneud gartref?'

'Dwi'n gwybod 'mod i'n dwp. Dwi'n gwybod dy fod ti'n iawn fan hyn ar dy ben dy hunan.'

'Ydw, Dad.'

'Ond allwn i ddim dioddef bod hebot ti. Roeddwn i'n dychmygu pethau drwy'r amser. Dwi'n gwybod 'mod i'n dwp, cariad, ond fyddet ti'n fodlon dod yn y fan sglodion gyda fi?'

'O'r gorau, Dad. Dwi *yn* iawn fan hyn, ond os byddi di'n teimlo'n well, fe ddof i gyda ti. Gad i ni fynd,' meddwn i, gan godi'n gyflym oddi ar y soffa a hongian ar ei fraich.

Dechreuon ni drefn gwbl newydd. Bob nos byddwn i'n mynd gyda Dad yn y fan. Bydden ni'n mynd i'r garej fawr y tu ôl i'r orsaf, bachu'r fan sglodion wrth y fan a'i llusgo hi i'r buarth o flaen yr orsaf. Wedyn byddai Dad yn dechrau'r generadur ac yn twymo'r ffriwr sglodion a finnau'n gwneud nyth bach, ond clyd, i mi fy hunan yng nghornel y fan, o olwg y cwsmeriaid. Roedd gen i ddwy glustog a hen siaced ddenim Dad i gwtsio oddi tani. Doedd dim rhaid gwisgo côt. Roedd hi'n boeth yn y fan achos bod y ffriwr yn llawn braster berwedig.

Fe fyddwn i'n gwneud fy ngwaith cartref gyntaf. Ond os mai gwaith Mathemateg oedd e, roedd rhaid i mi ei wneud gyda Sara cyn i'r ysgol ddechrau.

Wedyn byddwn i'n darllen ychydig. Dechreuais ddarllen llawer o lyfrau ysgol Sul Oes Fictoria o dŷ Seth. Roedd yr iaith braidd yn hen ffasiwn, ond roedd y storïau'n ddiddorol ar ôl darllen tipyn. Roedden nhw'n sôn am blant tlawd yn begera ar strydoedd Llundain. Yn aml, roedd llystad meddw a chreulon yn y stori, a brodyr a chwiorydd bach sâl. Weithiau roedden nhw'n pesychu llawer ac yn dweud eu bod nhw'n gweld angylion, ac wedyn bydden nhw'n marw. Roeddwn i'n arfer darllen y darnau gorau i Dad tra roedd e'n disgwyl y cwsmer nesaf.

'Mae'r storïau hyn braidd yn afiach, on'd ydyn nhw, Fflos?' meddai Dad. 'Maen nhw'n codi ofn arna i, beth bynnag!'

'Dwi'n eu *hoffi* nhw, Dad,' meddwn i.

Pan oedd pobl yn dechrau dod allan o'r tafarnau roedd hi'n rhy brysur a swnllyd i ganolbwyntio ar ddarllen, felly roeddwn i'n gwneud pethau eraill yn lle hynny. Gwnes freichled gyfeillgarwch i Sara. *Sawl* breichled gyfeillgarwch. Gwnes gylch allweddi i Dad. Gwnes siacedi denim braidd yn gam i Elen a Pawen. Gwnes lygoden fach ddenim a chynffon llinyn i Lwcus.

Ceisiais fynd â Lwcus i'r fan gyda ni un tro, ond doedd dim digon o le ac roedd hi'n rhy boeth iddi. Roedd hi'n casáu bod yno. Roedd hi'n well ganddi gael ei gadael yn y tŷ. Doedd dim gwahaniaeth ganddi am ddynion rhyfedd a hen ysbrydion trist.

Byddai Dad yn rhoi llond plât papur o sglodion i mi bob hyn a hyn, neu gan o Coke. Ond allwn i ddim yfed gormod achos doedd dim tŷ bach yn unman. Ar ôl ychydig, byddwn i'n dechrau teimlo'n flinedig a byddai fy llygaid yn cosi. Felly byddwn i'n rhoi'r pethau gwnïo i gadw, yn tacluso'r clustogau, yn rhoi fy moch yn erbyn hen siaced ddenim Dad ac yn mynd i gysgu. Wedyn, am hanner nos, byddai Dad yn llusgo'r fan sglodion yn ôl i'r garej, yn fy nghodi draw i'n fan ni a gyrru adref. Fe fyddwn i'n cwympo'n hanner cysgu i'r gwely, ac yn rhoi un fraich allan er mwyn gallu ymestyn i roi anwes i Lwcus.

Roedd Dad yn dal i boeni fy mod i'n dod gyda fe yn y fan. 'Fe fyddai dy fam yn mynd yn benwan petai hi'n gwybod nad wyt ti'n mynd i'r gwely'n gynnar,' meddai. 'Dyw hyn ddim yn addas, dwi'n gwybod. Yn enwedig pan fydd y llanciau'n dechrau dod o'r tafarnau ac yn ateb 'nôl. Dyna iaith! Dwi'n credu y bydd rhaid i ni roi rhywbeth dros dy glustiau di, Fflos fach.'

Roeddwn i wedi dysgu ambell ymadrodd ofnadwy, ond roedden nhw'n ddefnyddiol pan oedd Rhiannon a Marged a Ffion yn tynnu fy nghoes. Roedden nhw'n dal eu trwynau bob tro roeddwn i'n dod yn agos. Roeddwn i'n gwybod fy mod i'n drewi o sglodion yn fwy nag erioed, ond ceisiais esgus nad oedd gwahaniaeth gen i.

Fe wnes ymdrech fawr y dydd Sadwrn canlynol

pan es i dreulio'r diwrnod gyda Sara. Dihunais yn gynnar iawn a chael bath, er bod yr enamel ar y gwaelod yn plisgo ac yn crafu fy mhen-ôl. Gwnes fy ngorau wrth olchi fy ngwallt a cheisio datod y clymau i gyd. Roedd fy nghyrls wedi tyfu llawer. Roedden nhw'n sefyll ar fy mhen yn ffluwch i gyd.

Gwisgais y jîns a'r crys-T gefais i ar fy mhen-blwydd a glanhau fy esgidiau rhedeg. Gwnaeth Dad ymdrech fawr hefyd. Gwisgodd ei grys glas a'i jîns gorau, er mai dim ond lolian o gwmpas y tŷ fyddai e'n ei wneud am weddill y dydd.

Gyrrodd Dad fi draw i dŷ Sara. Roeddwn i'n poeni mai plasty mawr fyddai e, gyda dodrefn pren hyfryd a soffas a charpedi golau. Roeddwn i'n ofni y byddwn i'n gorfod eistedd ar flaen fy nghadair heb fwyta nac yfed unrhyw beth fyddwn i'n debygol o'i golli ar fy nhraws. Roedd hi'n rhyddhad gweld mai tŷ cyffredin oedd e.

Pan es i mewn, gwelais ei fod e'n hyfryd o anniben. Roedd esgidiau dros y cyntedd a phapurau a ffeiliau'n bentwr wrth y ffôn. Roedd llyfrau *ym mhobman* – nid yn unig ar y silffoedd llyfrau ond mewn pentyrrau di-drefn dros y carped ac i fyny'r grisiau ac ar bob sil ffenest. Roedd llyfrau yn y tŷ bach, llyfrau yn yr ystafell ymolchi a llyfrau dros y gegin i gyd, wedi'u stwffio rhwng y sosbenni a'r padelli.

Roedd hi'n amlwg mai yn y gegin roedd y teulu'n byw. Roedd teledu ar y seld, a chlustogau melfed tew ar y meinciau bob ochr i'r bwrdd hir. Roedd y lolfa ei hun wedi ei throi'n llyfrgell a stydi ar gyfer rhieni Sara. Roedd cyfrifiadur a desg a chabinet ffeilio mam Sara yn y naill ben a chyfrifiadur a desg a chabinet ffeilio tad Sara yn y llall.

Rhieni Sara oedd â'r ystafell wely fawr lan lofft. Ystafell wely fach iawn oedd gan Sara gyda gwely o goed pin a chwilt clytwaith a silff arbennig i'r eliffantod a'r jiraffod a'r crocodeilod a'r cwningod. Stydi i *Sara* oedd yr ystafell wely ganolig. Roedd ganddi gyfrifiadur ei hunan a desg a chabinet ffeilio, a llwythi o lyfrau ar y silffoedd a darluniau a phosteri a mapiau ar y waliau.

'Mae'n *hyfryd*, Sara,' meddwn i, gan fynd o gwmpas ar flaenau fy nhraed, a syllu ar lyfr fan hyn, a darlun fan draw. 'Mae cymaint o *bethau* gyda ti!'

'Meddwl ro'n i . . . fyddet ti'n hoffi creu byd llyfrau fel gwnaethon ni yn llyfrgell yr ysgol?' gofynnodd Sara.

'W, byddwn,' meddwn i.

Gwyliais wrth i Sara ddechrau nôl llyfrau o'r silffoedd ac arllwys pentwr o friciau adeiladu pren yn swnllyd dros y llawr.

'Fydd dim ots gan dy fam ein bod ni'n gwneud cymaint o lanast?' gofynnais.

'Does dim ots o gwbl ganddi os ydyn ni'n greadigol,' meddai Sara.

'Creadigol?'

'Ti'n gwybod, creu pethau a bod yn artistig.'

'Fe alla i wneud hynny,' meddwn i.

Felly fe fuon ni'n hapus a chreadigol am y rhan fwyaf o'r bore, yn adeiladu gwlad i anifeiliaid Sara i gyd. Codon ni fynydd llyfrau a gwneud i'r eliffantod ddringo i fyny gynffon wrth drwnc. Roedd milwr tegan Rhufeinig bach o'r enw Hannibal yn eu harwain. Gwnaethon ni afon o lyfrau glas a gwyrdd, a chael y planhigion iorwg a rhedyn o'r sil ffenest i dyfu ar hyd-ddi. Bu'r ddau grocodeil yn llechu yn yr afon, â'u cegau'n barod i agor a chau. Aeth Hannibal i badlo a bu'n rhaid iddo redeg i ffwrdd dan sgrechian. Daeth y jiráff i yfed o'r afon a chafodd frechdan rhedyn a salad iorwg. Cafodd y cwningod pinc a glas hwyl hefyd. Gosodon ni'r un werdd enfawr yn gofgolofn ar ben y mynydd.

'Mae angen rhagor o bobl arnon ni,' meddwn i. 'Oes clai gyda ti?'

'Oes, clai modelu – fydd hwnnw'n gwneud y tro?' gofynnodd Sara.

Roedd e'n wych. Gwnaethon ni fyddin Rufeinig i Hannibal ei harwain, a phererinion i benlinio wrth bawennau'r Gwningen Werdd Enfawr. Gwnaethon ni ddau jiráff bach i'r jiráff mawr, a llawer o gwningod pitw bach i'r Cwningod Pinc a Glas. Gwnaethon ni hanner person yn sgrechian yn yr afon, gyda choes wedi'i rhwygo yng ngheg pob crocodeil.

Cawson ni hwyl yn actio popeth, ond roeddwn i'n dal i boeni am y llanast, yn enwedig gan ein bod ni wedi gwasgaru clai modelu dros y llawr i gyd. Ond pan ddaeth mam Sara i weld beth roedden ni'n ei wneud, roedd hi'n hynod o falch. Bu'n tynnu lluniau o wlad y llyfrau. Tynnodd hi luniau ohonon ni'n dwy â'n breichiau am ein gilydd ac addo y gallwn i gael copïau ohonyn nhw i gyd.

Wedyn aethon ni i'r gegin gyda mam Sara i'w gwylio hi'n paratoi cinio.

'Ond dwi'n gwybod nad ydw i gystal â dy dad, Fflos,' meddai hi. 'Mae Sara'n dwlu ar ei frechdanau sglodion.'

'*Bytis*, Mam,' meddai Sara.

'Mae bytis Dad yn enwog,' meddwn i. Dechreuais siarad am y caffi heb feddwl – ac yna caeais fy ngheg. Roedd hi'n ofnadwy nad oedd y lle ddim yno mwyach. Dyna lle roeddwn i wedi cael fy magu.

Nid dim ond cau'r caffi roedden nhw wedi'i wneud. Pan yrrodd Dad a fi heibio ar y ffordd i'r ysgol, gwelson ni fod rhywun wedi tynnu arwydd CAFFI LEDWYN i lawr. Roedd gweithwyr yno'n tynnu'r gegin allan, ac yn rhwygo popeth. Roeddwn i'n teimlo fel petaen nhw'n rhwygo fy atgofion innau hefyd. Ddwedais i ddim byd a ddwedodd Dad ddim byd chwaith. Ond y diwrnod canlynol, gyrrodd i'r ysgol ar hyd ffordd arall fel nad oedd rhaid i ni fynd heibio.

Gwelodd mam Sara fy mod i'n edrych braidd yn drist. 'Beth am i chi'ch dwy goginio ychydig hefyd? Wyt ti wedi pobi cacennau erioed, Fflos?'

'Dwi wedi gwneud cacennau bach corn fflêcs a siocled gyda Mam,' meddwn i. Crynodd fy llais pan ddwedais ei henw. Mae'n siŵr fy mod i wedi edrych yn dristach eto achos rhoddodd mam Sara ei braich amdanaf.

'Wyt ti erioed wedi gwneud bara?' gofynnodd.

Roedd hwn yn syniad gwych. Roedd gweld y burum yn eplesu'n rhyfeddol, yn enwedig wrth i fam Sara egluro sut roedd hynny'n digwydd. Helpodd Sara fi i fesur y blawd yn union. Y rhan orau oedd tylino'r toes. Dringodd y toes hyd at fy mhenelinoedd. Erbyn y diwedd roeddwn i'n edrych fel petawn i'n gwisgo menig gwyn.

Gwnes i un dorth a gwnaeth Sara un arall. Daeth arogl hyfryd wrth iddyn nhw grasu yn y ffwrn. Pan oedd hi'n bryd eu tynnu nhw allan roedden nhw'n edrych yn wych – yn euraidd â chrwstyn gwych arnynt. Roedd un wedi codi ychydig yn uwch o'r tun ac roedd ychydig yn fwy euraidd a sgleiniog. Dywedodd Sara a'i mam mai fy nhorth *i* oedd hi. Dwi'n credu hynny hefyd.

'Mae dawn pobi gyda ti, Fflos,' meddai mam Sara. 'Y tro nesaf ddoi di, fe rown ni gynnig ar bobi rholiau.'

'Trueni nad yw'r caffi gyda ni o hyd – wedyn fe allwn i wneud rholiau ffres ar gyfer sglodion Dad a dechrau partneriaeth bytis sglods ardderchog,' meddwn i.

Fyddai hynny ddim yn gweithio yn y fan sglodion. Doedd dim lle i wneud unrhyw beth yn iawn. Doedd sglodion Dad ddim yn union yr un fath, beth bynnag. Roedd e'n defnyddio'r un math o datws, a'r un braster coginio, ond roedd ffriwr Seth yn hen ac yn anwadal. Weithiau roedd y sglodion yn cael eu llosgi'n grimp. Weithiau roedden nhw'n nofio'n llipa fel pysgod gwyn mewn môr o fraster, ac yn cymryd oesoedd i droi'n euraidd.

Roedd Dad yn gwneud ei orau, ond doedd e ddim yn ymfalchïo yn y sglodion. Doedd e ddim yn hoffi'r byrgyrs a'r selsig roedd e'n eu gweini chwaith. Ond doedd neb yn cwyno. Roedd y dynion oedd yn heidio o'r tafarnau eisiau rhywbeth twym a sawrus i'w lowcio. Roedden nhw'n rhoi môr o saws tomato coch neu fwstard melyn llachar dros bopeth, beth bynnag.

'Mae Dad yn dweud nad yw ei fytis sglods cystal ag oedden nhw,' meddwn i'n drist.

'Wel fe fydda i bob amser yn cofio am y byti sglods fel y profiad bwyta mwyaf aruchel erioed,' meddai Sara.

Doeddwn i ddim yn deall pob gair roedd hi'n ei ddweud. Ond roeddwn i'n gwybod beth roedd hi'n ceisio'i ddweud, a gwenais arni'n ddiolchgar.

Cawson ni ein bara cartref amser cinio, gyda chaws a thomatos a salad, ac i bwdin, iogwrt Groegaidd a mêl. Dywedodd mam Sara bopeth wrthon ni am broteinau a charbohydradau a fitaminau. Dywedodd tad Sara bopeth wrthon ni am wlad Groeg a sut mae gwenyn yn gwneud mêl.

Gwnes fy ngorau glas i ofyn cwestiynau deallus fel rhai Sara, ac yn y diwedd dechreuais i igian. Eglurodd mam Sara am y peth bach oedd yn achosi'r igian a pham. Dywedodd tad Sara wrthon ni am ryw ddyn truenus yn yr Alban a fuodd yn igian am ddwy flynedd gron. Dechreuais boeni y byddwn i'n ferch hyd yn oed yn fwy truenus yng Nghymru – yn igian am weddill ei bywyd. Ond yn sydyn pwysodd Sara dros y bwrdd a gweiddi, 'Bŵ!'

Neidiais innau.

'Dwi'n siŵr y bydd yr igian yn mynd nawr!' meddai Sara – ac roedd hi'n *iawn*.

Bydden ni wedi bod wrth ein boddau'n chwarae yn stydi Sara am weddill y dydd, ond penderfynodd mam a thad Sara y dylen ni fynd am drip. Aethon nhw â ni i Gastell Carew achos bod Syr Rhys ap Thomas yn arfer byw yno yng nghyfnod y Tuduriaid. Roedd Sara a finnau'n astudio'r Tuduriaid yn yr ysgol.

Roedd Syr Rhys ap Thomas wedi bod yn helpu Harri'r Seithfed a Harri'r Wythfed. Dywedodd tad Sara wrthon ni am chwe gwraig Harri'r Wythfed a beth ddigwyddodd iddyn nhw. Ysgarodd Harri â'i wraig gyntaf, Catherine. Ysgarodd Dad a Mam. Dychmygais sut fyddai hi petai Dad yn cael pum gwraig arall.

Roedd actorion wedi'u gwisgo fel pobl o Oes y Tuduriaid yn y castell. Buon nhw'n siarad ac wedyn roedd cyfle i ofyn cwestiynau iddyn nhw. Gofynnodd Sara bob math o gwestiynau diddorol am gerddoriaeth a chrefydd a phethau. Ceisiodd tad a mam Sara roi'r argraff nad oedden nhw'n sylwi. Ond gallwn weld eu bod nhw'n falch iawn ohoni.

'Fe gei di ofyn cwestiwn hefyd, Fflos,' sibrydodd mam Sara.

Allwn i ddim meddwl am unrhyw gwestiwn call i'w ofyn.

'Gofynna rywbeth, bach, paid â bod yn swil,' meddai tad Sara.

Yn y diwedd gofynnais i'r fenyw sut roedd hi'n cael ei sgert i sefyll allan.

'Cylchbais sydd ganddi, Fflos,' sibrydodd tad Sara.

Dwi'n credu bod ofn arno y bydden nhw'n meddwl mai ei ferch e oeddwn i hefyd. Ond doedd y fenyw ddim fel petai hi'n meddwl ei fod e'n gwestiwn rhy dwp. Cododd ei sgertiau i mi gael gweld y peisiau rhyfedd a'r cylchoedd oddi tanyn nhw.

Aethon ni o gwmpas y lle a dywedodd rhieni Sara lawer o bethau wrthon ni am y Tuduriaid. Roedd hi'n amlwg fod diddordeb enfawr gan Sara, ond dechreuais i golli diddordeb a dylyfu gên am ei fod e mor hynod o ddiflas. Ceisiais gadw fy ngheg ar gau wrth ddylyfu gên ond roedd fy llygaid yn dyfrio.

Efallai bod mam Sara'n meddwl fy mod i'n llefain. Rhoddodd ei braich amdanaf.

'Dwi'n gwybod beth hoffai Fflos ei weld – cegin y castell!' meddai. 'Beth am fynd yno nesaf?'

Roedd y gegin *yn* eithaf diddorol, ond trueni na fyddai Sara a minnau'n gallu mynd o gwmpas ar ein pennau ein hunain.

Ond buon ni'n crwydro o gwmpas yr afon a rhedeg ar ôl ein gilydd. Dyna'r hwyl fwyaf gawson ni drwy'r dydd.

Bu tad Sara'n ceisio egluro rhywbeth i ni am y castell wedyn, ond dechreuodd e ddrysu braidd. Eglurodd y cyfan eto ond wedyn chwarddodd mam Sara a dweud wrtho am beidio â bod mor ddifrifol.

'Mae'r merched eisiau cael ychydig o hwyl,' meddai, gan gydio yn llaw Sara a'i gwasgu.

'Rydyn ni'n cael llawer iawn iawn o hwyl,' gwaeddodd Sara, a'i bochau'n goch a'i llygaid yn disgleirio y tu ôl i'w sbectol fach.

Gwenodd tad Sara arni a chydio yn ei llaw arall. Neidiodd Sara i fyny ac i lawr rhwng ei mam a'i thad. Aeth cefn fy llwnc yn dynn. Dechreuodd cur yn fy mhen. Byddwn i wedi rhoi'r byd i gyd am gael cydio yn nwylo fy mam a nhad *innau* a chael bod yn deulu gyda'n gilydd.

Wedyn dyma Sara'n gollwng gafael yn nwylo ei rhieni a chydio yn fy llaw i. I ffwrdd â ni eto ar hyd glan yr afon a throelli rownd a rownd gyda'n gilydd.

20

Ffoniodd Mam fore Sul. Roedd hi eisiau gwybod cymaint o fanylion am y caffi a beth oedd yn digwydd. Doeddwn i ddim yn gwybod beth i'w ddweud. Dechreuais ddweud wrthi am Sara yn lle hynny, a llwyddais i'w chadw'n hapus am ychydig. Wedyn dechreuodd ddweud eu bod nhw wedi bod allan i fwyty pysgod yn Sydney.

'Dwi'n siŵr nad oedd y sglodion hanner cystal â sglodion Dad,' meddwn i.

'Doedd dim byd mor gyffredin â sglodion yn y bwyty yma, Fflos. Mae Sydney'n lle crand iawn,' meddai Mam. 'Ond, a sôn am sglodion, roedd hen ddyn wrth y bwrdd nesaf oedd yn edrych yn debyg iawn i'r hen ddyn rhyfedd 'na sy'n dod i gaffi dy dad. Ti'n gwybod, yr un oedd â'r fan sglodion ofnadwy 'na. Mae dy dad yn ei alw'n Seth y Sglods. Nid fe oedd e, mae'n siŵr, fyddai e byth mewn tŷ bwyta ffasiynol ar ochr draw'r byd – ond eto, roedd e'n edrych arna i fel petai e'n fy adnabod i hefyd.'

'O, Mam, dyna ryfedd,' meddwn i. 'Ond gwell i mi fynd nawr, fe fydda i'n hwyr yn cyrraedd yr ysgol.'

'Fflos, dydd Sul yw hi.'

'Beth? O ie. Wel, mae Sara, fy ffrind newydd, yn dod draw cyn hir, felly mae'n rhaid i mi baratoi. Dwi'n dy garu di, Mam,' meddwn i'n gyflym a rhoi'r ffôn i lawr.

'Fe welodd Mam *Seth*!' meddwn i wrth Dad.

'O'r nefoedd wen! Ddwedodd e ddim byd wrthi am y caffi'n cau, dofe? O Fflos, dwi'n teimlo'n wael fy mod i wedi dy roi di yn y sefyllfa yma. Efallai y dylen ni ddweud y gwir wrth dy fam. Ond wedyn fe fyddai hi'n mynd yn benwan.' Rhoddodd Dad ei ben yn ei ddwylo. 'Fe fydd hi'n mynd yn hollol benwan pan ddaw hi adref a gweld ein bod ni wedi bod yn gwersylla yn nhŷ Seth. Os fyddwn ni'n dal i fod yma bryd hynny.'

'Paid, Dad. Fe ddown ni i ben â Mam,' meddwn i'n gyflym. 'Gad i ni gael dydd Sul hapus. Gawn ni fynd am sbin yn y fan?'

'Wrth gwrs, fy merch annwyl. Fe gawn ni ddydd Sul hapus hapus hapus,' meddai Dad.

Fe fuon ni'n gyrru yn y fan am oesoedd. Roedd Dad wedi gwneud digon o arian yn fan sglodion Seth i brynu llond tanc o betrol. Gyrron ni allan i'r wlad ac o gwmpas pob tref fach a phentref. Roedden ni'n arafu wrth fynd heibio unrhyw bosteri a chaeau mawr a pharciau ac ati. Ddwedon ni mo'r gair *ffair* wrth ein gilydd ond roedden ni'n dau'n gwybod am beth roedden ni'n chwilio.

Chawson ni ddim lwc.

Roedden ni wedi blino'n lân erbyn i ni gyrraedd adref. Wrth gwrs, nid ein cartref ni oedd e. Ond fe wnaeth Dad ei orau. Roedd e wedi prynu bara wedi'i sleisio a buon ni'n rhoi'r tafelli ar ffyrc mawr a'u tostio o flaen hen dân trydan Seth yn y lolfa. Daeth Lwcus a Wisgi a Soda a gorwedd ar y mat yn y gwres. Aeth Lwcus i orwedd rhwng Wisgi a Soda. Bu'r ddwy gath fawr yn rhoi anwes iddi yn eu tro – roedd hi bron fel cystadleuaeth am y fam faeth orau. Roedd Lwcus yn gwenu wrthi'i hunan, yn falch o fod yng nghanol y sylw.

Yn y pen draw aeth llygaid y tair cath yn gul, aeth eu pennau i lawr a dechreuon nhw hepian cysgu. Roeddwn i wedi blino hefyd, ond roedd rhaid i mi fynd i'r fan sglodion gyda Dad. Golchais fy nwylo, a oedd yn dost a menyn i gyd, yn ofalus achos roeddwn i eisiau gwneud rhagor o ddillad i Elen a Pawen. Llenwais fag plastig â darnau o ddefnydd a hancesi papur a phrennau coctêl a sanau wedi'u torri er mwyn stwffio. Roeddwn i eisiau gwneud dillad Tuduraidd iddyn nhw, gyda pheisiau a ryffiau. Doedd dim syniad gyda fi sut i wneud hyn. Ond roeddwn i'n gobeithio y byddwn i'n cael fy ysbrydoli ar ôl dechrau.

I ffwrdd â Dad a finnau i'r orsaf. Symudodd Dad y fan sglodion allan i'r buarth a gosod popeth yn barod. Roedd y ffriwr sglodion yn anwadal dros ben. Roedd e'n gordwymo un funud ac yn diffodd ei hunan y funud nesaf. Bu Dad yn chwarae ag e ac yn rhegi mewn anobaith.

'Sut galla i goginio unrhyw beth o werth yn yr hen declyn yma?' meddai. 'Fflos fach, doedd Caffi Cledwyn ddim yn fwyty crand ond o leiaf roeddwn i'n gallu coginio'n *iawn* yno. Dwi'n gwneud fy ngorau glas, ond dim ond bwyd sothach dwi'n gallu ei goginio fan hyn.'

Am amser hir doedd dim sôn am neb oedd eisiau bwyd o gwbl, sothach neu beidio. Roedden ni wedi bod yn brysur nos Sadwrn ac roedd Dad wedi bod yn chwibanu wrth ffrio, yn falch ei fod yn cadw busnes Seth i fynd ac yn gwneud ychydig o arian i ni.

Ond y nos Sul yma doedden ni ddim yn gwneud unrhyw arian o gwbl. Bu Dad yn ochneidio a symud o gwmpas a siglo'r hen ffriwr diflas. Wedyn dyma fe'n plygu a chwtsio wrth fy ochr. Roedd ei bennau gliniau'n anghyfforddus o dynn o dan ei ên gan ei fod mor fawr ac roedd cyn lleied o le.

'Beth wyt ti'n ei wneud, cariad?' gofynnodd, gan fy ngwylio i'n gludio darnau o hances boced wen i'r prennau coctêl.

'Dwi'n ceisio gwneud un o'r cylchbeisiau 'na i

fynd o dan wisg Duduraidd i'r eliffant gwlanog,'
meddwn i.

Syllodd Dad yn syn. 'Da iawn ti,' meddai.
Estynnodd ei law a'i rhoi dros fy ngwallt cyrliog.
'Un ddoniol wyt ti, Fflos. Diolch byth dy fod ti'n
gallu addasu i bob sefyllfa. Wel, fe gadwn ni'r ffriwr
twp 'ma i fynd am ryw hanner awr arall. Wedyn os
na ddaw neb, man a man i ni fynd adref. Mae'n
amlwg nad oes neb o gwmpas heno.'

Bron yn syth ar ôl i Dad ddweud hynny, daeth pâr
at y fan a bwrw'u harian ar y cownter i gael sylw –
wedyn daeth pâr arall, nifer o ferched, criw swnllyd
o fechgyn . . .

'Felly o ble rydych chi i gyd wedi dod mor sydyn?'
meddai Dad, gan roi llwyth o sglodion yn y ffriwr.

'Mae ffair werdd wedi bod ar y llecyn i lawr wrth
yr afon,' meddai un o'r merched. 'Rydyn ni wedi
bod yn gwrando ar y bandiau.'

'O Dad, y ffair!' meddwn i a chodi ar fy nhraed.

'Nid ein ffair ni, cariad. Rhywbeth arall yw ffair
werdd,' meddai Dad. 'Cer di i gwtsio ar dy glustog a
cheisio mynd i gysgu. Mae'n amlwg y bydd hi'n
noson hir a phrysur wedi'r cyfan. Fe fyddwn ni'n
hwyr yn cyrraedd adref.'

Ceisiais orffen pais Elen gyntaf, ond methais yn
deg â gwneud hynny. Yn y diwedd roedd y prennau
bach wedi pigo fy mysedd i gyd a darnau o hances
bapur wedi'u gludio ym mhobman. Rhoddais y

gorau iddi a rhoi cynnig ar wneud y trowsus byr llac roedd dynion Oes y Tuduriaid yn eu gwisgo. Ond roedd hi'n anodd eu cael nhw i ffitio ci gwlanog, felly rhoddais y gorau i hynny hefyd. Efallai y byddai'n rhaid i Sara fod yn brif wniadwraig yn ein gêmau ni.

Cwtsiais yn belen fach, cau fy llygaid blinedig a cheisio mynd i gysgu. Ond doedd hi ddim yn hawdd. Aeth hi'n fwy swnllyd wrth i fwy a mwy o bobl ddod at y fan sglodion ar eu ffordd adref o'r ffair.

Dechreuais gael rhyw freuddwyd ryfedd. Roeddwn i'n crwydro o gwmpas Castell Carew gydag Elen a Pawen, a'r ddau wedi'u gwisgo fel gwŷr llys Tuduraidd. Roeddwn i rywsut wedi troi'n un o chwe gwraig Harri'r Wythfed. Ond penderfynodd y brenin nad oedd e'n fy hoffi mwyach a dechreuodd weiddi arna i. Rhedais i ffwrdd achos fy mod i'n gwybod beth oedd yn digwydd i'r gwragedd nad oedd e'n eu hoffi. Wedyn dechreuodd ei filwyr redeg ar fy ôl ac roedden nhw'n gweiddi hefyd. Dihunais yn sydyn. Roeddwn i'n dal i grynu.

Dywedais wrth fy hunan mai dim ond breuddwydio roeddwn i, fy mod i'n ddiogel yn y fan sglodion gyda Dad – ond roeddwn i'n dal i glywed gweiddi. Clywais Dad yn gweiddi hefyd. Codais o'r gornel yn drafferthus.

'Dad? Dad, beth sy'n digwydd? Wyt ti'n iawn?'

'Cer 'nôl i'r gornel, cariad. Mae popeth yn iawn.

Rhyw fechgyn dwl sy'n dechrau mynd yn ddiamynedd. Llai o *sŵn,* fechgyn, dwi'n gwneud fy ngorau. Nid McDonald's yw'r lle 'ma – dim ond fi sydd yma, felly bydd rhaid i chi *aros.*'

'Twpsod hurt,' meddai bachgen tal oedd yn aros yn amyneddgar yn y ciw â'i fraich am ei gariad. 'Peidiwch â chymryd sylw ohonyn nhw. Rydych chi'n gwneud gwaith gwych.'

Syllais draw, a rhwbio'r cwsg o'm llygaid. Roedd rhywbeth yn gyfarwydd ynghylch y bachgen tal. Roedd ganddo wallt hir golau hyd at ei ysgwyddau, fest ddu, jîns du, siaced â darnau o fetel drosti – a modrwy fawr arian ar bob bys, bron.

'Iolo yw e!' meddwn i, a neidio i fyny ac i lawr y tu ôl i Dad.

'Cer lawr, Fflos! Pwy yw e?'

'Iolo!'

Gwelodd Iolo fi a gwenu. 'Ie, Iolo dw i. Sut roeddet ti'n gwybod fy enw i?'

'Hen gariad i ti yw hi, ie, Iolo?' meddai ei gariad, a gwenu.

'Fe achubodd Iolo ni yn y ffair, Dad. Ein ffair *ni.* Mab Rhosyn yw e.'

'O, da iawn!' meddai Dad. 'Wel, mae'n hyfryd cwrdd â ti eto, Iolo. Ydy'r ffair wedi dod 'nôl i'r dref?'

'Nac ydy, nac ydy. Dwi ddim *gyda'r* ffair ar hyn o

bryd. Dwi wedi symud at Lowri fan hyn,' meddai Iolo, a gwasgu'i hysgwydd.

'Cau dy geg, y Dyn Sglods, a rho fwyd i ni!' gwaeddodd rhyw foi twp. Dechreuodd ei ffrindiau weiddi pethau hefyd.

'Y twpsod,' meddai Dad yn ddirmygus, heb gymryd sylw ohonyn nhw. 'Wel, dwi'n siŵr fod dy fam yn gweld dy eisiau di, Iolo.'

'Ydy, doedd hi ddim yn rhy fodlon. Ond mae Mam yn fenyw ddigon annibynnol, fe fydd hi'n iawn.'

'Mae hi'n fenyw hyfryd,' meddai Dad, a rhoi pecyn enfawr o sglodion i Iolo a Lowri. 'Dyma chi, fe gewch chi'r rhain am ddim.'

'Diolch, ry'ch chi'n garedig iawn. Dyna ryfedd eich bod chi'n gweithio yn y fan sglodion yma!'

'Rhywbeth dros dro yw e. Dwi ddim yn siŵr iawn beth sy'n mynd i ddigwydd yn y dyfodol. Efallai y dylwn i fynd i weld dy fam a gofyn iddi ddweud fy ffortiwn,' meddai Dad.

'Hei, y Dyn Sglods, rho fwyd i ni, y diawl anobeithiol!' gwaeddodd rhyw foi hyll yn y cefn.

'Cadw dy hen geg ar gau, neu fe ddysga i di sut i fihafio,' meddai Iolo.

'Pwy sy'n mynd i wneud i mi fihafio?'

'Fi, falle,' meddai Iolo, a chau ei fysedd modrwyog fel bod ganddo ddau ddwrn yn barod i fygwth.

'Paid ag esgus bod yn ddyn caled! Pwy wyt ti'n

feddwl wyt ti, gyda'r gwallt merchetaidd a'r gemwaith? Rwyt ti'n gofyn amdani, wyt wir!'

Llamodd y boi hyll ymlaen, a daeth y criw ar ei ôl e.

'Nawr, fechgyn, dim ymladd. Os bydd trafferth fe af i draw i'r orsaf a ffonio'r heddlu,' meddai Dad.

Doedd neb yn gwrando. Roedden nhw'n gwthio a hwpo, yn gweiddi a rhegi. Wedyn dyma'r boi hyll yn bwrw Iolo ar ei ên. Rhoddodd Iolo ergyd 'nôl yn syth â'i ddwrn modrwyog. Camodd y boi hyll 'nôl. Roedd ei drwyn yn gwaedu. Aeth i chwilio yn ei boced am rywbeth. Yna'n sydyn gwelais fflach ddychrynllyd.

'Mae cyllell gyda fe!' sgrechiais.

'O'r nefoedd wen,' meddai Dad. 'Gwylia, Iolo. Arhosa di fan hyn lle mae'n ddiogel, Fflos, o'r golwg. Wyt ti'n addo?'

Gwasgodd Dad fy ysgwydd a rhuthro allan drwy'r drws yn y cefn.

'Dad! O Dad, dere 'nôl! Paid â chael niwed!'

Allwn i ddim aros yn y cornel. Roedd rhaid i mi edrych dros y cownter i weld beth oedd yn digwydd. Roedd pobl yn ymladd ym mhobman. Roedd rhai bechgyn yn cicio. Roedd dau arall yn mynd benben â'i gilydd. Allwn i ddim gweld Iolo a'r boi hyll nawr. A ble roedd Dad? Gweddïais na fyddai e'n mynd i ganol yr ymladd. Beth petai e'n cael ei daro neu'i gicio? Beth petai rhywun yn ei *drywanu*?

Edrychais ar y drws, a meddwl tybed a allwn i

fentro mynd ar ei ôl i'w lusgo 'nôl. Ond roeddwn i wedi addo i Dad y byddwn i'n aros yn y fan.

Ond doedd hi ddim yn saff yn y fan nawr. Roedd bechgyn yn ei bwrw hi, fel ei bod hi'n siglo a chrynu. Mwy o ddyrnu a gwthio. Es i'r cornel eto, a chydio'n dynn yn Pawen ac Elen.

Mwy o ddyrnu, mwy o gicio. Dechreuodd y fan siglo a phwyso ar un ochr.

'Beth am ei throi hi drosodd!' gwaeddodd rhywun.

'Dad!' gwaeddais.

Dyma nhw i gyd yn cicio'n galed gyda'i gilydd ac aeth y fan ar ei hochr yn sydyn. Sïodd y sglodion yn ffyrnig ac arllwysodd braster dros y ffriwr. Yna'n sydyn daeth sŵn *hwwmff!* enfawr a llamodd fflamau'n uchel yn yr awyr.

'Dad! Dad! Dad!' sgrechiais.

Chwiliais yn wyllt am rywbeth i'w daflu ar y fflamau, ond roedd hi'n rhy hwyr. Roedden nhw'n codi'n uchel i'r nenfwd, yn oren dychrynllyd. Roedd mwg brwnt yn hofran o gwmpas y fan, ac yn gwneud i mi besychu.

'*Dad!*' crawciais. Roedd y fflamau a'r braster yn gwneud cymaint o sŵn fel na allai neb fy nghlywed.

Roedd rhaid i mi fynd allan! Allwn i ddim gweld y drws nawr. Roeddwn i yng nghanol mwg du a fflamau oren. Roedd fy llygaid yn pigo ac yn llosgi. Allwn i ddim anadlu. Gwasgais fy nheganau gwlanog dros fy ngheg a'm trwyn a mynd ar fy mhedwar, gan gropian yn ddall dros y llawr.

'DAD!' gwaeddais am y tro olaf.

Wedyn dyma'r drws yn agor yn sydyn, a gwneud i'r tân ruo ac ymledu. Roedd breichiau'n ymladd drwy'r fflamau. Dyma ddwy law'n cydio ynof i ac yn tynnu. Roeddwn i allan o'r fan, yn dal i sgrechian a llefain, ond yn ddiogel ym mreichiau Dad.

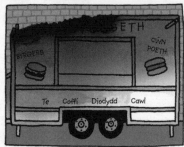

21

R oedd rhaid i ni fynd i'r ysbyty. Roeddwn i'n iawn ond roedd rhaid gwneud yn siŵr nad oeddwn i wedi anadlu gormod o fwg. Roedd Dad wedi llosgi'i ddwylo wrth frwydro yn ei flaen i gydio ynof i. Cafodd y ddwy law eu rhwymo. Felly roedd e'n edrych fel petai'n gwisgo menig bocsio. Roedd Dad yn ddewr iawn a wnaeth e ddim sylw pan rwbiodd y nyrs eli ar y llosgiadau. Ond dechreuais i grio.

'Hei, hei, Fflos fach; dim dagrau, cariad. Dwi'n iawn. Edrycha, dwi'n cael fy rhwymo fel un o'r hen Eifftiaid. Ond dadi ydw i, nid mymi!'

Doedd hi ddim yn jôc ddoniol iawn ond snwffiais ychydig, a chwarddodd y nyrs yn braf.

'Paid â phoeni, cariad, fe fydd dy dad yn iawn. Fe fydd rhaid iddo gadw'r rhwymynnau am ei ddwylo am ychydig ond fe fydd popeth yn gwella'n iawn. Fe fydd esgus da gyda fe nawr i eistedd 'nôl a chael dy fam i weini arno fe am ryw wythnos fach.'

313

'Hmm,' meddwn i. Rhoddais fy llaw yn ysgafn ar ben-glin Dad. 'Fe gaf *i* weini arnat ti, Dad. Ti achubodd fy mywyd i! Rwyt ti'n arwr!'

'Dim o gwbl, cariad. Wnes i ddim byd,' meddai Dad.

'Do, do,' meddai Iolo, gan wthio'i ben o gwmpas y llenni. Roedd ei fraich mewn sling achos bod un o'r llanciau wedi ceisio'i drywanu. 'Fe achubaist ti fi hefyd, drwy gydio yn arddwrn y boi 'na a gwneud iddo ollwng ei gyllell,' meddai.

'Doedd dim amser i feddwl yn iawn. Cydio ynddo fe wnes i, dyna i gyd. Ac yn ffodus, dyna pryd gollyngodd e'r gyllell,' meddai Dad.

'Na, mae dy ferch fach di'n iawn, rwyt ti *yn* arwr,' meddai Lowri, cariad Iolo.

Roedd Iolo wedi gorfod tynnu'i fodrwyau a'i freichledau arian trwm, felly roedd Lowri'n eu gwisgo nhw. Wrth iddi symud roedden nhw'n taro yn erbyn ei gilydd. Rhedodd ei llaw'n dyner dros fraich dost Iolo.

'Dim ond anaf bach yw e, ond gallai pethau fod wedi bod yn llawer gwaeth,' meddai.

Roedd rhaid i Dad ac Iolo roi datganiadau i blismon. Ond roeddwn i'n dechrau hepian cysgu achos ei bod hi'n ganol nos erbyn hynny. Cydiais yn dynn yn Pawen ac Elen. Roedden nhw'n arogli o fwg, ond yn ddiogel. Bob tro roeddwn yn mynd i gysgu roeddwn i'n clywed y lleisiau ofnadwy'n gweiddi. Roeddwn yn teimlo'r cicio a'r fan yn siglo, ac yn gweld y fflamau coch yn codi'n sydyn. Wedyn roeddwn yn dechrau crio. Bob tro, daliai Dad fi'n dynn yn ei freichiau, i'm cysuro.

'Dewch, mae'n rhaid i mi fynd â'm merch fach adref,' meddai Dad – ac yn y diwedd cawson ni fynd.

Doedd dim fan gyda ni i fynd o'r ysbyty a doedd dim llawer o arian gan Dad. Ond roedd Iolo a Lowri'n aros amdanon ni a rhannon ni dacsi. Aethon nhw â ni'r holl ffordd i dŷ Seth y Sglods am ddim.

'Os hoffet ti ddod 'nôl yfory fe rof i'r arian am y tacsi i ti,' meddai Dad.

'Dim o gwbl. Ond fe alwa i draw, beth bynnag,' meddai Iolo.

Allan â ni o'r tacsi a baglu ar hyd y llwybr i dŷ Seth. Roedd rhaid i mi chwilio ym mhoced Dad am yr allwedd i agor y drws ffrynt. Roedd Lwcus a Wisgi a Soda'n disgwyl yn bryderus amdanom yn y cyntedd. Dyma nhw'n gwau eu ffordd o gwmpas ein migyrnau fel sgarffiau fflyfflyd. Doedden nhw ddim yn gallu deall ble roedden ni wedi bod.

'Gad i ni fynd yn syth i'r gwely, Fflos fach,' meddai Dad. 'Mae popeth yn iawn nawr, cariad, rydyn ni'n ddiogel.' Ond wrth iddo ddweud hynny dechreuodd grynu. 'O Fflos, alla i ddim credu 'mod i wedi bod mor dwp, yn dy lusgo di i'r hen fan yna bob nos. Fe allet ti fod wedi cael dy losgi'n ulw a fi fyddai wedi bod ar fai.'

'Na, Dad! Nid dy fai *di* yw e, y twpsyn. Ti achubodd fi. Dwi'n iawn, rydyn ni'n dau'n iawn,' meddwn i, gan roi fy mreichiau am Dad a chydio'n dynn ynddo.

Criodd Dad am dipyn a finnau'n rhoi fy llaw yn ysgafn ar ei gefn. Wedyn dechreuodd ei drwyn redeg. Doedd e ddim yn gallu ei chwythu'n iawn gan fod ei ddwylo wedi'u rhwymo. Felly roedd rhaid i mi ei helpu.

'Rwyt ti'n union fel babi mawr i fi, Dad,' meddwn i.

Roedd rhaid i mi ei helpu i ddatod pob botwm a lasys ei esgidiau er mwyn iddo fod yn barod i fynd i'r gwely. Pan oeddwn i yn y gwely fy hunan gorweddodd Dad yn y pen arall gyda'i obennydd a'i flanced. Felly bob tro roeddwn i'n breuddwydio am y tân ac yn dihuno, gallai ddod i'm cysuro fel 'mod i'n mynd 'nôl i gysgu.

Dywedodd nad oedd rhaid i mi fynd i'r ysgol yn y bore. Wnaethon ni ddim gosod y larwm, ond deffron ni'n gynnar, beth bynnag. Roedd rhaid i ni gael cwtsh mawr, hir er mwyn gwneud yn siŵr ein bod ni'n dau'n iawn.

'Fe fydd rhaid i mi ffonio Seth druan a dweud wrtho beth sydd wedi digwydd i'w fan,' meddai Dad gan ochneidio. 'Anodd gwybod sut bydd e'n ymateb.

Mae'r hen fan sglodion 'na wedi bod gyda'i deulu ers blynyddoedd maith. Dwi'n teimlo'n ofnadwy. Mae e'n siŵr o dorri ei galon. Trueni fy mod i'n gorfod tarfu ar ei wyliau er mwyn dweud wrtho. Ond dwi'n ofni y bydd yr heddlu'n cysylltu ag e rywbryd, felly mae'n well i mi roi gwybod iddo'n gyntaf.'

Gwnes baned o de i Dad yn ofalus, a llwyddodd i godi'r cwpan a sipian ohono. Wedyn darllenodd rif ffôn mab Seth yn uchel ac es innau ati i ddeialu'r rhif.

Llwyddodd Dad i gael gafael arno'n syth, ond allai e ddim dweud gair am dipyn. Roedd Seth y Sglods yn siarad fel melin bupur yr ochr draw. Roedd e'n dweud wrth Dad bod Sydney'n wych, bod ei fab yn wych, bod bar gwin ei fab yn wych, a bod y tywydd yn wych. Roedd rhaid i Dad wrando â golwg boenus ar ei wyneb, a cheisio cerdded drwy'r holl donnau yma o ryfeddod.

'Dwi'n falch iawn fod popeth yn mynd mor wych, Seth bach. Ond mae gen i ofn bod newyddion drwg gyda fi i ti,' meddai Dad yn y diwedd. 'Neithiwr, fe fuodd tipyn o drafferth gyda rhyw hen lanciau. Roedden nhw'n ceisio troi'r fan drosodd, a dechreuodd y braster yn y ffriwr losgi. Dwi'n ofni bod y fan wedi'i llosgi, Seth. Beth? Na na, dwi'n iawn, fe ges i losg bach ar fy nwylo, dyna i gyd. Diolch byth, mae Fflos yn iawn hefyd. Oes yswiriant da gyda ti? O, diolch byth, achos a dweud y gwir, dyw'r fan ddim gwerth dim i neb nawr. Ond os cei di drefn ar yr yswiriant ar ôl i ti ddod 'nôl o Awstralia, fe helpa i di i brynu fan newydd, a rhoi'r busnes ar ei draed eto. Cofia, fe fydd rhaid i mi wneud rhyw drefniadau ynghylch Fflos: dwi ddim eisiau mentro ei chael hi yn y fan gyda'r nos. Beth? Wir? Wyt ti o ddifrif, Seth?' Gwrandawodd Dad. Nodiodd. Ysgydwodd ei ben. Chwythodd allan yn hir, a'i wefus isaf yn troi am allan.

'Iawn, iawn. Diolch, yr hen foi, ond does dim rhaid i ti. Nac oes, nac oes, fe fyddwn ni'n symud ymlaen cyn hir, beth bynnag. Yn bendant. Wel, does dim trefniadau go iawn gyda ni eto ond mae rhywbeth yn siŵr o godi. O'r gorau. Mwynha dy hunan, fachgen. Cer amdani. Hwyl nawr.' Rhoddodd Dad y ffôn i lawr. Rholiodd ei lygaid arna i.

'Mae e'n dweud ei fod eisiau aros yn Awstralia a helpu ei fab yn y bar! Mae e'n far crand – ddim wir y math o le i Seth – ond mae e'n dweud ei fod e'n mwynhau bod gyda'i fab a'i fod eisiau bod yn gefn iddo. Dwi ddim yn gwybod a fydd hynny'n gweithio yn y tymor hir ond mae e'n weddol siŵr mai dyna mae e eisiau. Mae e'n benderfynol o roi'r gorau i'r fan sglodion, beth bynnag fydd yn digwydd. Mae e'n dweud ei fod e'n meddwl am roi ei dŷ ar werth hefyd. Ond gallwn ni aros ynddo am y tro.' Ceisiodd Dad grafu'i ben ond dim ond rhwbio wnaeth e a'i ddwylo mewn rhwymynnau. 'Mae'r byd wedi mynd yn ddwl bared, Fflos fach. Ond mae'n debyg y dylen ni fod yn falch dros Seth.' Cododd ei baned o de'n sigledig. 'Iechyd da, Seth y Sglods!'

'Iechyd da, Seth y Sglods,' ailadroddais innau – a mewiodd Lwcus a Wisgi a Soda.

'Hei, Dad, beth am ei *gathod* e?'

'Wel, mae e'n dweud efallai y gallen ni ddod o hyd i gartref da iddyn nhw. Mae e'n meddwl am ofyn i ryw gwmni bacio rhai o'i bethau e a'u hanfon i Awstralia. Ond all e ddim gwneud hynny gyda Wisgi a Soda. Dwi'n amau y bydden nhw'n cyrraedd yn ddiogel.'

'Wel, ydyn *ni*'n gartref da, Dad?' gofynnais.

'Does dim cartref da i *ni*, cariad, heb sôn am hen gathod Seth.'

'*Ni* yw ti, fi a Lwcus, ie?'

'Ni'n tri, yn bendant,' meddai Dad.

Gwnes ychydig o dost i fi a dad, a bwydo'r tair cath. Roedd peidio â mynd i'r ysgol yn teimlo braidd yn rhyfedd. Roeddwn i'n poeni am Sara yn ein hystafell ddosbarth ni yn gorfod eistedd o flaen Rhiannon, a finnau ddim yno.

'Efallai yr af i i'r ysgol wedi'r cyfan, Dad, os wyt ti'n siŵr dy fod ti'n gallu ymdopi'n iawn.'

'Wyt ti'n siŵr, Fflos? Mae'n siŵr dy fod ti'n dioddef o sioc. Dwi'n gwybod fy mod i.'

'Wyt, ond rwyt ti wedi cael anaf, Dad,' meddwn i, a rhedeg fy llaw'n ysgafn dros y rhwymynnau.

'Alla i ddim gyrru ar hyn o bryd, ond fe gerdda i draw gyda ti, os wyt ti eisiau,' meddai Dad. 'Mae'n rhaid i mi fynd i weld beth sy'n digwydd i'r fan sglodion, beth bynnag. Ac mae'n rhaid i mi brynu rhywbeth hefyd – ffôn symudol! Wedyn fe fydda i'n medru galw am help yn syth os byddwn ni mewn helynt eto. Does dim syniad gyda fi faint yw eu pris nhw, a byddai'n well i ni ddal ein gafael ar bob ceiniog gan fod y busnes fan sglodion wedi dod i ben. Ond meddwl ro'n i y gallwn i werthu rhywbeth. Dwi'n gwybod nad oes dim byd gwerthfawr gyda fi. Ro'n i'n meddwl gwerthu'r cloc cwcw, efallai. Dyw e ddim yn gweithio, ond mae e'n eithaf hen ac mae'r gwaith cerfio sy arno'n dda. Fe allwn i fynd ag e i'r siop hen bethau i weld beth maen nhw'n fodlon ei gynnig i mi.'

'Ond eich anrheg briodas chi oedd e, Dad!'

'Ie, dwi'n gwybod. Ond doedd dy fam byth wir yn hoff ohono. A nawr – wel dyw dy fam a finnau ddim yn briod mwyach, ydyn ni?'

Llyncais fy mhoer. 'Weithiau fe hoffwn i *petait* ti a Mam yn dal yn briod, Dad,' meddwn i.

'Dwi'n gwybod, cariad. Weithiau dwi'n dal i feddwl fel yna hefyd. Ond mae dy fam wedi symud ymlaen nawr – yn llythrennol! Efallai ei bod hi'n bryd i minnau wneud yr un peth. Fydd dim gormod o wahaniaeth gyda ti os cawn ni wared ar y cloc cwcw, na fydd?'

'Fe fyddai'n llawer gwell gen i gael ffôn symudol, Dad. Gaf i fod yn berchen ar ei hanner e? Hei, does dim ffôn symudol ei hunan gan Rhiannon eto! Fe fydda i mor cŵl.'

Dyma ni'n lapio'r cloc cwcw mewn papur newydd a chariodd Dad ef mewn bag ar ei gefn. Roedd dyn oedd yn arbenigo mewn clociau yn y ganolfan hen bethau. Cododd ei drwyn braidd ar y cloc, ond cyfaddefodd ei fod yn dod o oes Fictoria ac wedi'i gerfio â llaw. Chynigiodd e ddim llawer i ddechrau, ond bu Dad yn bargeinio ag ef ac yn y diwedd rhoddodd gan punt iddo!

'Waw, Dad! Rydyn ni wir yn gyfoethog nawr!' meddwn i.

'Dydyn ni ddim *wir* yn gyfoethog, Fflos,' meddai Dad – ond yn sicr roedd digon gyda ni i brynu ein ffôn symudol.

Wedyn aethon ni i'r orsaf i gael golwg ar y fan sglodion. Roedd hi wedi cael ei llusgo 'nôl i'r sied lle roedd Seth yn ei chadw. Syllon ni arni mewn tawelwch. Roedd hi'n ddu drosti i gyd, ac roedd hanner y to wedi'i losgi i ffwrdd. Rhoddodd Dad ei freichiau'n dynn amdanaf. Ar ôl sefyll am rai eiliadau, i ffwrdd â ni'n dawel eto.

'Dwi'n teimlo 'mod i wedi siomi Seth,' meddai Dad yn drist.

'Ond dyw e ddim eisiau cadw ei fan sglodion, beth bynnag, Dad, dyna ddywedodd e.'

'Fe allai newid ei feddwl. Ond mae'n debyg y gallai brynu fan newydd sbon gyda'r arian yswiriant.'

I ffwrdd â ni'n araf bach heibio i'r orsaf. Roeddwn i'n gwybod i ble roedden ni'n mynd. Edrychodd Dad arna i a chodi'i aeliau. Nodiais. Doedd dim gwerth cerdded o gwmpas y byd pan oedd y ffordd uniongyrchol i'r ysgol yn mynd yn syth heibio i'n caffi ni.

Doedd dim Caffi Cledwyn mwyach. Roedd e wedi troi'n gaffi crand iawn. Syllodd Dad ar y paent gwyrdd newydd. Cerddodd at y ffenest ac edrych i mewn, heibio i'r lampau oren a'r bobl yn sefyll wrth gownter ac yn eistedd wrth bob bwrdd, cadair a soffa. Safodd yn llonydd ac ochneidio'n dawel. Yna'n sydyn, cododd ei law.

'Edrycha pwy sy 'na!' meddai. 'Teifi Tew a Miss Davies! Ac edrycha, maen nhw'n eistedd *wrth yr un bwrdd*! Ac yn cael hwyl wrth sgwrsio, dwi'n credu. Gad i ni fynd i ddweud helô a gwneud iddyn nhw deimlo cywilydd.'

I mewn â ni i'r caffi. Doedd dim cymeriad yn perthyn i'r lle o gwbl. Edrychais i fyny at y nenfwd, a meddwl tybed beth oedd lan llofft nawr. Edrychodd y ferch oedd yn glanhau'r byrddau i fyny hefyd. Efallai ei bod hi'n poeni fy mod i wedi gweld dŵr yn diferu o'r nenfwd.

'Ie?' meddai'n ansicr.

'Pwy sy'n byw lan fan'na?' gofynnais.

'Neb. Dim ond swyddfa a storfa sydd yno,' meddai hi.

'Nid fflat sydd yna nawr?'

'Dwi'n credu bod fflat wedi bod yno unwaith,' meddai, fel petai hynny ganrif yn ôl. 'Ond roedd y lle mewn cyflwr ofnadwy. Duw a ŵyr pwy oedd yn arfer byw yno.'

Edrychais yn nerfus ar Dad. Ond roedd e'n sgwrsio'n frwd â Teifi Tew a Miss Davies, diolch byth. Roedd Dad yn symud ei ddwylo o gwmpas yn ddramatig a'r ddau arall yn gwrando'n llawn diddordeb.

'Esgusodwch fi,' meddwn i wrth y ferch, a rhedeg draw at Dad.

Roedd Teifi Tew a Miss Davies yn gynulleidfa ardderchog. Hefyd, dwedon nhw eu bod nhw'n gweld eisiau Caffi Cledwyn yn fawr.

'Dwi'n ei chael hi'n anodd cael deupen llinyn ynghyd, ar ôl yfed coffi fan hyn bob dydd,' meddai Teifi Tew. 'Mae'n lle drud iawn!'

Doeddwn i ddim yn gwybod ble roedd ei linyn na ble roedd y ddau ben, ond roeddwn i'n deall yn fras beth roedd e'n ei ddweud.

'A does dim syniad gyda nhw sut i wneud paned

go iawn o de o debot wedi'i dwymo'n gyntaf,' meddai Miss Davies, gan ochneidio.

'Wel, pan fydd y dwylo 'ma'n rhydd fe wnaf i faint fynnoch chi o de a choffi yn fy lle i,' meddai Dad, ond wedyn cnôdd ei wefus. 'Wel . . . lle Seth. Ble bynnag.'

'Ydy e *wir* yn mynd i werthu'r cyfan?' meddai Teifi Tew.

'Dyna mae e'n ei ddweud. Hei, Teifi, petai rhaid, fyddet ti'n gallu rhoi cartref i'w hen gathod? Wisgi a Soda, dwy fenyw fach neis iawn i fod yn ffrindiau i ti.'

'Wel . . .' meddai Teifi Tew. 'Fel roedd pethau'n arfer bod, *efallai* y byddwn i wedi bod yn fodlon. Ond nawr mae gen *i* fenyw fach neis yn ffrind a dyw hi ddim yn hoffi cathod o gwbl.' Rhoddodd bwt i asennau Miss Davies.

Syllodd hi'n gas arno. 'Dwli pur! A gwylia beth rwyt ti'n ei wneud, dwi'n cleisio'n hawdd,' meddai, ond heb fod yn gas mewn gwirionedd. Pwysodd dros y bwrdd ata i. 'Ydyn nhw'n dal adar?'

'Nac ydyn, Miss Davies, byth bythoedd. Allan nhw ddim dal dim byd, maen nhw'n llawer rhy ddiog a thew. Dydyn nhw ddim hyd yn oed yn cnoi eu bwyd cathod yn iawn; dim ond sugno'r sudd oddi ar y darnau pysgod. Ond maen nhw'n gathod hyfryd. Maen nhw wedi bod yn garedig iawn wrth Lwcus, fy nghath i. Dwi'n siŵr y byddech chi'n eu hoffi nhw tasech chi'n cwrdd â nhw.'

324

'Wel, os nad oes dewis, wnaf i ddim gwrthwynebu os yw Teifi eisiau rhoi cartref da i'r creaduriaid wrth iddyn nhw fynd yn hen,' meddai Miss Davies.

'Mae Teifi Tew a Miss Davies fel petaen nhw'n gofalu am ei gilydd wrth iddyn *nhw* fynd yn hen,' meddai Dad, a ninnau'n ailgydio yn ein taith hir i'r ysgol. 'Meddylia, fe fuon nhw'n dod i'r caffi am flynyddoedd. Prin y buon nhw'n siarad â'i gilydd. A dyna Seth y Sglods. Roedd e'n gwneud yr un peth bob dydd, ond nawr mae e wedi codi pac ac mae e wrth ei fodd yn Awstralia. A dy fam wedyn, wrth gwrs.' Ochneidiodd Dad. 'Mae pawb wedi symud ymlaen. Dwi wedi aros yn fy unfan. Nac ydw, dwi ddim wedi gwneud hynny, hyd yn oed – dwi wedi dechrau symud am 'nôl. Un funud mae gen i wraig, plentyn, fy musnes fy hunan, ac yna'r funud nesaf – *wwff*!' Ond roedd Dad yn gwenu arna i. 'Mae'r person bach pwysicaf yn fy mywyd yn dal gyda fi, dyna'r peth pwysicaf. Dere nawr 'te, Fflos. Gad i ni fynd â ti i'r ysgol. Rwyt ti'n ofnadwy o hwyr. Gobeithio na fydd neb yn dweud y drefn wrthot ti. Wyt ti eisiau i mi ddod i mewn gyda ti i egluro?'

Doeddwn i ddim yn credu bod hynny'n syniad da o gwbl. 'Fe fydda i'n iawn, Dad, wir i ti,' meddwn i.

'Wel, os wyt ti'n siŵr, cariad. Mae ysgolion yn codi arswyd arna i braidd. Dwi'n teimlo fel petai rhywun yn mynd i ddweud wrtha i am fynd i sefyll yn y gornel a 'nwylo ar fy mhen. Sut un yw Mrs Huws, 'te, Fflos? Hen sguthan yw hi, ie?'

'Mae hi'n hyfryd, Dad!'

Wrth i ni ddod yn agos at yr ysgol gwelais ddosbarth allan yn y buarth yn gwneud ymarfer corff. Fy nosbarth *i* gyda Mrs Huws yn ei dillad chwaraeon gwyn hyfryd yn dangos i'r dosbarth i gyd sut i loncian yn yr unfan.

'Arswyd y byd, athrawes yw hi?' sibrydodd Dad.

'Mrs Huws yw hi, Dad. Fy athrawes *i*. Ti'n gweld, fe ddwedais i wrthot ti ei bod hi'n hyfryd,' meddwn i.

'Ydy wir. Rwyt ti'n ferch lwcus iawn, Fflos,' meddai Dad. 'Iawn, 'te, cariad, cer di i gwrdd â'th ffrindiau i gyd. Fe ddof i dy nôl di ar ddiwedd y prynhawn.'

Rhoddais gusan sydyn i Dad a dechrau rhedeg am y glwyd i'r ysgol. Cododd Dad ei law fawr mewn rhwymynnau. Arafodd Mrs Huws a sefyll yn stond, a'i gwynt yn ei dwrn.

'Fflos? Dy dad yw hwnna? Mr Bowen!'

'O-ho!' meddai Dad. 'Mae'n edrych fel petawn i mewn trafferth, wedi'r cyfan.'

Cerddodd wrth fy ochr, a'i freichiau'n hongian. Safodd pawb yn stond, a syllu. Pawb ond Sara. Hedfanodd hi ar draws y buarth a dod i gwrdd â mi wrth glwyd yr ysgol. Rhoddodd ei breichiau'n dynn amdanaf a rhoi cwtsh mawr i mi.

'Helô Sara,' meddai Dad. 'Dwi'n gwybod eich bod chi'ch dwy'n ffrindiau gorau. Ond ydych chi bob amser yn cyfarch eich gilydd mor frwdfrydig?'

'Na, na, Mr Bowen! Dwi mor falch o weld Fflos. Ro'n i'n meddwl bod rhywbeth ofnadwy wedi digwydd iddi hi. Dywedodd un o'r merched yn fy nosbarth fod tân wedi bod mewn fan sglodion ac roeddwn i'n poeni eich bod chi'ch dau wedi cael eich llosgi. O, ond rydych chi *wedi* cael eich llosgi, Mr Bowen. Druan â chi â'r dwylo 'na!'

'Maen nhw'n iawn. Mae'r rhwymynnau amdanyn nhw i'w cadw nhw'n lân. Mae'r nyrs yn dweud y byddan nhw'n iawn mewn rhyw wythnos.'

'O, felly dim ond llosgiadau gradd gyntaf sydd gyda chi. Diolch byth!' meddai Sara, oedd yn gwybod popeth fel arfer.

Daeth Mrs Huws draw aton ni. 'O'r gorau, Sara, cer 'nôl at y dosbarth, wnei di?' meddai. 'Wyt ti'n siŵr dy fod ti'n iawn, Fflos? Mae pob math o straeon ofnadwy wedi bod yn mynd o gwmpas yr ysgol. Fe geisiais i ffonio, ond doedd eich rhif ffôn chi ddim yn gweithio, Mr Bowen.'

'O ie, yr hen rif fyddai hwnnw, dwi'n ofni. Fe ddylwn i fod wedi dweud wrthoch chi. Fe rof i fy rhif ffôn symudol i'r ysgol. Rydyn ni'n aros yn nhŷ ffrind dros dro ond mae'n debyg y byddwn ni'n symud eto cyn hir, yn ystod gwyliau'r haf.'

'Mae Fflos wedi gorfod ymdopi â llawer o

newidiadau'n ddiweddar,' meddai Mrs Huws yn dawel, gan ofalu na fyddai'r lleill yn clywed.

'Ydy, ydy, yn anffodus, ond mae hi wedi bod yn seren,' meddai Dad. 'Merch fach dda yw Fflos. Efallai nad yw hi bob amser gyda'r gorau wrth ei gwaith ysgol. Dwi'n credu ei bod hi'n breuddwydio gormod, fel ei thad, ond mae hi'n gwneud ei gorau glas, Mrs Huws.'

'Dwi'n gwybod ei bod hi,' meddai Mrs Huws. 'Mr Bowen, fe allwch chi ddod i'm gweld i unrhyw ddiwrnod ar ôl yr ysgol, ry'ch chi'n gwybod hynny. Dwi bob amser yma am hanner awr dda wedi i'r gloch ganu. Os oes unrhyw beth yr hoffech chi ei drafod, unrhyw broblemau, unrhyw gyngor – wel, dyna pam dwi yma.'

'Diolch,' meddai Dad. 'Trueni nad oedd athrawes hyfryd fel chi gyda fi pan o'n i yn yr ysgol.'

'Dad!' meddwn i'n dawel.

Chwarddodd Dad arna i ac esgus rhoi ergyd i flaen fy ngên â'i ddwrn wedi'i rwymo. 'Ydw i'n codi cywilydd arnat ti, cariad? Dyna beth mae tadau'n ei wneud,' meddai. 'Fe ddof i gwrdd â ti ar ôl yr ysgol, iawn?'

Cerddodd Dad yn ôl ar draws y buarth. Pan chwythodd Mrs Huws ei chwiban i gael pawb i ddechrau loncian eto, dechreuodd *Dad* loncian hefyd, gan godi'i freichiau a phwnio'i draed ar y llawr. Gallem weld ei ben yn mynd i fyny ac i lawr yr holl ffordd ar hyd ffens yr ysgol. Chwarddodd Sara'n annwyl. A rhai o'r lleill hefyd. Chwarddodd Rhiannon a Marged a Ffion hefyd. Ond roedden nhw'n sefyll a'u dwylo ar eu cluniau, yn codi'u haeliau.

'Edrychwch ar y Sglodyn Drewllyd Boliog!' meddai Rhiannon.

'Pwy mae o'n meddwl ydy o, fel?' meddai Marged.

'Mae e mor dew! Edrycha ar ei ben-ôl mawr e! Sglodyn Drewllyd a'i Ben-ôl yn Ysgwyd!' meddai Ffion.

Chwarddon nhw i gyd yn uwch. Roeddwn i'n casáu'r dair ohonyn nhw. Pan ddwedodd Mrs Huws wrthon ni am redeg yn iawn, ymlaen â fi, gan gicio Rhiannon ar ei phen-ôl ei hunan, wedyn Marged, wedyn Ffion, cic cic cic fel seren ar gae pêl-droed. Wedyn rhedais fel y gwynt o'u gafael, cyn iddyn nhw allu dial.

Allwn i ddim cadw o'u ffordd am byth. Allwn i ddim cadw o ffordd *neb* adeg amser chwarae. Ymgasglodd criw mawr o'm cwmpas yn yr ystafell gotiau. Roedd pawb eisiau clywed am y tân. Roedd y stori wedi lledu'n gyflym ac wedi cael ei hymestyn. Mae'n debyg bod miloedd o lanciau wedi ymosod ar Dad a finnau! Roedden nhw wedi rhoi'r fan sglodion ar dân yn fwriadol a ninnau'n dau ynddi!

'Na, na, nid fel yna roedd hi o gwbl!' meddwn i.

'Felly *sut* roedd hi 'te?'

'Dwed wrthon ni, Fflos.'

'Ie, dere, Fflos, dwed!'

Felly dechreuais adrodd y stori gyfan fy hunan. Wrth i mi ddechrau mynd i hwyl, allwn i ddim peidio â'i hymestyn *ychydig bach* fy hunan. Disgrifiais Dad yn neidio allan o'r fan, ac yn taro'r cyllyll o ddwylo'r llanciau fel dyn *kung-fu*. Dangosais hyn mewn ffordd ddramatig. Disgrifiais Dad yn achub Iolo cyn iddo gael ei drywanu, yn amddiffyn ei gariad, yn ymladd â'r llanciau i gyd ac yn eu llorio.

'O waw, Fflos, mae dy Dad yn wych!'

'Cŵl!'

'Lwyddodd e i'w llorio nhw *go iawn?*'

'Wrth gwrs na wnaeth e!' meddai Rhiannon. 'Allai'r Hen Sglodyn Boliog Pen-ôl Drewllyd ddim llorio taten bôb, hyd yn oed. Rwyt ti'n rhaffu celwyddau, Fflos.'

'Nac ydw ddim! Wel, efallai na loriodd e bob un ohonyn nhw. Ac efallai mai dim ond *un* gyllell oedd. Ond fe ddweda i un peth wrthoch chi, ac mae hyn yn gwbl wir. Pan aeth y ffriwr ar dân yn y fan, roeddwn i'n sownd. Fe fyddwn i wedi llosgi i farwolaeth yn y fan a'r lle petai Dad ddim wedi ymladd â'r fflamau a brwydro ei ffordd draw ata i a 'nghario i allan,' meddwn i.

'Mae dy dad wir yn arwr, Fflos,' cyhoeddodd Sara.

'Ydy, mae e, on'd yw e?' cytunais yn falch.

'Dwli,' meddai Rhiannon.

'Ia wir, fel, cwbl uffernol,' meddai Marged.

Ddwedodd Ffion ddim byd ond gwnaeth rhyw sŵn cas iawn.

'Paid â chymryd sylw ohonyn nhw, Fflos,' meddai Sara. 'Maen nhw'n eiddigeddus achos bod dy dad mor hyfryd, dyna i gyd.'

'Eiddigeddus!' meddai Rhiannon. 'Mae fy nhad i'n ennill hanner can mil o bunnau'r flwyddyn yn ei fusnes ceir. Mae e bob amser yn prynu llwyth o bethau i mi ac yn mynd â ni ar wyliau gwych. Ac mae pobl yn dweud ei fod e'n edrych yn debyg iawn i Ioan Gruffudd. Ar *ben* hynny, dyw e ddim yn drewi, felly pam dylwn i fod yn *eiddigeddus*, Sara'r Swot?'

'Mae tad Fflos yn ei charu'n fawr iawn ac yn siarad â hi fel petai hi'n ffrind arbennig iddo. Ac mae e'n chwarae llawer gyda hi ac yn gwneud pethau doniol er mwyn iddi chwerthin. Ac mae e'n gofalu'n dda amdani,' meddai Sara.

Gwasgais law Sara. Doeddwn i ddim yn gallu siarad, roeddwn i'n teimlo mor emosiynol.

Ond gwawdio wnaeth Rhiannon eto. 'Gofalu'n dda amdani, wir! Rwyt ti'n tynnu fy nghoes i! Mae Mam yn meddwl bod y peth yn warthus. Mae hi'n ystyried mynd at y gwasanaethau cymdeithasol i ddweud wrthyn nhw am Fflos.'

'*Beth?*' meddwn i.

'Fe glywaist ti fi. Neu os na wnest ti, golcha dy glustiau, a golcha weddill dy gorff fel nad wyt ti'n drewi cymaint, Sglodsen Ddrewllyd,' meddai Rhiannon.

'Dyw dy fam ddim *wir* yn mynd i fynd at y gwasanaethau cymdeithasol i ddweud amdanaf i, ydy hi, Rhiannon?' meddwn i.

'Ydy, achos mae hi wir yn poeni amdanat ti. Yn gyntaf aeth dy fam a'th adael di – '

'Naddo! Rwyt ti'n *gwybod* na wnaeth hi!'

'A nawr mae caffi dy dad wedi mynd i'r wal a does dim cartref iawn gyda ti rhagor. Ac mae golwg a drewdod ofnadwy arnat ti. A nawr mae'n edrych fel petai dy dad yn dy lusgo di i'r fan sglodion bob nos ac yn ymladd. Ac fe fuest ti bron â chael dy losgi i farwolaeth – dyna dy union eiriau di, y Sglodsen Ddrewllyd. Mae Mam yn dweud bod eisiau rhyw fenyw garedig i ofalu amdanat ti. Felly, gwylia di, fe ddaw'r gwasanaethau cymdeithasol cyn hir. Ac fe fyddan nhw'n dy roi di mewn gofal os na fyddi di'n ofalus.'

22

Bu geiriau Rhiannon yn canu yn fy mhen drwy'r dydd yn yr ysgol. Roedd Sara'n dweud wrtha i o hyd na ddylwn i boeni. Ceisio codi ofn arna i roedd Rhiannon, dyna i gyd. Fyddai dim un gweithiwr cymdeithasol yn amau bod gen i ddau riant oedd yn fy ngharu ac yn gofalu amdanaf i.

Roeddwn i'n gwybod ei bod hi'n iawn, ond roeddwn i'n dal i deimlo'n ofnus. Pan ganodd y gloch ar ddiwedd y prynhawn, syllais o gwmpas clwydi'r ysgol yn bryderus. Roeddwn i'n ofni bod gweithwyr cymdeithasol yno'n llechu, yn barod i'm cipio i. Ond Dad oedd yno, yn gwenu ac yn chwifio'i ddwylo mawr gwyn arna i.

'Hei, tad Fflos yw hwnna!'

'Hei, Mr Bowen!'

'Helô, Mr Bowen. Ry'ch chi'n arwr!'

Gwenodd Dad ar yr holl blant yn fy nosbarth. Diolch byth, ddangosodd e ddim ei fod wedi sylwi ar y tair merch a aeth yn syth heibio iddo, gan ddal eu trwynau'n ddigywilydd.

'Sut roedd pethau heddiw, Fflos? Dwyt ti ddim wedi bod yn teimlo'n rhyfedd nac yn pesychu, wyt ti? Dwi wedi bod yn poeni amdanat ti braidd,' meddai Dad, a chydio'n dynn yn fy mraich.

'Dwi wedi bod yn poeni amdanat *ti* braidd hefyd, Dad! Sut roedd pethau gyda *ti* heddiw? Sut mae dy ddwylo bach di?'

'Maen nhw'n iawn, cariad. Dwi wedi ymdopi'n iawn, ond mae mynd i'r tŷ bach yn dipyn o boendod! Dyw hi ddim yn hawdd coginio chwaith. Dwi'n credu y bydd rhaid i ti roi help llaw i mi wneud y te.'

'Croeso, Dad.'

'Ond dy'n ni ddim yn cael sglodion! Dwi ddim eisiau gweld ffriwr sglodion am amser maith.'

'Wyt ti'n mynd i roi'r gorau i fod yn gogydd sglodion, Dad?'

'Wel, mae'n rhaid i mi *weithio*, cariad, a does dim byd arall galla i ei wneud. Fe es i lawr i'r ganolfan waith heddiw. Fe ges dipyn o help gan y ferch oedd yno. Fe lenwodd hi'r ffurflenni, hyd yn oed, gan fod fy nwylo mewn rhwymynnau. Roedd hynny'n lwcus, gan nad oes llawer o siâp arna i'n sillafu! Ond roedd hi'n eithaf onest am fy ngobaith o gael gwaith. Does dim llawer. Ond dyna ni, dwyt ti byth yn gwybod . . .'

'Efallai y daw rhywbeth o rywle!' meddai'r ddau

ohonon ni gyda'n gilydd wrth i ni droi'r gornel i Ffordd y Deri.

Roedd car pinc llachar wedi'i barcio y tu allan i dŷ Seth. Roeddwn i wedi gweld carafán yr un lliw yn union unwaith.

'Dad!' meddwn i.

'Beth, cariad?' meddai Dad. Wedyn dyma fe'n ei weld e hefyd. Safodd yn stond, a syllu.

'Dere, Dad,' meddwn i, a dechrau rhedeg.

'Hei! Gan bwyll, arhosa i dy dad, druan!'

Gadewais ef ar ôl a rhuthro at y car. Roedd Iolo a Lowri wedi'u gwasgu at ei gilydd yn y cefn. Roedd Rhosyn yn y blaen, a'i hewinedd coch hardd yn taro rhythm cân o'r radio ar yr olwyn lywio wen. Roedd dau rosyn coch melfedaidd yn hongian o'r drych gyrru.

'Helô!' gwaeddais.

Gwelodd pawb fi ar unwaith. Dyma nhw'n gwenu ac yn dechrau dod allan o'r car.

'Helô, Fflos fach,' meddai Rhosyn, a rhoi cwtsh i mi.

Roedd hi'n gwisgo trowsus du tyn a thop pinc tywyll â rhosynnau coch drosto. Roedd ewinedd ei thraed wedi'u peintio'n goch tywyll hefyd ac yn pipo o'i sandalau sodlau uchel. Roedd hi'n *arogli* o rosynnau coch, hyd yn oed. Roeddwn i eisiau cydio ynddi ac anadlu'r arogl cynnes meddal hyfryd.

'Felly ble mae dy dad, 'te, Fflos?' meddai Rhosyn.

'Mae e'n dod nawr! Dyna fe,' meddwn i a phwyntio.

Roedd Dad yn dod ling-di-long, a'i freichiau'n hongian wrth ei ochr, a'i ben wedi'i blygu'n wylaidd. Roedd e'n edrych wir yn rhyfedd, fel petai e'n *swil*.

'Wel, arswyd y byd, dyma syndod!' meddai.

Roedd ei lais yn swnio'n rhyfedd hefyd, fel petai'n methu cael ei anadl.

Aeth draw i ysgwyd llaw Rhosyn ac yna cofiodd am ei rwymynnau. Safodd yn lletchwith, a hanner chwifio'i law yn yr awyr.

'Dewch 'ma!' meddai Rhosyn a rhoi cwtsh mawr iddo fe hefyd. 'Dwi eisiau diolch i chi am ofalu am fy mab i.'

'Wnes i ddim byd, wir nawr,' meddai Dad, gan gochi, ond yn falch serch hynny.

'Sut mae dy ddwylo di, fachgen?' gofynnodd Iolo. Siglodd ei sling 'nôl a blaen. 'Edrycha arnon ni! Dau filwr wedi'u clwyfo!'

'Rwyt ti'n denu trafferth, Iolo. Rwyt ti bob amser wedi gwneud, a dyna fel byddi di byth,' meddai Rhosyn ac ysgwyd ei phen. 'Beth amdanoch chi, Mr Bowen? Ydy'ch dwylo chi wedi'u llosgi'n wael? Gadewch i ni fynd i mewn i'r tŷ. Dwi eisiau i chi ddangos i mi. Dwi ddim yn credu dynion cryf a thawel – dy'ch chi ddim yn gwneud digon o ffws a ffwdan! Dwi mor falch fod Iolo wedi cofio rhif y tŷ, wedi'r cyfan. Fe ddechreuais i boeni pan guron ni ar y drws hanner awr 'nôl â neb gartref. Ond, fe feddyliais i wedyn efallai eich bod chi'n nôl eich merch fach o'r ysgol – ac roeddwn i'n gywir.'

'Fflos fach,' meddai Dad. 'Wel, dewch i mewn, dewch i mewn, bawb.'

I mewn â ni i gyd i dŷ Seth. Roedd Wisgi a Soda a Lwcus yn disgwyl yn y cyntedd, a'u cynffonnau yn yr awyr, yn gobeithio cael te. Diflannodd Wisgi a Soda a mynd i guddio y tu ôl i'r soffa. Roedd gormod o bobl newydd iddyn nhw, ond roedd Lwcus yn falch o gael cwmni. Nodiodd ei phen ar Iolo a Lowri, a mentrodd draw at Rhosyn hyd yn oed, a rhwbio'i hunan yn erbyn ei phigyrnau siapus.

'Helô, gath fach,' meddai Rhosyn, gan blygu i roi anwes iddi.

'Fy nghath i yw hi. Lwcus yw ei henw hi. O, mae'n eich *hoffi* chi, Rhosyn,' meddwn i.

Roedd Lwcus yn llyfu ewinedd traed Rhosyn fel petai hi'n talu gwrogaeth iddi.

'A dwi'n ei hoffi *hi*, cariad,' meddai Rhosyn. Camodd yn ofalus o gwmpas Lwcus i'r lolfa. 'O dyna . . . ystafell fawr braf,' meddai'n ansicr. 'Oes, mae tŷ anferth braf gyda chi, Mr Bowen.'

'Galwch fi'n Cledwyn, plîs. Ac nid fy nhŷ i ydy e. Hen ffrind i mi sy'n berchen arno fe. Dim ond dros dro mae Fflos a finnau yma.'

'Dyw e ddim yn dŷ *anferth*, Rhosyn,' meddwn i, wedi drysu braidd.

'Mae pob tŷ i'w weld yn anferth os wyt ti wedi cael dy fagu mewn carafán,' meddai Rhosyn.

'Dwi'n dwlu ar eich carafán gysurus chi,' meddwn i.

'A finnau, cariad. Ond dwi'n gwybod bod rhai pobl yn meddwl ei bod hi braidd yn gyfyng yno.' Edrychodd ar Iolo a chodi'i haeliau arno.

Chwarddodd yntau ar ei fam. 'Mae angen rhagor o le arna i nawr, Mam. A tho go iawn dros fy mhen. Dwi eisiau byw gyda'r un ferch yn yr un stryd. Does dim byd yn rhyfedd iawn am hynny, oes e?' Rhoddodd ei fraich am Lowri. Gwenodd hithau a chlosio ato.

'Wel,' meddai Rhosyn, gydag ymdrech. 'Dim ond i ti fod yn hapus.'

'Felly sut rydych chi'n ymdopi ar eich pen eich hunan?' meddai Dad.

'O, dwi'n dod i ben yn iawn. Roeddwn i'n arfer rhedeg y stondin ar fy mhen fy hun pan oedd Iolo'n fachgen bach. Mae'n ymdrech weithiau, ond dwi'n ymdopi.'

'Peidiwch â sôn!' meddai Dad. 'Felly pwy sy'n gofalu am y stondin heno?'

'Mae nos Lun bob amser yn dawel, a ninnau newydd agor. Mae Lisa o'r stondin Dartiau Lwcus yn cadw llygad.'

'Ble *mae*'r ffair nawr?' gofynnais yn awyddus. 'Mae Dad a finnau wedi chwilio pob twll a chornel amdani.'

'Ydych chi?' meddai Rhosyn, gan edrych yn falch. 'Wel, rydyn ni draw yn Llan-y-felin yr wythnos hon. Dyw hynny ddim yn rhy bell i ffwrdd. Ddowch chi i ymweld â ni?'

'Wrth gwrs!' meddwn i. 'Gawn ni fynd, Dad?'

'Cawn, siŵr iawn, cariad. Nawr, mae'n well i ni gael ychydig o swper. Wnei di fod yn ferch dda, Fflos, a rhoi'r tegell i ferwi? Wedyn, achos fy mod i'n methu defnyddio fy mysedd, efallai y byddet ti'n hoffi deialu rhif y lle pitsa hefyd?' Ymddiheurodd wrth Rhosyn. 'Fe hoffwn i goginio pryd go iawn i chi, ond mae hi braidd yn lletchwith nawr, fel y gwelwch chi.'

'Fe fyddai pitsa'n hyfryd! Ond ni sy'n talu, cofiwch.'

Archebodd Rhosyn *bedwar* math o bitsa mawr a hufen iâ i bwdin. Ces i ddarn mawr o bob pitsa (tri chaws a phinafal, cyw iâr a madarch, bacwn a thomato, a selsig ac india-corn melys) ac wedyn powlen o hufen iâ mefus a fanila a siocled. Roeddwn i'n teimlo mor llawn ar ôl bwyta'r cwbl, fel bod rhaid i mi ddatod y botymau ar fy sgert ysgol.

Arhosodd Iolo a Lowri am ychydig. Gadawodd Iolo i fi wisgo rhai o'i fodrwyau mawr. Roedd gen i ddraig ar un bys, neidr ar un arall, tri phenglog gwahanol, modrwy lygad a brogaod ar bob bawd. Roedden nhw'n edrych *mor* cŵl. Ond wedyn dwedon nhw fod rhaid iddyn nhw fynd achos eu bod nhw eisiau gweld rhyw ffilm.

'Mae'n debyg y dylwn i fynd hefyd,' meddai Rhosyn.

'O na, arhoswch,' meddwn i.

'Mae dy dad eisiau tipyn o lonydd, siŵr o fod,' meddai Rhosyn.

'Nac ydw, ddim o gwbl!' meddai Dad. 'Arhoswch am ychydig bach eto, Rhosyn.'

'Wel, mae'n rhaid i mi gael golwg ar y dwylo 'ma, beth bynnag,' meddai Rhosyn. 'Fe dynnwn ni'r rhwymynnau yma i gael gweld. Gobeithio eu bod nhw wedi rhoi gorchudd glân arall i chi. Gadewch i ni weld sut mae'r dwylo'n gwella.'

Syllais yn bryderus wrth iddi ddatod y rhwymynnau'n ofalus. Roeddwn i'n ofni y byddai bysedd Dad wedi troi'n ddu fel tost wedi llosgi. Cefais ryddhad enfawr o weld nad oedd pethau'n rhy wael – dim ond wedi chwyddo a chochi roedden nhw. Ond roedd hi'n hawdd eu nabod nhw – bysedd annwyl Dad oedden nhw o hyd.

Syllodd Rhosyn arnyn nhw'n ofalus, gan ddal ei ddwylo yn ei dwylo hithau.

'Ydych chi'n darllen dwylo Dad, Rhosyn?' gofynnais.

'Efallai fy mod i,' meddai Rhosyn, a gwenu.

'Beth maen nhw'n ei ddweud? Ydy lwc Dad yn mynd i newid?'

'Dwi'n credu ei fod e wedi newid yn barod,' meddai Dad yn dawel.

Doedd e ddim yn edrych arna i. Roedd e'n edrych ar Rhosyn.

Arhosodd hi'n hwyr iawn y noson honno. Gadawodd Dad i mi aros ar fy nhraed yn hwyr ond roeddwn i'n dechrau teimlo'n flinedig iawn. Doeddwn i ddim wedi cysgu llawer y noson cynt . . . ac roedd *llawer* o gyffro wedi bod. Dyma fi'n cwtsio'n gyfforddus mewn cadair gyda Lwcus yn fy nghôl. Dechreuais hepian cysgu. Rhoddodd Dad glustog o dan fy ngwddf a rhoi ei siwmper drosta i.

Dihunais unwaith i droi o gwmpas a symud Lwcus. Gwelais fod Dad a Rhosyn yn eistedd yn agos iawn wrth ochr ei gilydd ar y soffa. Roedd tad a mam Seth y Sglods yn gwgu arnyn nhw o'r ffotograff. Ond roedd hi'n amlwg nad oedd hynny'n gwneud dim gwahaniaeth i Dad a Rhosyn.

Pan ddaeth Dad i gwrdd â mi'r diwrnod canlynol o'r ysgol, meddai, 'Dyfala i ble rydyn ni'n mynd!'

Doedd dim angen bod yn dditectif mawr i ddyfalu, ond dechreuais chwarae gêm â Dad.

'Ydyn ni'n mynd i siopa? I Gaerdydd? I lan y môr?' meddwn i, gan geisio ymddangos yn gwbl ddiniwed a thwp.

Daliodd Dad ati, 'Na! Na! Na!' Wedyn meddai, 'Dere, Fflos, i ble fyddet ti'n hoffi mynd fwyaf?'

Tynnais anadl ddofn, 'I'R FFAIR!' gwaeddais.

Gwaeddodd Dad 'Hwrê!' a bwrw'r awyr â'i ddwrn gwyn.

Doedd e ddim yn gallu gyrru o hyd, wrth gwrs, ond roedd e wedi edrych i weld sut gallen ni gyrraedd Llan-y-felin ar y bws. Roedd e wedi dod â sudd oren a ffrwythau a chnau, felly cawson ni rywbeth i'w fwyta ar y ffordd.

'Meddwl ro'n i y gallen ni fwyta'n iach iawn nawr er mwyn bwyta llond bola o gandi-fflos ar ôl cyrraedd y ffair!' meddai Dad.

'Ydy Rhosyn yn gwybod ein bod ni'n dod?'

'O ydy.'

'Dad . . . rwyt ti'n hoffi Rhosyn, on'd wyt ti?'

'Ydw, wrth gwrs fy mod i. Rwyt ti'n ei hoffi hi hefyd, on'd wyt ti, Fflos? Dwi'n credu ei bod hi'n fenyw hyfryd a charedig iawn.'

'A finnau, ond ro'n i'n meddwl, wyt ti'n ei ffansïo hi, Dad?'

'Fflos!' meddai Dad. Roedd ei fochau'n goch.

'Mae hynny'n golygu dy fod ti!' meddwn i.

'Nawr 'te. Ddylai merched bach ddim sôn am ffansïo pobl, ddim wrth eu tadau,' meddai Dad. Oedodd. 'Ond petawn i *yn* ffansïo Rhosyn, fyddai gwahaniaeth gyda ti?'

'Dwi ddim yn credu y byddai gwahaniaeth gyda fi o gwbl,' meddwn i. 'Felly ydy Rhosyn yn mynd i fod yn gariad i ti, Dad?'

Gwridodd Dad nes ei fod yn fflamgoch. 'Wel, mae'n gynnar eto, cariad. Dwi ddim yn siŵr y byddai menyw hyfryd fel Rhosyn eisiau treulio llawer o amser gyda rhyw hen dad diflas fel fi. Fe fydd rhaid i ni weld. Ond beth bynnag fydd yn digwydd, Fflos, rwyt ti'n gwybod mai ti fydd yn dod gyntaf bob amser. Ti yw fy nhywysoges i, a dyna fyddi di am byth.'

Symudais dros y sedd i gôl Dad a rhoddodd gwtsh mawr i mi.

Daethon ni oddi ar y bws yn Llan-y-felin a dod o hyd i'r ffair ar y sgwâr yng nghanol y pentref. Rhuthron ni draw, gan glywed hymian y gerddoriaeth hyrdi-gyrdi ac arogli'r winwns yn ffrio a'r siwgr cynnes. Roedd hi'n union fel petaen ni'n cerdded 'nôl i freuddwyd hyfryd. Ond nid breuddwydio roedden ni. Dyna lle roedd y Llithren Fawr a reid Syllu ar y Sêr, y Trên Ysbryd a'r Tŷ Cam, y Cwpanau Te'n troelli, yr Olwyn Fawr a'r Waltsers Gwyllt. Ac roedd y ceffylau bach yno wrth gwrs, a Perl yn carlamu mewn cylch, a'i mwng a'i chynffon binc yn hedfan yn y gwynt. Roedd stondin candi-fflos Rhosyn yno, a'r tedi mawr pinc yn codi'i bawen felfed arnon ni. A dyna lle roedd Rhosyn ei hunan, yn edrych yn hyfryd mewn blows binc a rhosyn bach coch enamel ar gadwyn aur o amgylch ei gwddf.

Cefais fynd ati i'w fan. Cefais arllwys siwgr o

liwiau gwahanol i'w chrochan candi-fflos. Wedyn gwnes iddo droelli fel bod darnau bach o fflos yn dechrau ffurfio. Lapiais nhw'n ofalus o gwmpas y darn pren nes i mi wneud candi-fflos pinc, porffor golau a glas i mi fy hunan.

Bu Dad a finnau'n crwydro o gwmpas y ffair, a ches fynd ar gefn Perl unwaith, ddwywaith, *dair* gwaith i gyd. Ond bob deg munud, bydden ni'n dod yn ôl i sgwrsio â Rhosyn. Ar ôl rhyw awr, gofynnodd hi i'w ffrind Lisa o'r stondin Dartiau Lwcus gadw llygad ar y stondin candi-fflos.

Aeth Rhosyn â ni i'w charafán glyd hudolus i gael ychydig o swper. Roedd gwin coch iddi hi a Dad, a sudd grawnwin porffor i mi, a thartennau bach sawrus a chorgimwch a selsig mewn mêl a chyw iâr mewn saws cnau a phob math o greision ac olifau a llysiau ffres. I ddilyn roedd cacen sbwng ag eisin pinc gyda rhosynnau siwgr bach coch a mefus enfawr wedi'u dipio mewn siocled gwyn.

'O Rhosyn, cariad, doedd dim angen i ti fynd i'r fath drafferth!' meddai Dad, ond roedd e'n edrych wrth ei fodd.

'Dim trafferth o gwbl, Cledwyn,' meddai Rhosyn. 'Dwi'n mwynhau gwneud pethau bach fel hyn. Dwi ddim yn cael cyfle'n aml iawn nawr, a finnau ar fy mhen fy hunan.'

'Mae'n union fel bwyd parti,' meddwn i.

'Wel, ein parti bach *ni* yw e, yntê?' meddai Rhosyn. 'Ac mae'n hen bryd i ti a dy dad gael ychydig bach o sylw.'

Roedd hi braidd yn anodd i Dad godi'i fwyd â'i ddwylo mewn rhwymynnau. Felly rhoddais gorgimwch neu selsig yn ei geg bob hyn a hyn. Wedyn rhoddodd Rhosyn gacen eisin a mefus iddo. Dyma ni'n bwyta a bwyta a bwyta, ond roedd llawer yn weddill ar ôl i ni fwyta llond ein boliau. Paciodd Rhosyn bopeth oedd dros ben mewn ffoil a'i roi mewn blwch plastig mawr coch.

'Fe gei di fynd â'r rhain i'r ysgol yfory, Fflos, ar gyfer amser cinio,' meddai hi.

'Fe ranna i nhw â fy ffrind gorau, Sara!' meddwn.

23

Cefais i a Sara wledd go iawn i ginio'r diwrnod canlynol. Roedd pawb yn edrych yn eiddigeddus ar ein bwyd ni – yn enwedig y gacen a'r mefus siocled.

'Rho fefusen i fi, Fflos,' meddai Rhiannon.

Roeddwn i'n synnu ei bod hi mor ddigywilydd. 'Na wnaf, wir,' meddwn i'n bendant. 'Dere, Sara, cymer fefusen. On'd ydyn nhw'n hyfryd?'

'Do'n i ddim wir eisiau un. Dwi'n siŵr eu bod nhw'n blasu o fraster sglodion,' meddai Rhiannon.

'Ie'r Sglodsen Ddrewllyd. Fydden ni, fel, byth yn mentro bwyta bwyd ofnadwy dy dad,' meddai Marged.

'Sglodyn Boliog Pen-ôl Drewllyd,' meddai Ffion.

Cydiodd y tair yn eu trwynau.

Sefais ar fy nhraed a rhythu arnyn nhw. 'Rydych chi'ch tair mor *blentynnaidd*,' meddwn i. 'A phetaech chi'n gollwng eich trwynau ffroenuchel a ffroeni'n iawn, fe fyddech chi'n sylweddoli nad ydw i ddim ddim ddim yn drewi o sglodion. Achos mae Dad wedi rhoi'r gorau i'w ffrio nhw.'

'Felly beth mae e'n mynd i'w wneud 'te?' meddai Rhiannon.

'Meindia dy fusnes,' meddai Sara.

'Ofynnodd neb i ti, Sara'r Swot,' meddai Rhiannon. 'Felly beth arall all dy dad di wneud, y Sglodsen Ddrewllyd? Dyna'r cyfan mae e'n gallu'i wneud – ond does dim llawer o siâp arno fe chwaith, oes e? Aeth y caffi i'r wal a llosgodd y fan sglodion yn ulw. Mae Mam yn dweud bod *rhaid* iddi fynd at y gwasanaethau cymdeithasol. Mae hi'n dweud bod angen rhywun i ofalu amdanat ti.'

Symudais gam yn nes at Rhiannon, fel ein bod ni drwyn wrth drwyn, fwy neu lai. Wel, mae hi dipyn yn dalach na fi, felly roedden ni drwyn wrth frest.

'Dwed di wrth dy fam nad oes rhaid iddi boeni rhagor. Fe all hi anfon *byddin* gyfan o weithwyr cymdeithasol i'm gweld i os yw hi eisiau, ond gwastraff amser fyddai hynny. I ddechrau, mae Mam gyda fi, ac fe fydd hi'n dod 'nôl yn yr hydref. Wedyn mae Dad gyda fi, ac mae e'n wych am ofalu amdanaf i. Ac yn olaf mae Anti Rhosyn gyda fi.'

'Does *dim* Anti Rhosyn gyda ti,' meddai Rhiannon.

'Oes 'te. Fe ddaeth hi i'n gweld ni echdoe ac fe aethon ni i'w gweld hi ddoe. Rydyn ni'n mynd i weld ein gilydd yn aml. *Hi* wnaeth fy nghinio arbennig. Mae hi'n wych. *Ac* mae hi'n gallu dweud

350

ffortiwn. Mae pob math o bwerau cudd ganddi. Mae hi'n dweud bod rhai gyda fi hefyd. Felly fe fydd hi'n fy nysgu i ddefnyddio'r pwerau hynny. Pan fydda i'n gwybod sut, fe fydd yn well i chi'ch tair fod yn ofalus. Nawr, a wnei di, Marged a Ffion *fynd i grafu* a gadael llonydd i Sara a finnau fwynhau ein cinio!'

A dyna wnaethon nhw! I ffwrdd â nhw, yn edrych braidd yn ofnus. Roedd hyd yn oed Sara yn edrych yn eithaf ansicr.

'Fe ddwedaist ti gant o eiriau'n union *eto*. Oes pwerau cudd gyda ti *go iawn*, Fflos?' sibrydodd.

'Hei, ti yw'r un glyfar i fod! Wrth gwrs nad oes!'

'Wir, Fflos, rwyt ti mor dda am wneud storïau, maen nhw'n swnio'n rhai go iawn! Felly does dim Anti Rhosyn gyda ti chwaith?'

'Oes, mewn ffordd. Nid modryb go iawn yw hi ond ffrind newydd Dad. Mae hi'n hynod o neis ac mae hi *yn* dweud ffortiwn. Dwi'n siŵr y bydd hi'n fodlon fy nysgu os gofynna i'n garedig. A hi wnaeth y bwyd, felly mae hi'n wych am goginio, on'd yw hi? Sara, fyddai gwahaniaeth gyda ti taswn i'n cadw'r fefusen fwyaf, yr un â'r mwyaf o siocled arni?'

'Ddim o gwbl. Dy ginio di yw e, wedi'r cyfan.'

'Nid i fi mae hi.'

Roeddwn i eisiau ei chadw hi i Mrs Huws. Rhoddais y fefusen ar ei desg ar ddechrau'r prynhawn.

'Dyma anrheg fach i chi, Mrs Huws,' meddwn i'n swil.

'O Fflos, mae'n edrych yn *hyfryd*. Ond alla i ddim bwyta dy fefusen arbennig di.'

'Dwi wedi bwyta eich byns eisin arbennig chi. Eich tro chi yw hi nawr i gael rhywbeth ffein, Mrs Huws,' meddwn i.

'Wel, diolch yn fawr, Fflos,' meddai Mrs Huws. Dyma hi'n cnoi'r fefusen siocled, anadlu i mewn a dweud 'Mmmm!' Rholiodd hi dros ei thafod. 'Mae'n flasus dros ben!'

'Anti Rhosyn fuodd yn coginio,' meddwn i'n falch.

'Do'n i ddim yn gwybod bod modryb gyda ti!' meddai Mrs Huws. Roedd hi'n swnio wrth ei bodd.

'Wel, fe symudodd hi i ffwrdd,' meddwn i, heb ddweud gormod. 'Ond nawr mae hi wedi symud yn nes eto.'

Doedd Llan-y-felin ddim *wir* yn agos iawn – ond aeth Dad a finnau yno eto ar y bws nos Wener. Treulion ni'r rhan fwyaf o ddydd Sadwrn yno hefyd. Gadawodd Rhosyn i mi weini candi-fflos eto. Llwyddais i roi'r newid cywir i bobl hyd yn oed, er nad oes llawer o siâp arna i'n gwneud Mathemateg.

Arhosodd Dad gyda ni'r rhan fwyaf o'r amser, ond wedyn i ffwrdd ag ef am dro. Dechreuodd siarad â Jeff, y dyn oedd yn gofalu am y trên ysbryd. Roedd e'n cael ychydig o drafferth wrth newid rhyw olwyn. Allai Dad ddim helpu llawer achos bod ei ddwylo'n dal wedi'u rhwymo. Ond aeth i lawr yn ei gwrcwd wrth ochr Jeff a syllu ar y nytiau a'r bolltau a siarad yn ddwys am beiriannau.

'Edrycha arnyn nhw, wir!' meddai Rhosyn yn gynnes. 'Ydy dy dad yn gwybod llawer am beiriannau, Fflos?'

'Wel, mae e'n *meddwl* ei fod e,' meddwn i.

Chwarddodd Rhosyn yn uchel. 'Rwyt ti fel hen wraig weithiau!' Oedodd. Wedyn dyma hi'n edrych i fyw fy llygaid. 'Felly, beth wyt ti'n meddwl am dy dad a finnau, 'te, cariad?'

Codais fy ysgwyddau'n swil.

'Dwi'n gwybod ei bod hi'n gynnar eto, ond mae dy dad a finnau, wel, rydyn ni'n dod ymlaen yn dda,' meddai hi.

'Ydych,' meddwn i.

'A'r tro yma, pan fyddwn ni'n symud yfory, rydyn ni'n mynd i wneud yn siŵr ein bod ni'n cadw cysylltiad.'

'Da iawn,' meddwn i.

Ddwedon ni ddim byd am eiliad wrth i ni baratoi candi-fflos pinc a phorffor golau i ddau gwsmer. Ar ôl iddyn nhw fynd, daliodd Rhosyn ati i droi pren o gwmpas y crochan siwgr er nad oedd hi'n gwneud candi-fflos i neb arall.

'Rwyt ti'n gwybod fy mod i dipyn yn hŷn na dy dad,' meddai.

'Ydych chi?' meddwn i, wedi fy synnu. 'Do'n i ddim yn gwybod hynny. Dy'ch chi ddim yn edrych yn hŷn na fe.'

'O, cariad, diolch!' meddwn i. 'Dwi'n gwybod hefyd dy fod ti a dy dad yn agos iawn ac mae hynny'n hyfryd. Dwi eisiau i ti ddeall, dwi ddim eisiau dod rhyngoch chi o gwbl. Pan oedd Iolo'n fachgen bach fe ges i ambell gariad ac roedd hi'n anodd iddo fe. Fe achosodd hynny dipyn o helynt.' Roedd Rhosyn yn dal i droi, a'r candi-fflos yn mynd yn fwy ac yn fwy.

'Felly, ydy Dad yn gariad i chi nawr?' gofynnais. 'Mae e'n dweud mai chi yw ei gariad e.'

'Ydy e! Oes gwahaniaeth gyda ti?'

Meddyliais am y peth yn ofalus. 'Ro'n i'n *arfer* meddwl y byddai gwahaniaeth gyda fi petai cariad gyda Dad. Ond does dim gwahaniaeth gyda fi os mai chi yw hi. Rhosyn, mae'r candi-fflos yna'n enfawr enfawr nawr.'

'Ydy. Wel. Candi-fflos fflyfflyd enfawr i ti yw e,' meddai Rhosyn, a'i gyflwyno'n falch i mi.

Dyma fi'n ei fwyta mor ofalus ag y gallwn i. Ond ar ôl i mi orffen, roedd siwgr gludiog dros fy wyneb i gyd.

'Mae rhai darnau bach yn dy wallt di, hyd yn oed,' meddai Rhosyn, gan eu codi nhw'n ofalus. 'Mae gwallt cyrliog hyfryd gyda ti, cariad. Rwyt ti'n union fel candi-fflos dy hunan.' Dyma hi'n chwarae â'm gwallt, a'i gael i sefyll allan yn fwy. 'Wel, petaen ni'n ei liwio fe'n binc golau fe fyddet ti'n edrych fel candi-fflos perffaith.'

'Wwww, *allen* ni?'

'Dwi ddim yn gwybod beth fyddai dy dad yn ei ddweud!'

'Fe berswadia i Dad,' meddwn i.

'Gwnei, dwi'n siŵr, bach. Ond beth fydden nhw'n ei ddweud yn yr ysgol petait ti'n cyrraedd â gwallt pinc?'

'Dim ond wythnos sydd ar ôl, ac wedyn fe fydd hi'n wyliau!'

'O'r gorau. Pan fydd yr ysgol wedi cau fe gawn ni weld a allwn ni dy droi di'n gandi-fflos go iawn!'

Dywedais wrth Sara fod Rhosyn wedi addo lliwio fy ngwallt.

'Dyna *lwcus*,' meddai hi. 'Fe fyddi di'n edrych yn well nag erioed. Ond wnei di addo na fyddi di'n mynd yn ddwl a dechrau hoffi dillad a bechgyn fel Rhiannon a Marged a Ffion.'

'Dwi'n addo addo addo, y dwpsen!' meddwn i a rhoi cwtsh iddi. 'Efallai y gallet ti ddod i'r ffair gyda Dad a finnau ryw ddiwrnod ac fe all Rhosyn liwio dy wallt di hefyd.'

'Fe fyddai Mam yn mynd yn benwan,' meddai Sara.

'Wel, fe allen ni esgus ei fod e fel chwistrellu dy

wallt yn goch ar gyfer Plant Mewn Angen. O Sara, os bydd fy ngwallt i'n binc fe fydda i'r un lliw â Perl! Un o'r ceffylau bach yw hi. Mae ei mwng a'i chynffon yn binc a'i chorff yn wyn fel eira ac mae ganddi lygaid mawr glas. Hi yw fy hoff geffyl bach, ond fe gei di fynd arni gyntaf pan ddoi di i'r ffair gyda fi. Mae Saffir yn hyfryd hefyd – mae hithau'n wyn ond mae ei mwng hi'n las; ac mae Ambr yn wych – un frown yw hi a'i mwng a'i chynffon yn felyn.'

'Rwyt ti'n swnio fel petait ti'n perthyn i'r ffair yn barod,' meddai Sara.

'O, trueni na fyddwn i!' meddwn i.

Roeddwn i'n poeni na fydden ni'n mynd cymaint i'r ffair yr wythnos nesaf achos eu bod nhw'n symud i rywle arall tua 40 milltir i ffwrdd. Ond aeth Dad i weld y meddyg fore dydd Llun. Edrychodd hi ar ei losgiadau e, a dweud eu bod nhw'n gwella'n dda. Gallai dynnu'r rhwymynnau a gyrru'r fan unwaith eto.

'Mae'n deimlad braf, Fflos,' meddai Dad, a symud ei fysedd fesul un. 'Mae'n wych gallu gyrru eto hefyd. Beth am fynd am sbin yn y fan, cariad? Wyt ti eisiau mynd i weld y ffair eto? Meddwl ro'n i byddai hi'n ddiddorol gweld a fydd hi'n edrych yn wahanol mewn lle newydd.'

Edrychais ar Dad. 'Wyt ti'n meddwl y bydd

Rhosyn yn gwerthu byrgyrs a Perl yn rhan o'r trên ysbryd?' meddwn i.

'*Nac ydw!* Wyt ti'n tynnu fy nghoes, Fflos?'

'Wrth gwrs fy mod i, Dad! Does dim angen unrhyw esgus. Ie, gad i ni fynd i'r ffair.'

'Fe gei di wneud dy waith cartref yn y fan.'

'Does dim gwaith cartref gyda fi, Dad. Mae'r ysgol yn cau dros y gwyliau ddydd Gwener.'

'O, ydy.' Ochneidiodd Dad. 'Beth wnawn ni â ti yn ystod y gwyliau, cariad? Fe fydd rhaid i mi ddod o hyd i *ryw* fath o swydd i'n cadw ni i fynd, a dwi'n amau'n fawr y galla i ddod â ti gyda fi.' Oedodd Dad. 'Efallai ei bod hi'n bryd i ti fynd at dy fam, cariad. Ry'n ni wedi cael amser hyfryd gyda'n gilydd ond dwi wedi bod yn methu cysgu'r nos yn poeni amdanat ti.'

'Paid â phoeni, Dad. Dwi'n iawn. Fe feddyliwn ni am rywbeth dros yr haf.' Daliais fy nwylo o flaen fy llygaid, a'r cledrau am i fyny. 'Aha! Nid Rhosyn yw'r unig un sy'n gallu dweud ffortiwn. Dwi'n gallu gweld siâp hanner cylch ar bob cledr. Maen nhw fel dwy wên fawr. Mae hynny'n meddwl fy mod i'n mynd i fod yn hapus iawn iawn.'

'Gobeithio wir, cariad. Gwranda, meddwl ro'n i . . . mae tad Sara i'w weld yn foi neis iawn ac fe ddwedodd y byddai'n gwneud ffafr 'nôl i ni. Wyt ti'n meddwl y gallet ti chwarae draw yn nhŷ Sara ambell ddiwrnod? Ar ôl cael swydd fe allwn i gynnig eu talu nhw.'

'Fe fyddai hynny'n wych, Dad. Mae'n siŵr y caf i ben tost os fydden nhw'n ceisio fy nysgu i drwy'r amser! Ond maen nhw'n mynd i'w tŷ nhw yn Ffrainc.'

'Dwn i ddim wir, mae dau dŷ gyda nhw a ninnau heb un tŷ.'

'Wel, efallai fod teithio heb ormod o eiddo'n beth da. Fel Rhosyn a'r holl bobl sy'n gweithio yn y ffair,' meddwn i.

Cawson ni noson arall hyfryd yn y ffair. Roedd Wil, dyn y ceffylau bach, wedi dod yn gymaint o ffrind fel ei fod yn gwrthod derbyn tâl am reidio ar Perl.

'A dweud y gwir, fe gei di wneud ffafr â fi, Fflos. Mae eisiau profi'r ceffylau i gyd i wneud yn siŵr eu bod nhw'n ddigon cadarn. Wnei di eu reidio nhw bob un yn eu tro?'

Dwi'n credu mai bod yn garedig wrtha i roedd e, ond doeddwn i ddim eisiau anghytuno. Wrth i mi roi prawf i bob ceffyl, cafodd Dad sgwrs arall â dyn y trên ysbryd. Wedyn prynodd fyrgyrs a sglodion yn un o'r faniau a thrafod braster a ffriwyr a mathau gwahanol o saws a finegr. Ond ar y cyfan, buon ni'n sefyll wrth stondin Rhosyn.

Cafodd Dad sawl tro ar stondin Dartiau Lwcus Lisa er mwyn bod yn gwrtais – ac er syndod mawr iddo, fe sgoriodd gant ac wyth deg. Wel, roedd Lisa'n mynnu iddo wneud. Fe dynnodd hi'r dartiau o'r bwrdd mor gyflym fel na allen ni edrych i weld yn iawn. Rhoddodd dedi mawr glas i Dad, gefaill i dedi pinc Rhosyn.

'Dyma ti, Fflos,' meddai Dad, a gwthio llond côl o dedi ata i.

'Diolch yn fawr, Dad – ond dwi'n credu 'mod i'n mynd yn rhy fawr i gael tedi newydd,' meddwn i.

'Wel, i bwy allwn ni ei roi e?' meddai Dad.

'Efallai y byddai Teigr yn ei hoffi e, ond fydd e ddim 'nôl am oesoedd. Beth bynnag, dwi wedi rhoi'r cangarŵ iddo fe'n barod.'

'Beth am Sara? Ydy hi'n rhy fawr i gael tedis hefyd?'

'Dyw hi ddim wir yn hoffi teganau meddal, Dad.'

'Wel 'te . . .' Trodd Dad at Rhosyn, yn wên o glust i glust. 'Hoffet ti ei hongian e wrth ochr y tedi pinc?'

'Dyna syniad hyfryd!' meddai Rhosyn. 'Fe rown ni fe ar y bachyn y funud hon. Dere 'ma, Tedi Glas, dere i fod yn ffrind i Tedi Pinc.'

'Mae e'n edrych braidd yn noeth o'i gymharu â'r Tedi Pinc,' meddai Dad. 'Mae'n well i ni roi dillad amdano fe.'

'Hei, dwi'n gwybod am wisg fydd yn gwbl wych,' meddwn i, a chwerthin. 'Gwisg ddenim las. Fe alla i droi'r sgert yn drowsus byr heb broblem. A bydd y cap denim yn edrych yn bert dros un o'i glustiau e!'

Aeth Dad â fi ar y 'Dodgems' hefyd. Wnes i ddim *mwynhau* wir, yn enwedig pan oedd pobl eraill yn bwrw i mewn i ni. Ond bues i'n sgrechian a chwerthin ac esgus fy mod i wrth fy modd. Roedd Ben, y perchennog, wedi gadael i ni fynd arnyn nhw am ddim gan ein bod ni'n ffrindiau i Rhosyn. Cara, merch Ben, oedd yn casglu'r arian. Dim ond tua blwyddyn yn hŷn na fi oedd hi. Ond roedd hi dipyn yn dalach ac yn dipyn o domboi. Roedd hi'n llamu'n chwim o un car i'r llall, â gwregys arian yn dynn am ei chanol main. Roedd hi'n cadw trefn ar bopeth ac yn rhegi'n hyderus ar unrhyw fechgyn a oedd yn ddigon hurt i fod yn ddigywilydd wrthi.

Aethon ni i gael hufen iâ gyda'n gilydd tra oedd Dad a Ben yn cael sgwrs. Doeddwn i ddim eisio meiddio torri gair â hi.

'Dwyt ti ddim yn *dweud* llawer, wyt ti?' meddai, a llyfu'i hufen iâ â'i thafod pinc.

Dim ond codi fy ysgwyddau wnes i a llyfu hefyd.

'Mae tafod gyda ti, dwi'n gallu ei weld e,' meddai Cara. 'Felly *dwed* rywbeth!'

'Wyt ti wedi bod gyda'r ffair erioed?' meddwn i'n dawel.

'Ydw, pobl y ffair yw'r teulu i gyd. Wel, roedd fy nhad yn arfer rhedeg Olwyn Farwolaeth, ond wedyn cynilodd e ddigon o arian i brynu'r *Dodgems*. Gwenodd. 'Dwi'n berchen arnyn nhw hefyd.'

'Cŵl,' meddwn i. 'Do'n i ddim yn gwybod bod plant yn gallu gweithio mewn ffair.'

'Nid plentyn bach ydw i,' meddai Cara. 'Mae fy mrodyr yn gweithio'n nes ymlaen, ar ôl iddi nosi. Ry'n ni i gyd yn helpu. Dyna beth sy'n digwydd mewn ffair.'

'Wel, ro'n i bob amser yn helpu fy nhad *i*,' meddwn i. 'Roedd caffi'n arfer bod gyda fe. Ro'n i'n arfer gweithio fel gweinyddes ar y penwythnosau. Roedd pobl yn rhoi cildwrn i fi hefyd, weithiau.'

'Felly sut ry'ch chi mor gyfeillgar â Rhosyn? Ydy dy dad a Rhosyn yn bâr?'

Codais fy ysgwyddau eto. 'Mewn ffordd.'

'Ry'n ni i gyd yn dwlu ar Rhosyn. Ond mae hi fel arfer yn anobeithiol am ddewis dynion. Maen nhw bob amser yn ei siomi hi.'

'Dyw Dad byth yn siomi neb,' meddwn i'n ffyrnig.

'Wel, mae e'n edrych yn ddyn caredig,' meddai Cara.

Dyma hi'n esgus ysmygu'r darn siocled hir o'r hufen iâ. Gwnes innau'r un peth.

'Mae sigaréts go iawn gyda fi os wyt ti eisiau un,' meddai, a rhoi ei llaw ym mhoced ei jîns.

'Na, dim diolch. Dwi – dwi wedi rhoi'r gorau iddi,' meddwn i'n gyflym.

Chwarddodd arna i, ond ddim mewn ffordd angharedig. Penderfynais fy mod i'n hoffi Cara er fy mod i'n ei hofni braidd. Efallai y byddai hi'n gallu bod yn ffrind i mi – ond wrth gwrs, ddim yn ffrind *gorau* fel Sara.

Roedd hi'n anodd yn yr ysgol ar y diwrnod olaf cyn gwyliau'r haf.

'Dwi'n mynd i weld dy eisiau di'n ofnadwy ofnadwy, Sara,' meddwn i, gan glosio ati wrth ei desg.

'Dwi'n mynd i weld dy eisiau *di*,' meddai Sara, a gwasgu fy llaw'n gyflym.

Gwnaeth Rhiannon synau cusanu dwl y tu ôl i ni. Chymeron ni ddim sylw ohoni.

'Fe ysgrifenna i bob dydd o Ffrainc.'

'Ie, plîs! Ond *ddim* yn Ffrangeg. Dwi'n gwybod sut un wyt ti, Sara.'

'*Moi?*' meddai Sara, gan chwerthin. 'Fe anfona i negeseuon testun atat ti hefyd ar ffôn symudol Dad. Fe fydda i'n gweld fy mherthnasau yn Ffrainc, a rhai o'm llysfrodyr a'm llyschwiorydd hefyd. Ond fe fydda i'n teimlo'n unig iawn hebot ti, Fflos.'

Gwnaeth Rhiannon sŵn chwydu ofnadwy.

'Efallai y byddai'n well i ti redeg i'r toiledau os wyt ti'n teimlo'n sâl, Rhiannon,' meddai Mrs Huws.

'Dyw hi ddim yn deg, Mrs Huws, rydych chi bob amser yn cymryd eu hochr *nhw*. Nhw yw eich ffefrynnau chi, mae'n rhaid,' meddai Rhiannon. 'A roddon nhw ddim anrheg hwyl fawr go iawn i chi chwaith, dim ond gwaith llaw plentynnaidd.'

Roedd Rhiannon wedi rhoi bocs enfawr o siocledi a photel o siampên i Mrs Huws.

Oedodd Mrs Huws. Byseddodd y câs pensiliau denim glas roedd Sara a finnau wedi'i wneud yn anrheg hwyl fawr iddi. Roedden ni wedi gwnïo byns ceirios arno ac wedi ysgrifennu *Ein hoff athrawes* mewn pwythau cadwyn hefyd.

'Rydych chi i gyd wedi rhoi anrhegion mor wych i mi,' meddai Mrs Huws. 'Dwi'n ffodus iawn o gael disgyblion mor hyfryd a gweithgar. Fel athrawes, dwi'n ceisio peidio cymryd ochr neb. Ond wyddost ti, Rhiannon, person normal ydw i, wedi'r cyfan. Weithiau fedri di ddim *peidio* cael ffefrynnau.'

Arhosodd Sara a fi ar ôl yn y dosbarth pan ddaeth hi'n amser mynd adref i gael rhoi cwtsh hwyl fawr i Mrs Huws. Wedyn roedd rhaid i *ni* roi cwtsh hwyl fawr i'n gilydd ac roedd hynny'n anodd iawn. Ond yn y pen draw neidiais i'r fan wrth ochr Dad a chodi llaw tan i Sara fynd o'r golwg.

'Dwi'n casáu dweud hwyl fawr wrth bobl,' snwffiais.

'Dwi'n gwybod, cariad. Ond fe gei di weld Sara cyn hir, pan ddaw hi 'nôl o'i gwyliau.'

'Trueni nad ydyn *ni*'n mynd ar wyliau, Dad,' meddwn i, ac ochneidio. 'Dwi'n gwybod na allwn ni wneud dim am y peth. Dwi ddim wir yn cwyno, ond mae'n mynd i fod yn ddiflas yn nhŷ Seth drwy'r haf.'

'W-e-l,' meddai Dad. 'Mae syniad gyda fi, Fflos.

Does dim rhaid i ni wneud hyn os nad wyt ti eisiau. Efallai 'mod i'n ddwl i feddwl am y peth, ond hoffet ti ymuno â'r ffair am ychydig wythnosau?'

'*Beth?* Wir? O Dad, hoffwn, hoffwn!'

'Mae Rhosyn a finnau wedi bod yn siarad yn hir. Mae hi'n hyfryd, on'd yw hi? Alla i ddim credu fy lwc. Ond beth bynnag, mae arni angen rhywun i'w helpu, er ei bod hi'n annibynnol iawn. A dwi wedi bod yn siarad â rhai o'r dynion. Mae angen rhywun arnyn nhw o hyd i godi'r reidiau a'u tynnu nhw i lawr. Dwi ychydig yn hen ond mae'n anodd dod o hyd i bobl ifanc y dyddiau hyn. Fyddwn i ddim yn gwneud llawer o arian. Ond mae gobaith y gallwn i helpu ar y stondin byrgyrs, a gwneud bytis sglods falle, os oes galw. Ond fe fyddet ti'n aros yn ddiogel yng ngharafán Rhosyn, o'r gorau? Sut byddet ti'n teimlo am hynny?'

'O Dad, ie, ie, ie!'

'Felly rwyt ti'n barod i fynd, wyt ti, Fflos?'

'Wrth gwrs!'

'Dim ond dros y gwyliau haf fydd hyn, i weld sut mae pethau'n gweithio. Dwi ddim yn gwybod beth ddwedwn ni wrth dy fam. Mae hi bob amser wedi casáu ffeiriau.'

'Fe allen ni ddweud ein bod ni'n crwydro'r wlad dros yr haf. Mae hynny'n ddigon gwir,' meddwn i.

'O Dad, fe fydd e'n wych! Dwi mor lwcus!' Oedais. 'O na, beth am Lwcus?'

'Fe all hi ddod hefyd. Mae hi'n ddigon cyfarwydd â byw ar y stryd. Dwi'n credu y bydd hi wrth ei bodd yn teithio. Ond bydd rhaid i Wisgi a Soda fynd at Teifi Tew a Miss Davies. Mae Rhosyn yn dweud y gallwn ni droi hen garafán Iolo'n ystafell wely arbennig iawn i ti. Fe gei di fynd â Lwcus a'i chwilt yno gyda ti. Fe fydd lle i'r gist droriau arian. Mae Rhosyn yn dweud y gall hi beintio blodau drosti, os wyt ti eisiau. Fe gei di fynd â thŷ dol Seth hefyd, ac fe fydd lle i'r teganau gwlanog rhyfedd a'r llyfrau a'r stwff gwnïo. A dwi ddim wedi anghofio dy siglen di, chwaith. Bob tro y byddwn ni'n symud, fe ddown ni o hyd i goeden dda a'i chlymu hi wrthi.'

'Felly fe fyddwn ni'n bobl y ffair?'

'Wel, byddwn, mae'n debyg!'

'Mae disgwyl i blant y ffair i helpu. Gaf i dy helpu di, Dad?'

'Rwyt ti bob amser yn gwneud hynny, cariad.'

'A gaf i helpu Rhosyn ar ei stondin candi-fflos?'

'Mae hi'n dibynnu arnat ti.'

'Dad. Dim ond un peth bach arall sydd.'

'Beth yw hwnnw, Dywysoges fach?'

'Wyt ti'n addo cytuno?'

'Cytuno i beth, cariad?'

'Gaf i liwio fy ngwallt yn binc?'

'Beth? Wrth gwrs na chei di!' meddai Dad.

Ond fydda i byth yn cael trafferth i'w berswadio fe . . .